愚者よ、お前がいなくなって淋しくてたまらない

伊集院　静

集英社文庫

奈　良

「それにしてもひでえことをしよんなあ……」

エイジはバス停のベンチに座り新聞をひろげ、憎々しげに足元に唾《つば》を吐いた。

「なんでこないなことせなあかんねん。まだ若い記者やないか。この子かて親御はんもありゃ、祖父《じい》さん、祖母《ばあ》さんかていてはるやろう。どこのガキや……許せへんな」

エイジが読んでいたのは、先月、西宮《にしのみや》の新聞社の支局を襲った銃撃事件の記事だった。犯行の声明文が送られてきたことが事件を奇妙な方向に進展させていた。

一般紙とスポーツ新聞の違いはあれ、同じ記者という立場がエイジの憤怒《ふんぬ》の原因だった。

エイジは読んでいた新聞をベンチの横のごみ箱に放り投げた。

そうしてじっと遠くを見るような目で、

「ユウさん……」

と私の名前を呼んだ。

「何だい？」

「あんた、左翼か……」

「別にそんなことはないが、どうして」

「俺は左翼とか、社会主義とか口にする連中が大嫌いや。学生運動はしてへんかったんか？」

「ああ、やってなかったな」

「そうか。そうやろな。あんなもん、結局ボンボンの甘えでしかなかったやないか。会社でもおんねん。学生時代、デモやったとか占拠したとか、アジっとったとか口にする連中が。俺はそういう奴《やつ》が許せへんのや。なら就職なんかせえへんで、最後までやれいうんや……。そうやろな、ユウさんは違う思うたわ」

やがて競輪場行きの乗合いバスがやってきて、エイジも私も立ち上がった。

屯《たむ》ろしていた競輪の客たちが、ぞろぞろと乗り込んだ。

「おう、エイちゃんやないけ」

ハンチング帽を被《かぶ》った小太りの男が、扇子をせわしなく動かしながらエイジに近づいてきた。

「よう十三《じゅうそう》のオッサン」

エイジが笑うと扇子の男が笑い返した。

「昨日の特選レースはええ目を引いてたやないか。ちょっとさわらせてもろうたで」

扇子の男の声に数人の男たちがエイジを見た。

「マグレや、マグレでんがな」

エイジが鼻先で手を振った。

「今日の準優戦の10レース、どないや？」

扇子の男が小声で訊《き》いた。

「あかんて、オッサン。俺のは外れるて」

バスに乗り込むと、うしろからの客に押されて私たちは扇子の男とは逆方向に詰めさせられた。

「十三でストリップ小屋と飲み屋をやっとる男や」

エイジは言って、吊《つ》り革に身体《からだ》をあずけるようにして外を見た。

不機嫌そうな横顔だった。あの記事にまだ腹を立てているようだった。

エイジは関西を中心に販売しているスポーツ新聞のレース部に所属する記者だった。

扇子の男がエイジの昨日の競輪レースの予想の話題を口にしたのは、紙面に彼の名前が載った予想欄があるからだった。

エイジは私と同い歳《どし》だった。

関西のK大学を卒業し、新聞社に入社し、配属されたのがギャンブル面を担当するレース部で、そのまま十数年、競輪を担当していた。

先刻、彼が、学生運動をしていたのか、と訊いたのは、私たちが同年齢で、大学時代に全国の大方の大学で学生運動があり、大学をロックアウトしたり、デモに参加する学生が多かったからである。

私たちは同じ時代を生き、その時起こったことにほぼ同じ感慨を抱《いだ》いていた。学生運動についても、どこか嘘《うそ》っぽさがつきまとうというか、青臭い匂《にお》いがして、のっけから無視をして過ごしていた。

私たちは出逢《であ》って半年になろうとしていた。

一年近く前、私は〝旅打ち〟と呼ばれる、ギャンブルだけを目的にした旅に出て、関西方面で春先に開催される記念競輪で、どういうわけか連勝の日が続き、土地の運気がいいのだろうと、京都に安アパートを借り、住むことにした。

しかしギャンブルの連勝など続くはずはなく、あちこちで旧知の連中から借財して暮らしていた。そんな折、エイジが勤めるスポーツ紙と同じ系列の新聞の将棋担当の記者が、競輪のコラムでも書かせたらと私をエイジに紹介した。私よりひと回り歳上のその記者は私と同郷で、以前から私が少し文章を書くのを知っていた。

私はそんなことをするつもりはなかったが、エイジはなぜか私のことを気に入って、何度か記事を書かされた。

私もエイジの、人をいったん信頼すると何もかも気を許してしまう気質《たち》が好きだった。気が合ったのだろう。

私は生まれついて、他人と折合うことができない性格だった。

しかしエイジだけにはなぜか気を許せた。

乗合いバスが近鉄線の奈良《なら》、西大寺《さいだいじ》のちいさな商店街を抜けると、すぐに田園風景がひろがった。

「ええなあ、この感じが何とも言えんな」

エイジは田植えを終え青々とした稲田を見て言った。

私も身をかがめるようにして田園風景に目をやった。

私とエイジは十センチ以上の身長差があった。

それでも小柄な身体のエイジに対して、私はいつも、自分より格上のものがたくさんあるとわかっていた。

そして何よりエイジといると奇妙な安堵《あんど》があった。


昼時になって、私とエイジは競輪場内にある屋台の食堂に行った。

場内の建物に入った他の店は客がまばらなのに、そこだけはいつも繁昌《はんじよう》していた。大釜《おおがま》から湯気が立ちのぼり、簾《すだれ》の隙間《すきま》から流れている。

エイジは素うどんに握り飯を私の分も注文し、丸椅子《まるいす》に腰を下ろした。客たちも無言で、ぐつぐつと沸騰する釜の音と客たちのうどんをすする音だけがしている。

うどんと握り飯が目の前に来ると、私たちはそれを食べた。

美味《うま》い。どこがどう美味いかと訊かれても説明のしようがない。ただの素うどんなのだが、奈良に遊びに来ると必ずこれを食べたくなる。

エイジはこの手の廉価で美味い店をよく知っていた。それでいて喰《く》い物に関してとやかく言うのを聞いたことがない。

見ると客たちも黙々とうどんを喰っている。この客たちの、おそらく九割方が、ここに来た時より懐具合がぬくもることはないだろう。それを考えると、こうして食欲というきわめて基本の欲望を満たせる時が、今日の遊びの最上の時と言えなくもない気がした。

エイジは喰い終ると千円札を一枚、店の者に聞こえるようにパーンと音を立てて置き、立ち上がった。

私は猫舌なのでエイジのように早飯はできない。そんなことはかまわずエイジはプラスチックの椀《わん》に残った汁まですっかり飲みつくし、店を出て行った。この千円札は二人分で釣りが来るが、エイジは受け取らない。

最初に逢った頃、あとから店を出た私が、

「釣りだ」

と小銭を渡すと、

「しょうもないことしなや」

と怒ったように言った。

その言葉の意味が、釣り銭をエイジに渡すなということではなく、あの手の店で小銭の釣りを受け取るなとわかったのは、後のことだった。

エイジは私と連れ立って遊びに行くと、私に金を払わせなかった。新聞社の、それもスポーツ紙の記者の給料はたかがしれている。それでも数軒ミナミの飲み屋を梯子《はしご》してもそうだった。

「払うよ、俺が」

私が言うと、眼光が変る。

だから払う時は、その日の博奕《ばくち》が勝ったことをエイジに前以《まえもつ》て告げる。

それでようやく払いを認めるが、私が払いの時は女がいるような店には行かず、もっぱら福島《ふくしま》辺りの安い喰い物屋だった。

私は立ち上がり、場内の隅にある公園に行った。

そこは競輪場のバンク（走路）をぐるりと囲んだ建物がそこだけ切れて、奈良の山野と田園が見渡せた。

エイジは子供用の砂場の脇《わき》の金網の前に立ち、煙草《タバコ》を吸っていた。

背中を見ていてもエイジの表情がわかった。やや顔を空にむけ、遠くをじっと眺めている。どこを見ているふうでもないが、そういう時は決って目前にひらけた風景があった。夜半なら大阪の街が一望できる高処や陸橋の上から線路が遠くに続く風景であったりした。

何も言わず、どこを見るふうでもなく、ただ突っ立って煙草をくゆらせていた。

――何を考えているんだろうか……。

私はそう思ったことがあった。

それを訊くことはしなかったが、エイジの隣りに並んで煙草を吸っていると、何とはなしに気持ちが落着いた。

今は目の前にぽっかりと浮かんだ初夏の雲があった。

「ユウさん、今夜、時間はあるか」

「ああ」

「なら少しつき合《お》うてくれるか」

「わかった」

十三の駅前で二人して立っていると、通りのむこうから嬉《うれ》しそうに笑って手を振りながら女がやって来た。

「待たせてもうた？」

「今、来たとこや」

「ほんまに？」

純情そうな女だった。

歳は私たちより少しいっている気がした。

「いや、来てくれるなんて思いもせえへんかった。嬉しい」

「こっちはユウさん言うてわしのポン友や」

「ヨウコです。初めまして」

「今晩は」

「マスターがどうしても出てくれ言うんで、思い切って働くことにしたの。もうこんなオバアさんやから、とても無理言うたんやけど」

「まだ若いわい。大丈夫やて」

「そんなん言うてくれるの、エイちゃんだけやわ」

女は嬉しそうに科《しな》をつくった。

私は二人の少しうしろを歩いた。

半年余りエイジとつき合ってきたが、こんなふうに女と待ち合わせたのは初めてだった。ストリップ小屋の前を歩く二人が、何やらいいカップルに見えた。

「店は遠いのんか？」

「すぐそこ……。ちいさい店やからビックリせんといてな」

「大丈夫や、俺もちいさいし……」

「ハッハハハ」

女が笑った。

「けどマスター、ごっつええ人なんよ」

表通りから路地に入り、しばらく歩くと女は立ち止まって、あそこなん、と三階建ての雑居ビルの二階を指さした。

〝黒猫 ブラックキャット〟と看板があり、猫の絵が見えた。

女が先に階段を上がり、私たちはあとに続いた。

カウンターと、奥と窓側にボックス席があるちいさな店で、マスターらしき男と若いホステスが一人立ち働いていた。

奥に数人の客がいて、顔を突き合わせて話し込んでいた。

私は奥の客の顔をたしかめた。

「マスター、うちが前に話した三井《みつい》さん。昔からお世話になってる人なの。三井さんはNスポーツにお勤めなんよ」

「どうもマスターの江津《ごうつ》ですわ。よろしく」

「ああ、よろしゅう」

私たちは窓側のボックス席に座った。

女は一度、奥に消えた。

エイジは奥の客たちをちらりと見ていた。

女がやって来て、二人は昔の話をして笑っていた。エイジは珍しく飲むピッチが速かった。

その男は私たちの席にいきなりやって来て、女に怒鳴り声を上げた。

「いつまでそこにおんねん。ええ加減こっちにも来んかい」

女は男と顔見知りらしく、男の言葉に返答もせず横をむいていた。

私は相手を見上げた。面構え、風体《ふうてい》からして、地回りかチンピラのようだった。

「おい……」

私が声を出した瞬間、エイジが声を上げていた。

「何をごちゃごちゃ抜かしとんねん。誰《だれ》の席でごんだくれとんのじゃ」

エイジはテーブルの上に視線を落としたままだった。

「何やと、このガキ」

相手がテーブルを蹴《け》り上げたと同時にエイジは突進した。

奥のテーブルから男の連れが飛んで来た。

私は立ち上がり、彼等《かれら》の前に立ちはだかった。やはりチンピラである。

「やらしてやれ」

私は二人の男にむかって言った。

背後で物が毀《こわ》れる音と女の悲鳴がしている。

私は振りむかずに二人の男を睨《にら》んでいた。

この手の騒動はこの半年で何度あっただろうか。いずれ止《や》めるのだが、それはエイジの気分次第のところがあった。

マスターの声がして騒ぎはおさまった。

振りむくと相手の男は肩で息をしながらエイジを睨んでいた。

エイジはフロアーにしゃがみ込んでカウンターの椅子に背を凭《もた》せかけ、相手を睨みつけていた。止められなければまだむかって行く勢いである。エイジの口元から血が出ていた。

立ってエイジを見下ろしている男の方がエイジをねじ伏せたように映るが、フロアーに腰を下ろしているエイジがやられたようには決して見えない。いっこうにひるんでないのがわかった。

その証拠に、店を出て行ったのは相手の方だった。

「お客さん、すみませんでした」

マスターが謝っている。

「エイちゃん、ごめんね」

女は泣きながら頭を下げる。

「かまん。かまわんて、こんなもん。何を泣いてんのや。陰気臭いで」

エイジはそう言って笑った。

その夜、私たちは看板までその店で飲んだ。エイジは女とデュエットしていた。

女と三人で店を出て、もう一軒行くわ、というエイジと十三で別れた。

梅　田

京都《きようと》のアパートの郵便受けに封書が届いた。

宛名《あてな》に自分の名前があった。

この住所に私が住んでいることを知る者はいなかった。差し出し人の名前を見ると兵庫《ひょうご》・加古川《かこがわ》からで、知らない相手だった。

何か間違って入ったのか、悪戯《いたずら》か何かと思い、そのままごみ箱に捨てた。

数日後、エイジから電話があった。

「ユウさん、案内状が届いてるやろう」

「何の話だ」

「結婚式の招待状やがな」

「何のことだ」

「せやし、時藤登《ときとうのぼる》の結婚式やがな」

「トキトウ？　誰だよ、そいつは」

「何を言うてんねん。時藤登やないか。兵庫のマーク屋の」

そう言われて、頭の隅に一人の競輪選手が走る姿が浮かんだ。

時藤は、私の好きなタイプのマーク屋の選手だった。

「その時藤が何なんだ」

「だから結婚しよんねん。再婚や。前のカアチャンは死によったんや。時藤の街道練習を車で引っ張ってた時にダンプと正面衝突しよってな。あいつが狂ったようなレースをしはじめたんは、それからや。けど、ここんとこ丸うなってようやく落着いたんは、その新しいカアチャンのお蔭《かげ》なんや。塚口《つかぐち》でスナックやっとるええカアチャンや。それでわしら記者が音頭を取って、式を挙げさせたろうとなったわけや。ユウさん、あんた時藤の車券をよう買うやないか。そいでわしがあんたにも祝《いお》うてもらおう思って招待状を送ったんや。まだ届いてへんのんか」

「………」

私はエイジの話を聞いていて、数日前に来ていた封書のことを思い出した。たしか兵庫の加古川からのものだった。

「まだ届いてへんのんか。おかしいな」

「いや、あれがそうかもしれない」

「そうかもしれへんって、届いてたんか。なら中身を読んだんやろう」

「いや……捨てた」

「捨てた？」

エイジが素頓狂《すっとんきょう》な声を出した。

「捨てたって、ユウさん、放《ほう》てもうたんかい」

「ああ、知らぬ名前だったし」

「知らんて、時藤の名前が書いたったやろ」

「……よく覚えていない」

「そな殺生《せっしょう》な。結婚式の招待状を中も見いへんで放うてしまうなんて何なんや、ほんまに……。まあええわ。招待状はなくてもかまへんのやから、ぜひ来て祝うたってくれよ。祝宴は七月一日やで。場所は梅田の新××ホテルや。七月一日の午後三時やで」

「…………」

私は返事をしなかった。

「聞いてんのんか、ユウさん」

「俺はそういう席には出ないんだ」

「出ないいうんはどういうことや」

「だから、その手の席には出ないことにしてるんだ」

「してるんだって、祝うてやるだけやないか。ユウさんなら時藤の気持ちがようわかるやろう。ほんまにカアチャンを亡くしてからのあいつは、死んでまうん違うかいうくらい滅茶しよったんや。それがようやくまともになってきたんや。その気持ち、ユウさんならわかるやろう」

私は以前エイジに妻が亡くなったことを話していた。

「そういうことじゃないんだ」

若くして癌《がん》で死んだ妻に、私は結婚式を挙げてやることができなかった。最初に結婚した女性に二人の子供がいて、その姉妹が成長し思春期を迎えていたので、彼女たちに女優の妻との派手な結婚の報道を見せることは申し訳なく思っていた。妻が亡くなる前に、いつか結婚式をどこかで二人でしたいね、と言われた時、自分の情けなさを痛感していたこともあった。

「何をごちゃごちゃ言うてんねん。ユウさんらしゅうもない。こんまいこと言いなや。時藤にも話してんのや。ユウさんが祝いに来るゆうて。あいつユウさんがファンや言うたらごっつ喜びよって、よろしゅうたのんますとわざわざ言うてきよったんや。ユウさん、そんなこと言わんでわしの顔も立ててくれや。何もかしこまった席に出るんちゃうやないか。たかが競輪選手のちいさな宴会や。ユウさんは黙って隅に座っとったらええねん」

「………」

私はどうしようかと思った。

エイジの言うとおり、こまかいことにいつまでもこだわる方がおかしいと思った。

「わかった。行くよ」


エイジの言ったとおり、五十人足らずの披露宴だった。

私は初めて競輪選手の結婚式に出た。

彼等は普段、過酷な練習やレースに耐えているだけに、同じ地域の先輩、後輩や、競輪学校での同期に対する絆《きずな》が想像以上に強かった。見ていてそれは家族以上のしっかりした繋《つな》がりがあるように思えた。今の世の中が失ったものを、この若者たちだけで守り通そうとしている心地《ここち》好さがあった。

式の途中、主役の二人がわざわざ私の所に挨拶《あいさつ》に来た。

私は気の利いた言葉ひとつかけることができず、ただただ身を固くするだけだった。

式はどんどん盛り上がり、やがて新郎の同輩、後輩たちによる余興になり、いきなり全裸の選手たちが前を隠して壇上にあらわれた。どうやらそれは競輪選手の結婚式では恒例らしく、宴《うたげ》に出席していた若い女性たちまでが歓声を上げ、拍手した。筋骨隆々の若者たちが巧みに陰部を隠しながら一列になって踊る姿は滑稽《こっけい》さがあり、愛嬌《あいきょう》があった。

彼等の持ち芸が終ろうとする時、突然、別の裸の男たちが壇上にあらわれた。よく見るとその先頭に立っているのはエイジだった。その後に続いているのは、エイジの可愛がっている後輩の記者たちだった。

会場はヤンヤの喝采《かっさい》に包まれた。

私もまさかエイジがこんなことをするとは思っていなかったので驚いた。

エイジは壇上から下りると、普段生真面目《きまじめ》にしている競輪関係者のテーブルに行き、彼等の手を引いて壇上に上がらせた。彼等は戸惑いながらも、記者たちの手拍子に合わせてぎこちなく身体を動かした。

エイジが私のテーブルにやって来た。

私は笑って迎えたが、エイジが私の前に来て、

「ユウさん、踊ってな」

と言った瞬間、エイジの手をはねのけた。

エイジが私の顔を見た。酒が入っているせいか、エイジの目は赤かった。エイジは私の上着を脱がせようとした。

「やめてくれ」

「何がや」

「かんべんしてくれ」

エイジが笑った。

「かんべんできんぜ、ユウさん」

エイジの顔を見た時、酔っているだけではない気がした。

——面白がっているのか、俺を。

そう思った瞬間、私は逆上した。

そのまま立ち上がると、私は宴会場を出た。

エイジはそのままでは済まさなかった。

会場を出た私を追い掛けてきた。

「なんや。出て行くんかい」

私は立ち止まってエイジを振り返った。

エイジの周りに後輩の記者たちが心配そうに立っていた。

「何をいつまで恰好《かっこ》つけてんねん」

私はエイジを睨みつけた。

「あんたな。人間はな……」

――人間がどうしたってんだ？

「人間はな、人の前で馬鹿ができへんかったら……、できへんかったら、しょうもないんと違うんかい」

エイジの目は、酔ってもいなければ嘲笑《わら》ってもいなかった。

「他人《ひと》に笑われてなんぼのもんと違うんかい！」

エイジは言って、床に唾を吐いた。

私は踵《きびす》を返して歩き出した。

『他人に笑われてなんぼのもんと違うんかい』

エイジの最後の言葉が耳の奥に響いていた。


翌週、何事もなかったように、私とエイジは京都の向日町《むこうまち》競輪場で再会した。

「ユウさん、この間、わし少し酔うてたみたいですまなんだな」

「そんなことはないさ。あんたが言ってることは正しかったと思ってるよ」

「何か言うたかいな。また酔うてしょうもないこと言うたんやろう。ほんまにかんにんやで……」

エイジは照れ臭そうに言って、今日のレースの面白い情報を冗談めかして語り出した。

競輪記者の情報というのは、ほとんどがたいした話ではなかった。

それを一番良く知っているのはエイジだった。面白可笑《おか》しく記者だけが知り得る情報を話すエイジの顔を私は見た。そんな情報を信じない彼がわざわざ私に語りかけるのは、エイジもあの日のことを気にしていたのだと思った。エイジは酔った勢いで私にあの言葉を投げかけてきたのではなかったのだ。以前から彼が私に一度言っておきたかったのだとわかった。

あの日から、私はエイジの言葉が耳について離れなかった。

『他人に笑われてなんぼのもんと違うんかい』

私は他人に笑われることを何より許せないと思って生きてきた。それが自分の生き方を窮屈にし、束縛していることも知っていた。しかし、それ以外に自分は生きようがなかった。勿論《もちろん》、在日という自分の出自もあったが、他人に笑われるような生き方をするなと、一から十まで父に教えられてきた。母も同じように、その躾《しつけ》を私の身体に沁《し》み込ませていた。

笑われるくらいなら生きている価値などないと思って、それまでやってきた。

十数年の間に弟を亡くし、妻を亡くし、私はそれまで自分が信じていたものが、何の意味もないものではないかと思うことがあった。

エイジはそんな自分のくだらなさを見事に言い当てた気がした。

エイジとて他人に笑われることを不名誉と思っているはずだ。そのエイジが、笑われようと決めて、人前で裸で踊ってしまうことを私にわからせようとした。

その日、エイジは大穴の車券を少し引っかけて、私を夜の街に誘った。

京都に帰りたかったが、エイジの誘いを断わることはあの祝宴の時と同じ自分を彼に見せているようで、断われなかった。

夜の大阪《おおさか》・ミナミの辺りを歩きはじめたエイジの背中は、いつもと違って少し浮き足だっているように感じられた。

私は自分が、あの祝宴でエイジの言葉で考えさせられたように、エイジも私にあんなふうに告げるのを以前からいろいろ考えていたのではないかと思った。

エイジは珍しくカラオケを歌った。

♪しんどいネェ〜、そりゃましんどいけれど、エンヤーコーラ、このみち、演歌みち♪

盛りをとうに過ぎたホステスと白髪が少し見えるママの二人が、夕刻過ぎからずっと私たちの相手をし、エイジはママの手を握ったまま離さなかった。

四人で宗右衛門町《そえもんちょう》のラーメン屋に寄り、美味《おい》しそうにギョーザと白飯を食べる二人の女をエイジは笑いながら見ていた。

私は新大阪《しんおおさか》駅近くのビジネスホテルに入り、淀川岸《よどがわぎし》の灯《あか》りが揺れるのを部屋の窓から眺めた。

エイジの歌声が耳の奥から聞こえた。

〝しんどいネェ〜、そりゃましんどいけれど、エンヤーコーラ、このみち……〟

――もしかして自分たち二人は似たような生き方をしてるのかもしれない。

と夜の街を見ながら思った。

函　館

千歳《ちとせ》空港から函館《はこだて》空港までの飛行機を待っている時、エイジがぽつりと言った。

「ガキの頃、函館にオヤジと来たことがあってんねん……」

エイジは離着陸する飛行機の方に目をやり、かすかに口元に笑みを浮かべていた。

エイジの口から彼の昔話を聞くのは、初めてのことだった。

「夏の休みでな、青函《せいかん》連絡船で海峡を渡ったんや。目にするもんが何から何まで皆初めてのもんで、おもろかったんを覚えてるわ」

私は船のデッキに乗る少年の姿を想像しようとしたが、子供時代のエイジの姿は浮かんでこなかった。

「オヤジ、女がおったんや。ほれ北島三郎《きたじまさぶろう》の歌があるやろう。あの歌を聞くと、その旅のことをなんでか思い出しよんねん。妙なもんやな、人の記憶いうのんは」

函館に着いて、私たちは街中で昼食を摂《と》った。

エイジは懐かしそうに街並みを見ていた。

その日は前検日で競輪がなかった。そのかわり午後には競輪場に入り、全国からやってきた競輪選手に翌日から開催するレースのメンバー表を見せ、そのレースをどう戦うかインタビューして、翌日の朝刊の予想記事を書く。

函館記念競輪が開催されるので、私はエイジとこの街に入ったのだ。

全国の五十一の街に競輪場があり、その街々で一年に一度、記念競輪が開催されていた。

函館記念の開催は、夏の盛りと決っていた。冬場は雪が降り、十二月から三月までこの競輪場は閉鎖される。その冬期の間、バンクの中に氷を張り、市民のスケート場になる。競輪場はこうした地方独特の使われ方があり、少年期を競輪場のある街で過ごした男は打鐘《ジャン》の音と競輪開催の日に空に上がるアドバルーンを覚えている者が多い。

少年期に五感から身体に入ってきたものを、どうして人は一生忘れることがないのだろうか。

記念競輪の時は、その街では普段顔を見ることがない一流選手が全国から集まる。地元のファンも彼等を見るのを愉《たの》しみにしてやって来る。それはまた地元の選手からすると年に一度の晴れ舞台であり、競輪場には家族や知人が応援にやって来る。その分、地元選手の意気込みは並々ならぬものがあり、普段の能力以上の力を発揮する。いわば年に一度の地元の祭りのような競輪である。

そのせいか、夏の函館記念には全国から競輪ファンが集まって来る。

函館競輪場はむかいが競馬場になっている。

競輪場の打鐘の音が競馬場に聞こえ、競馬場のファンファーレの音が競輪場に聞こえる。

エイジが選手たちの取材をしている間、私は人影のないスタンドで一人海風に吹かれていた。

夏の陽差《ひざ》しに、海峡は濃い青にかがやいている。朝から温度が上がっていたせいか、海峡の水平線に津軽《つがる》の陸影は見えなかった。

こうして海のそばに佇《たたず》んでいると奇妙な安堵に包まれるのは、生まれ育った土地でいつも波音が聞こえ、海の気配のする場所に長くいたからだろう。

私にはふたつの海の印象があった。

ひとつは生まれ育った瀬戸内海。もうひとつは二十代の後半から三十代半ばまでを過ごした湘南《しょうなん》の海だった。どちらも内海と呼んだ方がふさわしい、おだやかな海だった。

前者で私は弟を海難事故で亡くし、後者は妻と過ごし、難病で早世するのを見送った。

弟の死は互いが幼少の頃、彼を無下《むげ》にしたことの後悔と、弟が台風が近づいている海に一人でボートで出て行った原因が自分と父の確執にあったことのすまなさがいつまでも残ったが、それでも時間が少しずつ弟に対する後悔の念をやわらかくしてくれた。

〝時間が薬〟というが、人の記憶の中に沸《わ》き起こっていた感情は、時間とともにおだやかになっていった。

妻の死は厄介であった。まだきちんと受け止める処世術を持ち得なかったし、夢多き若い女性が目の前で唐突に息絶えたことは衝撃であった。途方に暮れた。己を喪失しそうだった。

昼夜かまわず酒とギャンブルに身を置いた。幻覚の中を彷徨《ほうこう》しているような日々だった。何度か病院に運び込まれ、心臓の疾患と重度のアルコール依存症と診断され、鉄格子の入った窓のある病院にも入れられた。

函館記念の前節の最終日、決勝戦を佐賀《さが》のマーク屋が、〝ピン、ピン、ピン〟と俗に呼ばれる完全優勝を遂げた。

その決勝戦のひとつ前の順位戦でちょっとした事故が起きた。

以前から因縁のあった選手同士が、若手の先行選手の後位で凄《すさ》まじい競り合いをして、二人が落車、転倒した。

二人の選手が係員の手で担架に乗せられる時、走路に血が滴《したた》り落ちた。

「ひでえ怪我《けが》だぜ」

「あそこまでやることはねぇじゃねぇか。水野《みずの》もよ」

「水野、手前《てめえ》、佐藤《さとう》を殺す気か」

スタンドから男たちの声がした。

私はエイジのことが気になって、スタンドから記者席のある建物の上方を見上げた。

観客に罵倒《ばとう》されていた水野という選手は、エイジと懇意にしているベテラン選手だった。

表彰台の上で、優勝者が勝ち誇ったように拳《こぶし》を空に突き上げていた。

表彰式の後で優勝者インタビューをする記者たちが、金網越しに様子を見ていた。

その中にエイジがいた。

不機嫌な顔をしているのが、遠目にもわかった。

私は〝敢闘門〟と呼ばれる、選手が走路への出入りに使う門のそばの席で、エイジを待った。

エイジはすぐにあらわれて、ユウさん、一時間待ってや、と声を上げた。

私はうなずき、北門で、と返答し、いったん競輪場を出た。

バスターミナルにむかう道にバッタ屋が店を出していた。

店と言っても、リンゴ箱の上に戸板一枚を置き、そこに白布をかけ、バッタモンが並べてあるだけだった。

吊《つる》しのスーツ、眼鏡《めがね》、ベルト、靴といった、身に着ける物が主に並べられているのだが、時折、どうしてこんなものをと思われる、どう見ても道端で拾ってきたただの石のようなものを並べている者もいた。

そうした露天の店から少し離れた所に博奕場《ばくちば》が開帳していた。

人の気配がある所に足をむけると、公園の片隅や建物の脇で毛布一枚を地面に敷いて、賽子《サイコロ》博奕が行なわれていた。

競輪が終り、金の大半を失《な》くした男たちが、最後の慰めのように毛布の上に札を投げていく。

イカサマがあろうがなかろうが、金を放り投げる者からすれば自分の懐がうるおえばいいのである。

私は、こういう小博奕を見るのが好きだった。

おおむこうで打つ博奕にはどこかキナ臭いものが漂う。しかし、なけなしの金で懸命に打つ人には敬愛の念を抱いた。

実際、そういう博奕場の方が人間の動きがよくわかるし、ギャンブルの流れのようなものを観察できる。

そうした小博奕を開帳している男たちが、私を見るなり、遊んで行きませんか、と声をかけてきた。

私は時刻を見て、少しくらいなら遊べると思った。

私は男が誘うままに歩いて、廃工場になったような毀れた塀をくぐり、男たちが屯ろしている現場に行った。

丁半博奕であった。

それでも壺《つぼ》を振る男と合力役《ごうりきやく》が一人いた。

壺は紙コップである。

男たちは黙々と張っていた。

たまに丁半方のグズが揃《そろ》わなくなると、合力役が煽《あお》るように張りを進める。

私はしばらく〝見《ケン》〟をすることにした。

ギャンブルは慣れないことをするのが最も危険を孕《はら》んでいる。

地べたにビニールシートを敷き、その上に毛布を敷いただけのもので、十人ばかりの客が頭を突き合わせるように壺の周りに集まっていた。

見張り番の男が一人、煙草をくゆらせて廃工場の瓦礫《がれき》の上に立っていた。

賭《か》け金は百円からで、二、三人の男が紙コップに入れた硬貨を出して毛布の上に投げていた。

あとの客は千円札を放っていた。しかし見ると、その客の一人の張り方に違和感があった。振り出した壺が毛布の上で静止したと同時に張り声を大きく上げて張ったり、張り方が出揃った後で迷うように声を出す。一見、不慣れに見える。負ければ口惜《くや》しそうに声を出し、勝てば、これで今日の競輪の負け分を取り返して帰るぞ、と笑ったりする。

——サクラだな。

一日の競輪が終ると、大半の客は金を失って帰路につく。敗れてオケラになった者がぞろぞろと歩いて行く道を〝オケラ街道〟と呼ぶ。

そのオケラたちの懐に残った最後の金を巻き上げようとする連中が、懸命に工夫して小博奕場を開帳している。

ライオンが捕獲した獲物をハイエナが囲み、ハイエナの上方でハゲタカが舞い、さらに小動物が群がる。自然界の連鎖に似てなくもない。

「お客さん、どうするの？　物見なら失《う》せてくれ」

合力役が言った。

私は笑って、毛布の前にしゃがんだ。

彼等が声をかけてきたのは、こっちが警察や競輪の治安係ではないかどうかをたしかめることもあるが、客が足りないのが本音である。

世の中は異様な好景気に沸いているが、競輪の売上げは年々減っている。どこの競輪場でもあふれんばかりの客が入っていた時代はとっくに終り、ギャンブルを好む男たちはすでに競輪に目をむけようとしていなかった。

じゃ何をしているか。土地と株から金が金を生む、〝マネーゲーム〟に移行しようとしていた。

先月、東京《とうきょう》に金を工面に行った時、半分が片付き、相手と深夜の六本木《ろっぽんぎ》の店に行った。ゲイバーだった。都内のゲイバーは六本木、赤坂《あかさか》、青山《あおやま》に数軒で、多くは新宿二丁目《しんじゅくにちょうめ》に集まっていた。従業員がすべてゲイではなく店を仕切る者がゲイで、あからさまな女装はしておらず、客に媚《こ》びない彼等の口のきき方や態度が気に入って通う者がいた。

女装は女装でそれを好む者もあったが、彼等の世界も、男が男を好む傾向が主力になろうとしている。

金銭欲で成立しているギャンブルがその形態を変容させるように、性欲で成立するための世界も変容していた。

人間の欲には際限がない。一度取り込まれたら行き着くところまで行かねば、人間はそれを止めようとしない。

それを止めた時に何が待っているのかは誰にもわからない。

〝虚無〟と言う者があるが、そんな単純なものではなかろう。

大正時代に『芋粥《いもがゆ》』という短い小説が発表され、主人公の男の生涯の夢が芋粥を腹一杯に食べることだった。その男を屋敷に連れ込んだ公家《くげ》が、彼の目の前で大きな釜一杯の芋粥をこしらえはじめた。男は見ているだけで満腹になり、満腹の辛《つら》さに喘《あえ》ぐ。欲しいものがすべて手に入った時の辛さで、手に入らなかった時の不満はあとかたなく失せている。欲というものはそういうものかもしれない。

欲につきまとわれた者は、死ぬことだけでしか終止の符を貰《もら》えないのかとも思う。

そのゲイバーで紹介された男が、初対面の私に言った。

「金を借りてくれませんか」

東京に金を工面しに来ていることを、私を連れて行った男から聞いたのだろう。

在京のプロ野球球団を持っていた人物の息子と名乗るその男は、平然と言った。

「百億でも、二百億でもすぐに揃えますから……。競馬でしたっけ、あっ競輪でしたか。ドーンと儲《もう》けて下さいよ」

　ゲイの主人が私の顔を見た。

「競輪はもうそんなサイズの博奕じゃなくなってるんだ。それだけ賭けたら配当がなくなるよ」

「ハッハハハ、そうですか。じゃ競輪じゃなくて、土地でも株でもかまいませんよ。何なら物件を紹介してもいい」

「…………」

　私は黙っていた。

　すると隣りのゲイが言った。

「それならあんたが買えばいいじゃない。そうして儲かった一億円でも十億円でも私に頂戴《ちょうだい》よ」

　リスクに目をむけないほど東京には金が余っていた。


　北門に戻ると、エイジが一人で煙草をくゆらせながら立っていた。

「待たせたか？」

「いや、今、来たとこや」

　エイジの足元に数本の煙草の吸殻が落ちていた。

　タクシーに乗り込むと、エイジは病院の名前を告げ、ポケットの中から小紙の束をふたつに割って差し出した。

「タクシー券や」

私は首を横に振った。

「明後日《あさって》から後半戦やで、旅の博奕は小銭を大事にせなあかんで……。それをユウさんに言うても〝釈迦《しやか》に説法〟か。まあ取っときゃええがな」

私はエイジの手からそれを取り、上着のポケットに仕舞った。

「怪我の具合はどうなんだ？」

私は、今日のレースで怪我をして病院に搬送された、エイジと親しい水野の様子を訊いた。

「鎖骨と肋骨《ろつこつ》をやられとる。あとは顔の左か右を切っとるらしいが、そっちはたいしたことはない」

函館T病院は五稜郭《ごりようかく》の近くにあった。

「一緒に来てくれへんか」

「いや、外で待ってる」

「そな言わんと。わし、血見んのあかんねん」

私は苦笑した。

あれだけ酒場で与太者と平気で喧嘩《けんか》する男の言葉とは思えなかった。

大部屋の窓際のベッドで、水野は背を立てて雑誌を読んでいた。

「寝とかんでええんかい？」

エイジが明るい声で言った。

「……コンナ、モン、……目ジャアリャ、セン。……不細工ナ、トコ、見セタノウ……」

顔の左半分に大きなガーゼを貼《は》られた水野は、話し辛そうにしていた。

「どないしたんや、顔は？」

エイジが訊くと、水野は右手の人さし指を口の前に立て、その指先を口の中に突っ込むような仕草をして言った。

「……、ジ、自転車ノ、ス、スポークガ口カラ、入ッテ、キヨッテ、頬《ほ》ッペタ突キ抜ケヨリマシ、タンヤ」

「ほんまかい？」

エイジが目の玉を丸くした。

水野はうなずいた。

「おまえ、真正面で突き刺さったら、脳天の中にスポークが入るとこやったやないか」

驚くエイジを見る水野の目が笑っていた。

「おまえ、ほんま運がええ男やな。目にでも刺さってみや、わしのこの男前の顔も見られんかったぞ」

ハッハハ、と水野は笑おうとしたが、痛みが走ったのか、顔を歪《ゆが》めた。

「けど、よう上手《うま》いこと口を開けとったな」

「……アノ若造、ソバニ倒レトッタラ、カ、カ、噛《か》ミツイタロウ、思ウテノ」

「阿呆《あほ》抜かせ。相変らずやのう。ほんまに阿呆なレースしよって」

水野がエイジを指さした。

「何しとんのや。わしはおまえとはちゃうわい。ところで嫁さん、こっちに呼ぶはずちゃうんか」

水野は首を横に振った。

「なんでや。看病させたらええがな」

水野が不機嫌そうな顔をした。

「もうええ加減、へたってるとこも嫁さんに見せたれや」

水野が右の手で私たちを追い払うような仕草をした。

「まあええわ。いらんこと言うたな。おまえはおまえの生き方があるよってな」

そう言って、エイジはポケットから封筒を出し、毛布がかかった相手の足元に放った。

外に出てみると、すでに日は暮れていた。

タクシーを探しながらエイジが言った。

「あいつはもうぼちぼちマーク屋は店仕舞いやな。あいつらの店はいったん落ち目になりよると、とことん落ちるよってにな」

「そんなレースだったかな……」

「両方が転んで痛み分けに見えよんが、あの競りは完璧《かんぺき》にあいつが負けとる。競り落とされる瞬間に、あいつは相手を膝《ひざ》で蹴っとる。ベテランのマーク屋がようやる手や。でもええところもあんのんや。怪我させた相手にきっちり挨拶しよるしな。何十回と大怪我しよったが、いつでも復帰してきた。あいつ嫁はんに一度として競輪場にも病院にも来させせん。みっともない死に様は見せとうない言いよる。粋がっとるだけやが、けど、ほんまに死んでもかまへんと思うてんのや。ええ奴やろう」

「……………」

私はどう返答していいのかわからなかった。

エイジが、時折、口癖のように言う言葉があった。

『人間、みっともない姿を他人《ひと》に晒《さら》すぐらいやったら、死んだ方がましやろう。ちゃうか』

目の前のエイジを見て、本気でそう思っている気がした。

展望台に上ってみると見事な夜景だった。

「今夜は特別綺麗《きれい》ね」

連れて来たホステスが言った。

「ほんとに。ここまで来たの、ひさしぶりだわ。ほら船が出航するわよ」

もう一人のホステスが、ドックの方を指さして言った。

三軒目に寄った本町《ほんちょう》のバーで、エイジはかなり酔って、女たちが函館山に夜景を見に行きたいと言い出すので、連れて行ってやろうということになった。

あちこちに人影が見えて、展望台も混み合っていた。

ホステスは二人ではしゃいでいた。

私とエイジはベンチに腰を下ろした。

エイジは黙って夜景を見つめていた。

酔っているのだろう。

「こうして見てみると、たいしたもんだな」

私が言うと、エイジはちらりと夜景に目をやって、

「ほんまやな……」

とうなずいた。

エイジはしんどそうに見えた。

函館に来てからエイジは連夜、かなりの量の酒を飲んでいた。

こんなに酒を飲むエイジを見るのは初めてだった。

「今夜は早く寝た方がいいかもしれないな」

「わしはしばらくここにおるわ。ユウさん、先に引き揚げてかまへんで」

「じゃ、俺もしばらくつき合おう」

ホステスたちがやってきた。

「ここにいたの。どこに行ったのかと捜したのよ。ねぇ、そろそろロープウェイの最終

になるから山を下りましょう。ママも心配するし……」

「もう少しいいんじゃない。タクシーで帰ればいいし」

「ダメよ。ママに叱《しか》られるから……」

ホステス同士が話していると、

「ネエちゃんたち、先に帰ってくれるか。ほれ、チップや」

エイジが言った。

「えっ、私たちだけで戻ったらママに叱られるわ」

「ごちゃごちゃ言わんで、帰れて」

「でも……。じゃ帰りに必ず店に寄ってよね」

「ああ、わかった」

ホステスたちはうらめしそうな顔をして、ロープウェイの乗り場にむかった。

エイジは夜景に目をやっていたが、彼の目は違うものを見つめている気がした。

「ちょっと小便してくる。そっちは大丈夫か。気分が悪いようなら、一度吐いたらどうだ？」

「何を言うてんねん。これしきの酒……」

私は展望台の脇のトイレを出ると、エイジの居る場所にむかって歩き出した。

汽笛が聞こえた。

見ると湾に霧がひろがっていた。

その中を一隻の船がゆっくりと航行しているのが見えた。

どこかでこれと同じ海景を見た気がしたが、何もよみがえってこなかった。

自分の過去というものを思い出すことをしなくなってずいぶんと時間が経《た》った気がするのだが、先日の昼中も、海のそばに立つと前ぶれもなしに映像があらわれ、そこに人影が立っている。

たいがいは水のほとりで、こちらは水面だけを見ているから、その水に映っている人の姿しか見えない。

顔を上げて相手の顔をたしかめたいのだが、それが怖くてできない。見てしまうと何かが音を立てて崩れ、こっちもかたちを失くしてしまうのではないかという強迫観念のようなものにとりつかれている。

『ユウさん』

女の声がした。

若い女の、瑞々《みずみず》しい響きを持った声だった。

その声のトーンで、誰だかわかった。

私は顔を歪め、口の中の唾を飲み込んだ。

「幽霊のおでましか……」

私はつとめて軽そうに独り言を口にした。

見ると霧は津軽海峡も函館の街も湾も、すっかりと覆いつくして、水に薄めたミルクのように白くひろがっていた。

エイジのことが気になったが、私はそこを動けずにいた。

先刻の店に戻ると、ホステスたちはすでに引き揚げて、女主人だけがカウンターにいた。

エイジはまだ飲むという。

「もう少しいいか」

「かまいませんよ。私、ちょっとだけ出かけてきたいんだけど、いいかしら」

「ああ、かまわん」

女は私たちのテーブルに酒のセットをこしらえてきて、酒肴《さかな》がいるなら、そこの冷蔵庫に入っているから出してくれ、と言って店を出て行った。

テーブルにうつぶせていたエイジが、ドアの閉まる音に気付いて顔を上げた。

「なんや、あいつどこへ行きよったんや」

「近くに用があるらしい」

「わしら放ってか」

「ああ、悠長なもんだ」

「フッフフ……」

今夜、初めてエイジが笑った。

そうしてまた真顔になって、

「他人の前で無様な姿を見せるくらいなら、男は死んだ方がましやで、なあ、ユウさん」

「そうだな……」

「わしのオヤジは、それを平気でやりよったわ。みっともない奴や」

エイジの口から彼の父親のことが出た。

「もうぼちぼち引き揚げちゃ、どうだ」

「ユウさん、先にいんでかまへんで」

「そう言うな。一緒に引き揚げよう」

「よしゃ、そんなら最後の一杯を飲んで仕舞いにしよう」

「そうだな」

エイジはテーブルの上のウィスキーのボトルの蓋《ふた》を開けると、私のグラスと自分のグラスになみなみと注《つ》いだ。

グラスを突き出して、エイジは言った。

「何に乾杯しようか、ユウさん」

「何でもいいさ」

「そうやな。あの、ど糞垂《くそた》れに乾杯しようやないか。地獄で待っとれや、言うて乾杯や。カンパ〜イ」

そうしてエイジはグラスのウィスキーを口に持っていったが、すでに限度を超えているのか半分近くが胸元とテーブルに零《こぼ》れた。

伊達《だて》をいつも気にするエイジが、シャツにかかったウィスキーを拭《ぬぐ》おうともしない。

エイジは下唇を舐《な》めながら言った。

「コウキチ言うんや。コウキチ」

「誰のことだ」

「わしの糞垂れオヤジや」

「そうか。でもまあ、そういう言い方をするもんでもないだろう」

いきなりテーブルを叩《たた》く音がした。

「じゃかあしい」

エイジは私を睨みつけた。

私はエイジを見返した。

これほど酔い潰《つぶ》れたエイジを見るのは初めてだった。

「おまえに何がわかる言うんや」

「………」

私は何も言わずエイジを見ていた。

「わしを捨てよったんや。いや、わしはかまへん。おかあんも兄貴も何ちゅうことはない。けど妹と弟を捨てよったんは、許せん」

それからエイジは、彼の父とのいきさつを独り言のように語った。

席を立とうと思ったが、置いていくわけにもいかなかった。

エイジは中学が終る春に、その父親を訪ねて函館の街に来たという。

自分たちを捨てた父親に、息子がどうして逢いに行ったのか知らないが、エイジは父親と函館の駅で別れた夕暮れの話をした。

「金が入った封筒を、アイツはわしに渡しよったんや。これをおかあんに、こっちはおまえに言うてな。子を心配するオヤジの気分やな。わし、どうしたと思うか」

そう言ったきりエイジはうつむいた。

そうして急に顔を上げると、

「アイツに叩き返したったんや。こんなもんいらんわい。金、恵んでくれいうてきたんとちゃうわい、言うてな」

「そろそろ行くか」

「ああ、ぼちぼちやな」

エイジはよろよろと立ち上がった。

そうして左の手で何かを持ち上げるような仕草をした。

——何をしてるんだ？

エイジは左の手を上下させていた。

「アイツ、わしに見えんように左手に金魚の入ったビニール袋とヨーヨーを持ってたんや。金魚とヨーヨーを大事そうに持っとったんや。ほんまに阿呆たれや」

私は、エイジの顔を見た。

いたたまれないような表情をしていた。

「つまらんことを口にするな」

私が言うと、エイジはポカンとした顔をして、ニヤリと笑って、

「そうやな。しょうもないこと言うてしまいました、かんべんしとくれやす。寛美《かんび》どす」

と頭を掻《か》いた。

十三

秋になり、私たち二人は奈良盆地の田圃《たんぼ》の中を歩いていた。

「ユウさん、ありゃ渋柿《しぶがき》やな……」

前を行くエイジが立ち止まって、左前方の農家の庭先に実をつけている柿を指さした。

「そうなのか」

「わし、ガキの頃、おかあんの実家のある郡山《こおりやま》で、干し柿をこさえんのを手伝《てつど》うたことがあんねん。郡山は金魚と同じくらいぎょうさん柿の木があんねん。ありゃ、間違いない。渋柿や」

そう言って合点が行ったようにうなずいて、また歩き出した。

ほどなく日が落ちようとしていた。

「柿の木が今、高《たこ》う売れるんやで。何でもゴルフの打つ道具に使いようのやて」

――パーシモンのことか……。

「知ってたか？」

「ああ、聞いたことはある」

「ユウさんは何でも知っとんなあ。でも博奕ばっかりしてたら、あかんとちゃうのか。そろそろ仕事したらどないやねん」

「そうだな」

「そうなると、やっぱり東京に行かなあかんのかい」

「そんなことはないだろう」

「そうか。ユウさんがおらんようになると淋《さび》しいものな。オカマちゃうで」

私は笑った。

「さあ、今夜は十三でパーッとやるで」

エイジの歩調が速くなった。

二人がむかう近鉄線の駅ビルの方から電車の走る音が聞こえた。

十三の駅を降りた頃から、少し時雨《しぐ》れてきた。

すぐに傘のいる雨ではなかったが、このところ関西は馬鹿陽気の日照りが続いていたので、湿り気にふれるのはありがたかった。

前を歩くエイジの背中が、ふくらんでいるように見えた。

どこか昂揚《こうよう》しているふうに感じたのは、昼前に近鉄線の西大寺駅前の喫茶店で待ち合わせた時からだった。

——何かいいことでもあったのか……。

いつもより饒舌《じようぜつ》なエイジの話を聞いていた。

「せやし、けなげな娘《こ》がおるもんやな。ほれこの夏の和歌山《わかやま》の水害で祖母ちゃんと祖父ちゃんの家がやられた孫が貯金箱持って、トラックを乗り継いで見舞いに行こうとしたらしいで。その途中で保護されよった。まだ捨てたもんやないで、この国は……。ユウさんは祖父ちゃん、祖母ちゃんはいてんのか」

「いや、俺の祖父母は皆韓国《かんこく》で亡くなった。十五年くらい前にオヤジの母親が亡くなった報《しら》せが届いた。親の死に目にも会えなかったとオヤジが嘆いていたよ」

私はその時、生まれて初めて父親が泣く姿を見た。大声で泣く父親の姿に私は戸惑い、普段、厳格で弱味を見せない男が、かくも感情をあらわすのかと驚いた。

「ユウさん、親は大事にしなあかんで……」

エイジは夏の函館の出来事を忘れたように言って、空を見上げた。

「降り出さなええがなあ……」

レース担当の記者たちは雨を嫌う。

雨の日のレースは事故が多いからだ。それも悲惨な事故は必ずと言っていいほど雨の中で起こる。

元凶が雨にあるわけではないが、レース場の男たちは雨を嫌っていた。

私はいつの頃からか、雨を見ていると奇妙な安堵を抱くようになった。

これまでの私のどうしようもない半生の中で、雨はどちらかと言えば凶の領域に寄っていた。

十数年前、故郷の海で遭難した弟を海から揚げてやるまで、十日間、どしゃ降りの雨の中を海岸に立ち続けた。通夜も葬儀も雨だった。

妻が亡くなった朝も雨だった。やはり雨の中での送葬だった。

妻の死以降、雨が降ると酒量が増えた。その頃は身体の中に流し込むように、毎夜飲み続けていた。やがて時間の観念が失せ、酒を飲むと雨が降るようになった。

水音が身体の底でずっと聞こえていた。

雨の中に一人の男が立ちつくしている錯覚を覚え、その男が自分の身体の中にたしかに立っているのがわかった。幻想の中だけが自分のたしかな居場所だった。

昼夜かまわず幻想と対峙《たいじ》していると、水音はやがて自分の血の滴る音のように感じられた。

崩れると確信した時、手を差しのべてくれる人があり、南海の島に連れて行かれ、一ヶ月の間、一日中海の中に立っていた。底波に身体を揺らしているうちに少しずつ水音が遠ざかり、生還することができた。

それでも何かの拍子に忘れていた幻想が突然あらわれそうで怖かった。

「ユウさん、ちょっと一軒つき合《お》うてくれるか？」

エイジは言って、細い路地に入った。

あとをついて行くと、どん突きに朦朦《もうもう》と湯気を吐き出す店があった。

香ばしい匂いがした。懐かしい匂いだった。前を歩くエイジが鼻を鳴らすような仕草をして言った。

「ごっつええ感じやな。ひさしぶりやな」

店の中に入ると、立ち込める湯気の中で満員の客が大鍋《おおなべ》の周囲に座って飯《かけ》を喰い、酒を飲んでいた。

エイジは隅のテーブルに座ると、丸椅子ひとつを借りて私の席をこしらえてくれた。

「ふたつおくれ。それにビールや」

ハーイ、東の隅さん、飯を二丁にビール、と威勢のいい声が返ってきた。

「ここはよく来るのか」

私が訊いても、エイジは返答せずに大鍋の方に目をやっていた。

何か気になることでもあるのか、湯気のむこうをじっと見ている。

すぐにビールとぶっかけ飯を盆に載せて女がやって来た。

女はエイジの顔を見て、ちいさく会釈した。

「おひさしぶりです」

「おう、元気にしてたか」

「は、はい。お蔭さんで皆元気にしております」

「そうか……。そりゃ何よりや」

「は、はい」

女の緊張が私にも伝わってきた。

勘定は現金払いで、エイジは五千円札を一枚出し、釣りはええから、とぶっきらぼうに言った。

「あきません、多過ぎますよって」

「かまわん。取っとき」

「でも……」

「かまわん言うたら、かまわんのや」

その時、エイジがそれまで一度も見たことのないような笑顔を見せた。

女がその笑顔に応《こた》えるかのように笑い返した。

その瞬間、私はエイジと女がただならぬ間柄だとわかった。

エイジを見返した女の眸《ひとみ》がかがやいていた。

――いい女だ……。

純朴そうな印象が飯屋の湯気と喧騒《けんそう》の中で異彩を放っていた。

女が私にも丁寧に会釈して奥に消えると、

「ユウさん、何か言うたかい？」

とエイジは私の顔を見た。

「いや、何でもない」

「そうか……。熱いうちに喰うてしまおうや。絶品やど」

「ああ、いい匂いだものな」

私たちはビールを一気に飲み干すと、ドンブリに入ったぶっかけ飯を勢いよく食べはじめた。

美味かった。

俗に〝マメ〟と呼ばれる牛、豚の内臓を味噌《みそ》で煮込んだものを白飯の上にかけただけだが、これがおそろしく美味だった。

具も、飯も熱かったせいか、腹の中でまだぶっかけが揺れている気がした。

エイジは楊子《ようじ》をくわえて、

「バク二丁」

と声を上げた。

先刻の女がグラスに入ったバクダンを持ってきた。

「さっきので十分間に合ってますから……」

それでもエイジはポケットをまさぐって金を出そうとしていた。

「これは俺が払う。ほら」

私は女の手に千円札を数枚置いた。

「ユウさん、ここはええねん。わしがやるさかい」

「そうはいかん。たまには払わせろ」

「あの、これでは多いんで……」

女が戸惑いながら言った。

「いいから取っとけ。ぐだぐだ言うな」

私が怒ったように言うと、エイジは珍しいものでも見たように目を丸くし、またあの屈託のない笑顔を見せ、

「そない怒らんかて、ええがな。なあ、びっくりするわな」

と女にむかっておどけたように言った。

女がエイジの笑顔を見て、嬉しそうにうなずいた。

左の頬《ほお》に片笑窪《かたえくぼ》ができていた。

――可愛い笑窪だ。

その素振りで女がエイジを信頼している様子が伝わった。

「もうええさかい。早《はよ》う行け」

エイジは女に言い、バクダンのグラスを私にむかってかかげた。

「乾杯ひょう。ユウさん、乾杯や」

エイジの声が昂《たか》ぶっていた。

上機嫌の理由はどうやらあの女だと察した。

「ユウさん、何に乾杯ひょうか？」

私はエイジに顔を近づけ小声で言った。

「飯屋の女に乾杯しようぜ」

エイジの目が点になった。

そうして首を大きく横に振った。

「あいつはそんなんちゃうて」

「何がどう違うか、そんなことはどうでもいい。ともかくあの女に乾杯しよう」

「ユウさん、あいつを気に入ったんかいな？　せやったら紹介しよか？」

「生憎《あいにく》、俺は性悪女の方が好みでね」

「ほ、ほんまに性悪女がええのんか？」

「ああ、そうだ」

「ほな、丁度、御誂《おあつら》え向きが次の店におるわ。まあともかく乾杯や」

「ああ乾杯だ」

私たちは理由もなく笑い合い、バクダンを喉《のど》に流し込んだ。

駅裏の雑居ビルの中に、その店はあった。

女ばかりでやっている店で、エイジがママと呼んだ女は、すでにかなり酔っ払っていた。

若い女が二、三人いて、客を連れて入っては、また客と外に出て行った。

女たちの動きはキャッチバーのような感じで、どうしてエイジがこんな店にわざわざ来たのかわからなかった。

女は、エイジに対しても勿論そうだが、私にまで妙な視線を送ってきた。

「エイジ、ビール飲むわよ」

女はエイジを呼び捨てにしていた。

「ああ、好きなもん飲め」

エイジは女の態度をごく当たり前のように受け入れている。

「あんた何にするの?」

女が頰杖《ほおづえ》ついたまま私の顔をつまらなそうにじっと見た。

女が指に嵌《は》めている大きなカマボコ形の指輪がいかにもニセモノっぽかった。

「ねぇ、何にすんの? あんたも競輪の記者なん」

私が首を振ると、

「ねぇ、エイジ、この男、どこかで見たことあるんやけど……、何者よ? ねぇ、エイジ、この男どこかで見たことがあるわよ」

「何をごちゃごちゃ言うてんねん。ユウさんは初めてこの店に連れて来たんや。おまえが知ってるはずないやろう。ぐちゃぐちゃ言わんでユウさんの酒を持ってこんかい」

女はエイジの言葉に渋々カウンターの中に入った。

「うるさい女やろう。だいぶ飲んでんねん。根はええ奴なんや、かんにんしたって」

「ああ、けどずいぶん態度のでかい女だな」

私が笑って言うと、エイジは急に真顔になり、

「気に入らんのんか？　それやったら他の店に行こうか」

と私の顔を覗《のぞ》いた。

「冗談だよ。よくここには来るのか」

「ああ昔からや。ここだけが昔の俺を知っとるとこや」

エイジは言ってから感慨深そうに店の中を見回した。

いつの間にか若い女も客も消えて、店は三人になっていた。

女がウィスキーのボトルを手にテーブルに戻ってきた。

「エイジの客だから少し張り込んでやったで……」

こんな店にしては高級なウィスキーだった。

「なんや、ええもんあるやないか。おまえ、それ、パチモンちゃうやろな」

エイジが女を睨みつけた。

女は唇を真一文字に結んで、睨めっこをする子供のような顔をしてエイジに近寄った。

「おかしなもんを詰めとったら承知せんぞ」

エイジが声を上げても、女はヒィヒヒヒッと奇妙な声を発して笑っていた。

「おまえ、それ危ないよって、寿屋《ことぶきや》にしい。そのかわり今日は現金で払《はろ》うたるさかい」

「おう、博奕を当てたか。大穴か？」

「そなんちゃう」

「いいから、これを飲んでくれ」

女とエイジの会話を聞いていて、女がどこまで酔っているのか、それとも元々こういう話し方をする女なのか、よくわからなかった。

女はウィスキーの栓《せん》を開け、みっつのグラスになみなみと酒を注いだ。

トクトクと音を立てるウィスキーを女は笑いながら注いでいる。そうしてそれぞれのグラスに注ぎ終えると、乾杯や、とグラスをかかげた。

「ヨオーシ、乾杯や。ユウさん、何に乾杯しよう？」

「私《うち》に乾杯してくれ」

「なんでおまえに乾杯せなあかんねん。何かええことでもあったんかい」

エイジが訊くと、女は首を横に振った。

「アホ」

「でもうちに乾杯したってくれ。うちに乾杯したってくれ。うちに」

「わ、わかった。じゃおまえにも乾杯したるさかい、少し静かにしとけ」

女が笑ってうなずいた。

愛嬌のある表情だった。

「ほな、ユウさん、函館ではえらい世話になってしもうて、ユウさんの競輪がええ感じで行くように。わしも少しそれに乗っかりますように……」

エイジがグラスを持ち上げようとすると、

「うちも」

と女が声を上げた。

「そやったな。忘れるとこや。それとミサエにもええことがぎょうさんあるように」

――ミサエという名前なのか。

エイジの言葉を聞いて、ミサエは満足そうに二度、三度うなずいていた。

ウィスキーを流し込んだ。

すぐにエイジと私は顔を見合わせた。

エイジは口の中のものをすぐ吐き出した。

私は洗面所に駆け込み、口の中のものを吐き出した。喉の奥に指を突っ込み、胃の中に入ったものを吐いた。それでもすぐに吐き気が襲った。

エイジもすぐに洗面所に飛び込んできて、同じように吐き出していた。

肝油を飲まされたような油っぽい匂いが口の中にひろがっていた。

「あいつ、ムチャクチャしよんな、ほんまに……。ユウさん、何やったんやろうか、今飲んだんは？」

エイジは目に涙をためていた。

「肝油に似ているな。まあ身体には害はないだろう」

「害はないって、毒やったら人殺しやないか。ほんまにあのガキ、いてもうたるわ。俺だけなら我慢できるが、ユウさんを巻き込みやがって、ほんまに」

私はもう一度口をゆすいだ。

「ほんまに、あのガキ」

「いいじゃないか。面白がらそうとやったんだろう。怒ったら可哀相《かわいそう》だ。飲み直そう」

「そうか、悪いことしてもうたな。そう言うてくれて安心したわ。あいつ酔うとちょっとここがおかしゅうなりよるんや。前にも、酔っ払って自分のアパートの二階から飛び降りたことが何度かあるんや」

「たいしたものだな」

「ほんまやな。放っといたら何をしでかすかわからん。おそろしい女や」

「性悪女か」

私が言うと、エイジも笑って、

「そうや、性悪女や、あれは……」

ハッハハハと私はまだ涙がたまっているエイジの目を指さして笑った。

店に戻ると、女が床の上にあおむけに倒れていた。

「お、おい、ミサエ、大丈夫か」

エイジがミサエの身体を揺すると、ミサエは目を開き、白い歯を見せた。

「なんや、死んだんちゃうんかい」

「死んだ」

ミサエがよく通る声で言った。

「ほな、そこで死んどれ」

「そうする」

エイジがカウンターの中に入り、冷蔵庫からビールを出した。

ビールを飲んでも、まだ口の中に油っぽいものが残った。

私は二杯目のビールを飲もうとして、床に横たわっているミサエを見た。

——大きな眸だ……。

そう思った時、ミサエの目から大粒の涙が零れているのが見えた。

見てはいけないものを見た気がした。

「おい、おまえも飲め」

私が言うと、

「死人は酒は飲まへん」

と怒ったように言った。

「酒を飲む死神もおるって話だ」

「ユウさん、放っとき、死なしとき。ミサエ、冷蔵庫のウインナー食べるで」

エイジが冷蔵庫の中に頭を突っ込んで言った。

ミサエは返答しなかった。

ドタドタと階段を上がるハイヒールの靴音がして、若い女が二人店に戻ってきた。

「あれ、またママ酔っ払《ぱろ》うてしもうてるわ」

女の一人が言った。

もう一人の女がミサエに何事かを言った。

「×××のマスターが、店が終ったら、こっちにママと来てくれって言ってはりますけど、うち、今夜、友達の所に行かなあかんし……」

「今夜はもう仕舞いや、うちは死んだんや」

夜の二時を過ぎて、エイジもミサエもテーブルにうつぶせるようにして眠むっていた。

二人は同じような寝顔をしていた。

こんなふうに長く一緒に飲める相手と店があるエイジが羨《うらや》ましかった。エイジもしあわせなら、この女もしあわせだと思った。

あんなふうに大粒の涙を流せる女はしあわせな女に違いない。

何事かを人の何倍も信じているから、涙も、笑いも、悪戯でさえ懸命にやるのだろう。

私はエイジやミサエが持ち合わせている、何かを振り切った生き方ができなかった。自分の中につまらないこだわりがあり、狭い部屋から出て行くことができない。それでもこうしてエイジと過ごすうちに、少しずつ私は自分が歩くことのない道や路地に身を置くようになった。

それが良いことなのかどうかは、わからない。それでもくたばるよりはいいような気がした……。

ミサエが寝言を言った。

その声に当人が気付いて、顔を上げた。眠むそうな目が私をぼんやりと見て、かすかに笑って、またうつぶせた。

私も笑い返した。

階段を誰かが上がってくる気配がした。

店のドアには錠がかけられていた。

客なら、それに気付いて引き揚げるだろう。

ドアをかすかに叩く音がした。

女の声だった。

私は立ち上がり、ドアを開けた。

先刻のぶっかけ飯屋の女だった。

女は私の顔を見るとすまなそうな顔をして、エイジさんは……、と言った。

「すっかり酔って寝ている。タクシーだな？　下まで運んでやろう」

女がちいさくうなずいて店の中を覗き込んだ。

私はエイジを背中におぶって階段を下りた。

酔った人間の身体は重いはずなのだが、エイジの身体の、この軽さは何なのだろうか、と思った。

「すみません。お手数を……」

女の言葉を聞きながら、私は女を振り返って笑った。

「赤ん坊みたいに軽いな」

女がぎこちなく笑い返した。

私はタクシー乗り場まで歩きながら、かつて弟の死体が海から揚がってきた時、桟橋《さんばし》から浜辺まで背負ったことがよみがえり、その身体が異様に重かったのを思い出した。

生きているエイジがこんなに軽く、死んだ弟が石のように重かった理由を考えた。

——どうしてだろうか……。死んでしまったのだから何もかも消滅してしまうはずなのに、どうしてあんなに重いのだろうか。

たしか、あの夏の朝、検死にやってきた医師に、母が叫んだ言葉を聞いて、私はそれまでつとめて冷静にしていた気持ちがいっぺんに揺らいでしまった。

『先生、どうかこの子を生きかえらせて下さいませ。いつも元気で身体も人一倍丈夫な子なんです。ですから、どうかこの子を生きかえらせて下さいませ』

手と足を軽く曲げて、滑稽にさえ見える水着姿の弟を囲んだ家族全員と、捜索に来ていた近所の大人、弟の同級生、私の友人……皆が、その白衣を着た男が検死医とわかっていた。それなのに母は叫び声を上げげた。普段、家族の誰よりも冷静で、あらゆる世間の道理を知りつくしているはずの母が、そう叫んだ。

『母さん、もういい』

父の絞り出すような声がして、私は弟の身体を背負い、海の家のある浜辺にむかって歩き出した。

異様な重さだった。それを私は重みとは思わず、私の背中で弟が、私の身体にしがみついていると思った。

「どうにかしてくれよ。知らない場所になんて行きたくないよ」

弟が私の背中でそんなふうにつぶやいている気がした……。

――どうしてあんなに重かったのだろうか……。

二度、三度、タクシーの後部席から私にむかって会釈する女を見送りながら、私はその理由を考えた。

「それにしても軽かったな、エイジは……」

私はそうつぶやいて店に戻った。

店に入るとミサエはまだ眠むっていた。

先刻より、ミサエの身体がちいさくなっているように感じた。

床に横たわって天井を見つめていたミサエの姿がよみがえった。

『うち、死んだの』

大粒の涙が浮かんだ。

「綺麗な涙だったな……」

私は声に出して言った。

私はコートを取って腕を通すと、一緒に持ってきた女物のコートをミサエにかけてやった。

テーブルに伸びた白い指先に指輪がかすかに光っていた。

縁日の夜店で買ったような派手な指輪は最初に見た印象とは違って見えた。

――これはこれで綺麗じゃないか。

私はポケットから金を出し、ミサエのコートのポケットに入れた。

歩き出すと、ミサエが死んでいた床が黒く、濡《ぬ》れたようにかがやいていた。

私はそこを踏まないように避けてドアを開けた。

階段を下りながら、二度とこの店には来ないだろう、と思った。

小　倉

「でかいなあ……」

エイジは紺野町《こんやまち》の繁華街の通りで、前を歩く二人の相撲取《すもうと》りの図体を見て言った。

毎年、十一月になると、競輪は九州・小倉《こくら》で最後の大きなレースが開催される。

その時期が大相撲の九州場所と重なり、夜の街に出ると、時折、相撲取りたちに出くわすことがあった。

「なんであんなにでかいんや」

エイジは感心したように言った。

小柄なエイジがそう言うので、私は苦笑した。

私が笑っているのに気付いて、エイジも笑った。

笑うとエイジの顔にはあどけなさが出る。

――少年の頃はこんな表情を見せていたのだろうな……。

と想像するが、エイジが笑う時はめったになかった。

大人の男はそうたやすく人前で笑うものではないと、エイジが後輩に口にするのを聞いたことがあった。

『へらへらしとるから、そないなことになんのや。仕事の領分だけはちゃんとせんかい』

エイジに言われて、後輩の記者は顔を青褪《あおざ》めさせていた。

それもそのはずで、エイジは後輩をめったに叱ることはなかった。むしろ怒ることが珍しい方で、私も半年前に一度見たきりだ。

後輩が何をやらかしても、エイジは見て見ぬ振りをする。特に記事の中で失敗をしでかした時は、

「まあ、しゃあないわ。次を気いつければ、それでええ」

と言うきりで、同輩の記者が、

「エイちゃん、えらい記事やったな」

とそのことを話題にしても、

「本人が一番わかっとるて」

とさらりと言う。

記者席の場に座っていた私は、そんなエイジを、陽《ひ》だまりでも眺めるように見ていた。

エイジの勤めるNスポーツ紙は元々、関西を本社とする一般紙が発刊したスポーツ新聞で、関西では一番の売上げ部数を誇っていた。関西本社として管轄する地域は中部地区、広島《ひろしま》までの中国地区、四国と、記事を提供する範囲は広かった。だから中部支局、中国支局、四国支局を持ち、そこに競輪担当の記者を置いていた。支局と言っても一名の専属がいるだけだった。

『あれって何やろね。エイジさんが推薦する記者って、皆どっか変ってるよね』

エイジと待ち合わせた福島の小料理屋で、彼の後輩が同僚にそう話していた。

『ほんまやな。なんであないなのをエイジさんは選ぶんやろな』

『親御さんか何かに泣きつかれたんと違うか』

『きっとそうやな。エイジさん、涙に弱いからな』

私もエイジが採用し、支局員となったその記者たちに、広島や中部の競輪場の記者席で逢ったことがあった。

一見、これは使いものにならないのではという風体、物言いをしていた。しかし、彼等には妙な共通点があった。

頭が切れたり、さとい動きをすることはなかったが、彼等には朴訥《ぼくとつ》とした清らかさのようなものがあった。

彼等の支局がある地区で全国規模の大きな競輪競技が開催される時、エイジは一人、二人の遊軍記者を連れて乗り込むのが常で、そんな時、支局員がふたつある予想記事の片方を受け持つ。

遊軍記者の方が、取材能力も競輪選手たちとの普段のつき合いも深く、記事内容もきちんとしているのだが、エイジはその支局員を立てた。

時折、記者席の隅に彼等を呼んで注意しているエイジの姿を見ることがあった。

支局員は直立不動でエイジの話を聞いていた。エイジも厳しい表情だったが、やがて話が終ると、エイジは白い歯を見せ、相手の頭を叩《はた》き、

「ど阿呆《あほ》、今晩、おごったれや」

と茶目っ気たっぷりに言っていた。

彼等がエイジを慕っているのは、その表情や所作でよくわかった。

ただそんなことはエイジにとってはどうでもいいことのようだった。

「ここにしようか」

エイジは言って、その小料理屋の暖簾《のれん》を先にくぐった。

左手にカウンターがあり、テーブル席がふたつ、奥に上がり座敷があった。

体格のいい女が一人、私たちを見て白い歯を見せ、よく通る声で、

「いらっしゃい」

と言った。

カウンターには主人らしき初老の男と、女将《おかみ》と思える着物姿の女が同じように私たちを見て会釈した。

主人は手元を見て仕事をしている。

――いい店だな……。

私はそう思った。

エイジと地方に旅をすると、彼の持つ独特の嗅覚《きゆうかく》に感心させられることがあった。

昼間の競輪が終り、翌日の新聞記事を本社に入れ、本社からの確認が取れると競輪場を出て街へ出るのだが、何のこだわりもなく入った店が、どこもそれなりに味覚もしっかりしており、おまけに酒を大事に扱う店がほとんどだった。

「なかなか美味い店だな」

私が言っても、

「そうか」

と言うきりで無頓着《むとんちやく》であった。

ただ酒をこぼしたり、飲み残したりするのをひどく嫌った。

酒に卑しいのではなく、酒とはそうしたものだと思っているようだった。

私とエイジは奥のテーブルに座った。

恰幅《かつぷく》のいい女がテーブルにやって来た。

「まずはビールだ。それと……」

エイジは壁の品書きをちらりと見て、

「てっさを少し引いてくれるか。量は少な目でかまへんからな。皿にふたつ盛ってくれ」

と言って、私の顔を見た。

「ああ、それでいい」

私は答えて、女の持って来た冷えたビールをエイジのグラスに注いだ。

私の手のビールを取り、こちらに注ぐと、

「ネエちゃん、ビールもう一本や」

と注文し、私たちはグラスを掲げて、それを飲み干す。

あとは互いが手酌である。

私もその方が楽であった。酒に対するエイジのこういう手順に私は好感が持てた。エイジも私も酒は好きだったし、その時間を大事にしたい方だった。

テーブルの上のちいさな花入れに、赤く色づいた南天の実が投げ入れてあった。

エイジはそれを指の先で触れた。

「もうこの実が出よったんやな。そう言えばあと一ヶ月で今年も終りやな」

「早いもんだな」

私が答えると、

「この頃はちょっと早過ぎるな」

とまた実に触れながら言った。

てっさが小皿にふたつ盛られてきた。

口にすると、やはり美味かった。

「これはいけるな」

「………」

エイジは何も言わず食べている。

「ユウさん、今日の9レースの競り、どない思うた?」

エイジが昼間のレースの話をした。

そのレースは若い売り出しの先行選手の後位をめぐって、地元九州のベテラン選手と、関東の、これから売り出そうとする選手が攻め合いをし、スタンドも沸いた戦いだった。

「いいレースだったんじゃないか。△△もよくしのいだよ」

私は九州のベテラン選手の名前を挙げた。

「そうやな」

それでまた黙って酒を飲みはじめた。

「どうした？　何か気になることでもあったのか？」

私が訊くと、エイジは首を横に振った。

そうして、また南天の実に手を伸ばした。

「△△は危ないとこやったで」

エイジが言った。

私にはそのレースで二人の戦いが、接戦には見えなかった。

「たしかに長い時間の競り合いになったが、最後はきっちり△△が勝ったように思えたけどな」

「そうやない。三年前の△△なら、あない時間はかからへん。あいつ峠《とうげ》を越えたのかもしれん」

「そうかな。△△はたしかにベテランだが、年齢的にはまだ十分戦える年だろう」

「年は関係あらへん」

私はエイジを見た。

エイジも赤い実から目を離し、私を見た。

「じゃ何なんだ?」

「弱気が見えた」

「まさか」
△△は競輪選手の中でも、その気性の激しさがきわだっていた。いったん自分に牙《きば》を剝《む》いてくると、相手を情容赦なくつぶしてしまう性格を持っていた。
「何かあったんやろな……」

「何か知ってるのか?」

選手の情報には記者は地獄耳のようなものを持っていた。

「それは知らん。知らんが、△△は前のあいつとは違《ちご》うとる」

——そうなのか……。

私は返答せず、店の女を呼んだ。

「何にする?」

私がエイジに訊くと、

「ヒレ酒はあんのか?」

と女に訊いた。

はい、ありますよ、女は笑って言った。

ヒレ酒が来て、煮魚とやった。

「△△は、もう死ぬ気では走れんのやろう」

唐突にエイジがつぶやいた。

私はレース後、検車場で見た△△の顔を思い出した。

その日のレースを勝ち切った自信と勢いがあふれているように、私には映った。

エイジの口にした〝死ぬ気〟とは、表面上とか口の上だけのことではない。全国にいる四千人近い競輪選手の中に、数人、競輪の戦いで本当に死んでもかまわないと思って走っている選手がいた。

ひるむということがない。ないと言うより知らないと言った方が正しいかもしれない。

そのこころの構えで、勝負はやる前から決しているところがあった。

この死とレース人生を天秤《てんびん》にかけても、無条件で先の時間を考えようとしない。その構えを狂気とは当人も周囲も思わない。平然とその構えが身についている選手がいる。その時代とともに、そういう選手は少しずつ減ってはいるものの、それを肯定し、愉しむファンもいる。

「もう一、二度、今日の若手とやり合ったら、△△は終ってまうかもしれへんな」

エイジは独り言のようにつぶやいていた。


翌日、珍しく九州一帯で雪が降った。

昨夜、エイジと宿に戻ろうとする頃、雨が落ちはじめ、やがて霙《みぞれ》に変った。

目を覚ますと、街は一面の銀世界であった。

はらはらと雪片が舞っていた。

私はエイジの部屋に電話を入れた。

くぐもった声で出たエイジに雪のことを告げると、わかったと電話を切った。

雪が雨にでもなってくれれば競輪は開催できるが、雪中の競輪はタイヤが滑ってレースにならない。だから東北や北陸の競輪場は、冬期は閉鎖する。この時期に九州の地で雪が降ることはめったになかった。

電話が鳴った。エイジだった。

「開催か中止かは、まだ決定でけんらしい。これからいちおう競輪場に行ってみるわ。ユウさん、どないする？　レースもやってへんのに行くのも馬鹿らしいやろう」

「そうだな。俺は少し休んでるよ」

「ほな、わかったら連絡するわ。中止になったら雪見酒でもしようか」

「ああ、悪くないな」

電話を切って横になろうとしたが、寝つけそうになかった。

私は宿を出て、喫茶店に入った。

窓辺の席に座り、どんよりとした空を見上げた。
△△が倒れている姿が浮かんだ。
雨だか霙だか、寒々として濡れたバンクに、△△はレースのユニホームを着たままうつぶせになっていた。

——次に戦えば、△△は敗れるかもしれないな……。

私は胸の中でつぶやいた。

死ぬ気で戦っていないのなら、選手はレースで死ぬことはほぼない。

私が見ている△△は、以前の、まだ死を怖《おそ》れない△△の敗北した姿に思えた。

玉　野

数ヶ月前の或《あ》る夕刻、二人して西宮競輪場のスタンドに座っている時、

「ユウさん、ちょっと玉野《たまの》までつき合《お》うてくれへんか」

とエイジが煙草をくゆらせながら言った。

玉野は岡山《おかやま》の競輪場がある所である。

「かまわんよ。玉野でS級戦でもあったか？」

「いや、競輪とちゃうねん。知り合いの見舞いに行かんとあかんのや。わし見舞いって陰気臭《くそ》うてかなんのや」

私は口元をゆるめた。

エイジらしい言い方だった。

「じゃ、俺は競輪か麻雀《マージャン》でもやってるよ」

「競輪の開催はあらへんのや。今、玉野はバンクを改装中や」

私たちの前を、西宮競輪場のバンクの中で練習している競輪選手たちの風を切る音がしていた。

心地好い音だった。

選手も本番と違って気持ち良さそうに走っている。

一時間前に最終レースが終了し、スタンドには客の姿はなく、掃除の女たちの影がひとつ、ふたつ浮かんでいるだけだった。

バンクの背後に野球のバックスクリーンが見える。

西宮競輪場は、競輪開催の時だけ、大勢の鳶《とび》職人が入って西宮球場の中に特設のバンクをこしらえる。だから大きい走路では手間がかかるので、バンクも最小走路の一周三百三十三メートル、通称、「サンサンバンク」である。

金パイプの骨組と金板、木板敷きでこしらえたバンクは、選手が一度にまとめて走るとかすかに波打って、揺れているのがわかる。

私はこのバンクが、サーカス小屋のようで好きだ。

一夜の夢のようにはかなく、それでいて少し荒っぽいところが競輪というギャンブルに似合っていると思えるからだ。

目の前を走り過ぎる選手の中にアマチュアが混じっていた。プロとアマの違いはひと目でわかる。どれほど脚力のあるアマチュアでも、いったんプロと並べば、その違いは歴然とする。

――何が違うんだろう。

と注意をして見たことがあった。

勿論、走行タイムもフォームも違うが、それだけではないのがわかった。アマチュアは金に囚《とら》われていないのだ。金が解《わか》り難《にく》いなら、他人の欲望、そして恨み妬《ねた》みの中を走っていないのだと思った。

さらに言えば、

「この野郎、死ね」

と思われたこともなければ、殺気の中を潜《くぐ》り抜けたこともない。それがプロとアマには覿面《てきめん》にあらわれている。

否《いや》が応でもプロ選手たちは汚れていく。


バンクの中では先頭を走る選手を後方の選手が抜きにかかり、そうはさせじと突っ張り合いになっていた。やがて後方の選手が抜き去り、振りむいて白い歯を見せた。

「チンタラやってやがんな、このバカタレどもが。いつまでたっても二流や」

エイジはそう吐き捨てて煙草を足元に放った。

「岡山にちょっとええ小料理屋があんねん。徳島《とくしま》から移ってきよった若い夫婦の店やけど、ユウさん、気に入ると思うわ」

「そりゃ愉しみだな」

「そのかわり病院まで一緒に来てくれよ」

「俺が知らない相手なんだろう」

私は暗に病院まではつき合えないと返事をしたつもりだった。

「病室まで一緒に来てくれとは言わんがな。ただ病院まではつき合うてな」

背後でエイジを呼ぶ、若い記者の声がした。

振りむいて見上げると記者席の窓がひとつ開いて、そこから若い競輪記者が顔を出し、

「エイジさん、メンバー出ましたよ」

と声を張り上げていた。

エイジは立ち上がり、

「ほな頼んだで」

と振りむきざまに言った。

「何日だ？」

「明後日《あさって》や」

「えらい急だな」

「病人は皆急に患《わずら》うんや」

「…………」

その言葉を聞いて、断わろうかと思った。

新幹線の岡山駅で降りて、バスに乗って玉野にむかった。

天気の良い、瀬戸内らしい陽気な気候だった。

子供の時分、海辺にむかって走る乗り物が好きだった。やがて海が近づくと、空気が違ってくる。それを汐《しお》の匂いというが、それだけではない。

海辺とそうでない土地とでは、空気感がまるで違う。海のそばで育ったので、それを人より敏感に察知できる。

「ユウさん……」

隣りの座席に座ったエイジが、景品かなにかのティッシュの入った袋を出した。

――何だ？

「あんた、目ヤニ付いとるで」

「ああすまないな」

私は目元をティッシュで拭おうとした。

「ちゃう、反対側や」

私は左目を拭い、礼を言った。

返したティッシュの袋をエイジはポケットに仕舞った。

私はエイジの横顔と髪型、身なりを見た。

エイジはいつも身なりを整えていた。競輪記者の大半はどこかヤサグレていて、服装も着のみ着のままな輩《やから》が多いが、エイジは違っていた。

顔は何かを塗っているわけではなかろうが、こざっぱりとして、髪にはきちんと櫛《くし》が入っていたし、乱れないようにか、かすかに整髪料の匂いがした。服装も一見、地味に見えるが、バランスがとれていた。何より足元が悪くなかった。靴がよく磨かれてあった。

それでも夜、飲み出せば平気で水溜《みずたま》りを歩いて行く。それがお洒落《しやれ》に映った。

どこかで覚えた身なりの作りではなく、それはエイジの生まれ育った環境に、そういうことにこだわるものがあった気がした。

バスのフロントガラスに瀬戸内海の風景が見えはじめた。

「競輪選手の児島《こじま》や。世話になったけど、癌なんや」

「…………」

私は黙って聞いていた。

「もう長《なご》うないらしいんや。そないやったら放っといてくれた方がええのに。なんやわしに逢《お》うて話があるて、その人の女房から電話があったんや……」

「病院の場所はわかってるのか」

「あとみっつ先や」

やがて車内に××療養センター前、とアナウンスが流れ、エイジが私を見た。

私たちはバスを降り、バス停から丘の上にある白い病院の建物を見上げた。

坂道を歩きながら、私は空高く舞っている鳶《とんび》を見ていた。

数羽の鳶が気持ち良さそうに旋回していた。

「わし、病院、苦手なんや……」

「えっ、何か言ったか」

私が言うとエイジは立ち止まって振りむき、真剣な目で見返した。

「わし、病院が、大の苦手なんや」

「そうなのか」

「何や、その言い草」

「苦手と言うから、そうなのかと言っただけのことだ」

私が笑い出すと、エイジも笑い出した。

「なあユウさん、病室の中まで入ってきいへんかてええから、せめて病室の前まで来てえな。そこで待ってくれへんか」

「話が違うじゃないか」

「そうか……」

エイジは肩を落として歩き出した。

その背中に私は言った。

「わかったよ。病室の前で待ってるよ」

すると背中が急にふくらんで、

「頼んだで」

と歩調が速くなった。

「エイジよ。なあ、わしは死ぬんとちゃうんかい。どうなんや、はっきり言うてくれや」

その声は廊下まで聞こえてきた。

「おまえ、わしの病気がどないなんか知ってんのやろう。言うてくれや」

「…………」

エイジの声は聞こえなかった。

「なんでわしだけがこないな目に遭うのんや。わしが何やひどいことをしたか。エイジ、おまえが一番知っとるやないか。ゲホッ……」

児島のひどく咳込《せきこ》む音がした。

「無理したらあかんがな」

初めてエイジの声がした。

「何が無理や。こんなとこ、いつでも出てったるで。エイジ、おまえなら知っとるやろう。わしがどんだけのレースをしてきた男か……」

エイジは何か返答をしているようだが、その声ははっきりとは聞き取れなかった。

「何や、これは。香典がわりのつもりかい。エイジ、わりゃ、わしをなめとんのか」

怒鳴り声とともに何かが毀れる音がした。

「エイジ、わりゃここに何しに来やがった。どの面さげて、わしの目の前におんのんや」

エイジの低い声がした。

「じゃかあしい。とっとといねえ」

ヒステリックな声が響くと、病室のドアが開いてエイジがあらわれた。

こころなしかエイジは青い顔をしているように映った。口元が赤く腫《は》れている。

私は廊下のベンチから立ち上がり、エイジの後に続いた。

エイジは病院を出ると、来た道ではなく、病院の建物の脇から丘の頂きに続く道を黙って登って行った。

先刻の病室での会話を耳にしていたせいか、ちいさな背中がこころなしか縮んでいるように思えた。

やがて秋の陽《ひ》にかがやく瀬戸内海が視界の中にひろがった。

点在する島々が手に届くかのようにはっきりと見え、往来する船影が玩具《がんぐ》のごとく目に飛び込んできた。

造船所のドックのむこうに四国の山々があざやかな稜線《りようせん》を描いて浮かんでいた。

――ああ、これは見事なもんだ……。

私がしばし絶景に見惚《みと》れていると、いきなりエイジの声がした。

「あのド阿呆《あほ》が……」

と地べたに唾を吐いた。

「たかが死ぬくらいのことで、がたがた抜かしやがってからに」

エイジはよほど嫌であったのか、喉に詰まっていたものを絞り出すように吐き出した。

そうしてしばらく黙って海を眺めていた。

エイジのくゆらせる煙草の煙りがゆっくりと丘の斜面を滑り、海の方に流れていった。

「つまらん男になりくさりやがって……」

エイジは、時折、独り言のように、愚痴を言っていた。

彼にすれば珍しいことだった。

「ユウさん、あんた時間はあんのんか」

「………」

面倒なことには関《かか》わりたくなかったので、黙っていた。

「時間があんのんやったら、もう少しつき合うて欲しいんやが……」

いつもと違って遠慮勝ちな言い方だった。

「病院に戻るんなら、かんべんしてくれ」

「ちゃう、訪ねてみよう思いはじめた所がひとつあんのんや」

「じゃ俺は一杯やって待ってるよ」

「そやな、その方がええわな……」

それっきりエイジは何も話さなかった。

その家は住宅街の端にぽつんとあった。

同じ敷地内にある造船所から聞こえてくる騒音と振動が、古い家並みを電車のガード下のように小刻みに揺らしていた。

エイジは病院からのバスの中でも、チェックインしたビジネスホテルのロビーでも、おとなしかった。

児島とエイジがどんな関係であったのかはわからないが、ともかくエイジがこの街に来てから、かかえたものを放り出しかねているように私には見えた。

そんな様子はエイジと逢って初めて目にすることだったので、私もこのままエイジをここに置いていくのがいいのか、どこかで待ってやる方がいいのか、判断がつきかねていた。

「ユウさん、やっぱりつき合うてくれへんかな。わし、ちょっと自信ないのんや」

これからどこへ行くのかはわからなかったが、児島に対してもそうだったように、弱気な面を見せるエイジが意外だった。

エイジがタクシーに乗り込み、昔から勝手を知っているかのように運転手に造船所の名前と住宅地の番号を告げた時、訪ねようとしている場所に何か因縁がある気がした。

タクシーを降りたのは造船所の住宅街の一角で、広い敷地の、すでに暮れかけた空の下に社宅の建物がひっそりとひろがっていた。

斜陽になった造船業の象徴のように、朽ちかけた建物が並んでいた。ほとんど家屋に人が住んでいないのがわかった。

住宅街の一番奥にぽつんと家灯《いえあか》りが点《とも》っていた。近づくと家の背後は堤防になっており、そのむこうに入江だろうか水路だろうか、汐の出入りする音が工場の騒音の底にかすかに聞こえた。

汐音が懐かしかった。

「この先の堤防辺りにいるよ」

私はエイジに言った。

家を訪ねると聞いた時、私は、俺は家には上がらないから、と断わっておいた。

他人の家に入るのが苦手だった。

垣根を越えると、そこに見なくて済んだものがあるように思えたし、実際、それに近いものを何度か目にしたことがあった。

きちんと外に出る身なりで、こころ待ちの相手に接するのはかまわないが、裸同然の、無防備な姿を目にするのは嫌だった。

子供の時、父と母の部屋や姉たちの寝所に入ることさえ嫌な性分だった。

仮面の下を覗くようで気味が悪かった。

家の前に、女が一人立っていた。

私はすぐにエイジから離れた。ちらりと見た女が、足早に歩く私を見ているのがわかったが、挨拶もせず堤防の方にむかった。

背後でエイジと女の声がした。

「病院に行っていただいたそうで……」

「ああ、ちょっと近くに来る用があったもんでな、そのついでや」

「エイジさん、お忙しいのに……」

「そやからついでに寄っただけや」

私は堤防の上に登った。

思ったとおり、そこは入江になっていた。

工場からだろうか、サイレンの音が周囲に鳴り響いた。

同時に機械の音が止《や》んだ。夜勤の交替を告げるサイレンなのだろう。

私の生まれ育った街にも大きな紡績工場があり、同じように夜勤の交替を告げるサイレンの音がした。

街の何分の一かの人が、その工場で働いていたから、その音は、家族の誰かがこれから帰宅したり、工場に入ることを告げる音でもあった。瀬戸内海沿いの街には、このような工場をかかえる街がいくつもあった。

人々はそこで労働し、糧《かて》を得て、親子二代、三代で勤務している家も珍しくないのだろう。しかし産業の推移で或る工場は廃《すた》れ、また或る工場があらたに生まれて、同じように夕暮れ時、機械にむかって男たちが汗まみれになっている。

機械の音が止むと、周囲に汐音がひろがった。

海から寄せる風にはもう冬の気配が迫り、首のあたりに触れる汐風は冷たかった。

先刻、玄関先の灯りの下で私に会釈した女の顔が、流れる黒い汐の上に浮かんだ。清楚《せいそ》な女であった。

聞こえてしまったエイジとの会話から、女が昼間訪ねた児島の家族らしいことはわかったが、わざわざエイジがこんな古い住宅地まで女を訪ねる理由は想像もつかなかった。

水音がした。

魚の跳ねる音である。

私は思わず目を凝らして水面を見た。

暗過ぎて水面さえもよく見えなかった。

子供の時、弟と二人で夜釣りに出かけた記憶がよみがえった。

「兄ちゃん、この海の中にようけ魚がおるんかのう」

「おう、わんさかおるわ」

「本当《ほんま》か」

「ほんまじゃ。あれを見てみい。あっちにゃアジが上がってきよるわ。カーバイトの灯りに寄ってきよるから、入れ喰《ぐ》いじゃろう」

「わしらはカーバイトを使わんのか」

「こっちはキスとウナギじゃから、灯りを使《つこ》うたらキスもウナギも寄ってこんからの」

「そうか、アジよりウナギの方が美味いもんのう。お父やんはウナギが好きじゃし、釣って戻ったら喜びよるの」

「おやじのために釣りに来たんと違う。いらんことを言うな」

私が声を荒らげると、弟は顔を曇らせた。

——どうしてあんなふうにしか言えなかったんだろうか……。

死んだ弟の記憶は、苦いものしかよみがえってこなかった。弟に限らず、私の記憶は大半がこの種のもので、そのせいか過去を振り返ることはほとんどなかった。

二年前に妻を癌で亡くしていた。

入院した日から死を宣告されていたが、それでも若い担当医の言葉にわずかな希望を抱き、〝生還〟させることだけを考えて妻に付き添ってきた。

死は唐突にやってきて、私の心身を激しく揺さぶった。自分でもここまで動揺するとは思っていなかった。

仕事をやめ、腫れものにでも触れるように私に接する周囲の気遣いを逆手にとって、ギャンブルと酒にのめり込んでいった。

それまでの暮らしでわずかであるが身体の中にあるように思えた〝軸〟のようなものが、あとかたもなく失せていた。

ギャンブルも酒も、ただ時間が通り過ぎていくには、これほど好都合なものはなかった。

妻の記憶は、まったくと言っていいほどよみがえらなかった。敢《あ》えて〝封印〟をして、それが上手くいっていたのかもしれない。

エイジといると楽だった。

なぜ楽なのか、と考える必要もなかったし、エイジの気持ちを思う余裕もこちらにはなかった。

それでも二人で過ごすうちに、少しずつエイジの魅力に引かれていった。

――何の音だ？　いや声か……。

その音は虫の音《ね》に似ていた。

声のする方を振りむくと、自分がエイジの訪ねた家の真裏に腰を下ろしているのがわかった。

声らしきものはすぐに失せた。

裏木戸のむこうから台所の灯りが洩《も》れていて、ちいさな庭をわずかに照らしていた。

そこに柿の木であろうか、小木が植えられていた。

柿の木を見つめる男女の姿が浮かんだ。

女は玄関先にいた女であった。児島の顔を見ていないのに、あらわれた男女が夫婦のように思えた。

声がした。

それははっきりと聞こえた。

私は目をしばたたかせた。

それは艶声《つやごえ》だった。

「アッアアア——」

と途切れかけてはまた高くなる声は、あきらかに女のもので、しかも悦楽の声であった。

——何をまた……。

私は思わずつぶやいたが、すぐに、どこにでも起こることが暗い家灯りの下で行なわれているのだと思った。

私は立ち上がって家から離れた。


私たちは岡山の市街まで戻り、エイジが話していた小料理屋に入った。

若い夫婦がやっている店で、エイジの顔を見ると、主人と若い女将が嬉しそうに声をかけた。

「エイジさん、去年のオヤジの命日にはご丁寧なもんをもろうてすんませんでした。今夜は一生懸命料理を作らしてもらいますけえ」

競輪記者は一ヶ月の三分の一を旅に出る。

エイジの勧めるNスポーツ紙では、地方の競輪場でスポーツ紙の冠のついたレースを開催する。〝社杯〟と呼ばれるレースで、その時は本社から誰かを出張させる。

その上、一年に一度、地方の競輪場で〝記念競輪〟と称する大きな大会を催し、その折は日本全国から一流の選手が地方の競輪場のレースに参戦し、売上げも普段の数倍になる。〝記念競輪〟は全国の競輪場でも車券を発売するので、本社の紙面でも大きな扱いになり、その折は救援部隊として数名の記者が現地に行く。

〝記念競輪〟は、〝旅打ち〟の上客も多い。前後五日、六日間の開催だから、記者たちは前検日から選手の取材をしに入る。だから長い時は八日、九日間、その街に記者たちは居つくことになる。

仕事とはいえ、旅の愉しみは美味いものを口にするか、美味い酒を飲むことくらいしかないので、記者たちはその街の美味い店、過ごし易《やす》い店を覚える。

若い主人の言葉では、エイジが彼の父親の法事に何かをしたというから、親子二代のつき合いなのだろう。

鯛《たい》の刺身が美味だった。

エイジは店の者と話す時は愛想笑いを浮かべていたが、それ以外は不機嫌に見えた。

「昼間の見舞いやけど、いっとき世話になったんや」

エイジが酒を飲みながら言った。

「…………」

私は返答せず、病室から聞こえた児島の声を思い出していた。

『エイジよ。なあ、わしは死ぬんとちゃうんかい。どうなんや、はっきり言うてくれや』

『こんなとこ、いつでも出てったるで。エイジ、おまえなら知っとるやろう。わしがどんだけのレースをしてきた男か……』

『何や、これは。香典がわりのつもりかい。エイジ、わりゃ、わしをなめとんのか』

『とっとといねえ』

児島がじたばたしているのは、言葉から想像がついた。

「いろいろ教えてもろうたんや。わしが若い時は、そりゃええ男っぷりやった。それがあのざまや。死ぬんがそんなに嫌なんかい」

「死ぬ時にわかるのと違うか」

私は半分嫌気がさしたように言った。

それが、あの艶声と関わってのことかどうか私もよくわからなかった。

「何がや？」

エイジは少しムキになって訊いてきた。

「そいつの腹の底みたいなもんだろう」

「ユウさん、あんた、あの人のことをどれだけ知ってるというんや」

エイジが私を睨んでいるのがわかった。

「あの男の話をしてるんじゃない。何をムキになっているんだ。俺はあんたに突っかかられる筋合いはないぜ。妙なことに俺をつき合わせているのは、そっちと違うのか」

私が静かに言うと、エイジは自分がムキになっていたのに気付いて、悪かった、とぽつりと言った。

それから私たちは黙って酒肴《さかな》を食べ、酒を飲んだ。

頃合いを見て私たちは立ち上がった。

エイジがポケットから金を出した。

「エイジさん、今夜は結構ですから」

店の主人が言った。

「そんなん、あかん」

「いや、オヤジに叱られますけん」

「あかんて」

二人が話している時、私ははっきりと言った。

「きちんとふたつに割ってくれ」

私が言い出すと、エイジは少し驚いたように私の顔を見た。

「ごちゃごちゃ言わずに早く割ってくれ。面倒なこと言うなら、これで間に合うだろう。釣りはいらん」

私はカウンターの上に一万円札を二枚叩きつけるように置いた。

エイジの前でこういう態度を取ったのは初めてだった。

私は先に店を出た。

雨がぽつぽつと落ちて、路地を濡らしていた。

「ユウさん、待ってや。どないしたんや、そない怒りなや」

エイジが追いついてきて、私の肩に触れた。

私はエイジの手元を見つめ、その視線を彼の目に戻して睨みつけた。

「ユウさん、そない怒りなや。わしが悪かったって。ほれ、これ割りのお釣りや」

私はそれを無視して歩き出した。

エイジは私と肩を並べるようにして歩いていた。

「ややこしいことにつき合わせて悪かったな。このとおりや」

エイジは頭を下げている。

私はどんどん歩いた。

エイジが追いかけてくる。

繁華街の路地には酔客が笑いながら歩いていた。

私は彼等を避《よ》けながら歩いた。

その時、前方の店から客が飛び出してきて、いきなり私の横腹にぶち当たった。

「気い付けんかい、われ」

いきなり怒鳴ってきたのは、ぶつかった相手だった。

頭に血が昇った私は、相手を殴りつけた。

ドヤドヤと、店から男の仲間らしき男たちがあらわれた。

どないしたんや、何や、何やと、こいつが殴りさらしたんやと、オイ、われ何をさらしたんや、おどれ、どこの者《もん》や……と男たちが私を囲んだ。

エイジが飛び込んできた。

「おのれら、何をさらしとんのや。誰にむこうて口をきいとるんや。このドチンピラが」

エイジの啖呵《たんか》に男たちがひるんだ。

図体の大きな数人の男たちを相手に、ちいさな身体のエイジが犬のように牙を剝いていた。


エイジはバーのテーブル席の壁に背を凭せかけて目を閉じていた。

ピンク色の店灯りの中で、エイジの表情は安らかに映った。

「あのな。少し寝てやったんや。あの女房と……」

先刻、エイジが戸惑い顔で話したことがよみがえった。

「昔、三人で暮らしたことあんねん。可哀相やないか。あんな死にそこないの面倒看《み》なあかんて……。たかが死ぬくらいのことで何であんなバタつかなあかんねん」

「もういいよ。そんな話は聞いてもしょうがないし」

「いや、あんたには話したかったんや。わしは所詮《しょせん》しょうもない男なんや。けど昼間は、無性に腹が立ったんや……」

最後は何を言ってるのか、よくわからなかった。

「猫でも死に場所は知っとるで……」

新宿

天地に異変が起きると、ギャンブルは見事に反応する。

その年の暮れの競輪はあちこちで大穴車券が続出し、大荒れの盆場《ぼんば》になっていた。

私は浅草《あさくさ》にある木賃宿に泊まった。

エイジは競輪場のある立川《たちかわ》のホテルに宿泊していた。

ひさしぶりの東京は相変らずの賑《にぎ》やかさだった。

長く続く景気の良さもあったが、東京に暮らす誰もかれもが浮かれているように映った。

その夜、私は木暮聰一《きぐれそういち》と逢う約束をしていた。

何年か振りに夜の歌舞伎町《かぶきちょう》に足を踏み入れた。

クリスマス・イブということもあり、歌舞伎町はお祭り騒ぎのような喧騒だった。

待ち合わせたバーへ、木暮から送られた地図を頼りに歩いた。

コマ劇場の裏手に、そのビルはあった。

エレベーターもない雑居ビルだった。

ドアを開けると、カウンターの隅に木暮が一人で座っていた。

茨城《いばらき》、水戸《みと》出身の編集者は、大学途中まで剣道部に所属していただけあって、大きな体軀《たいく》をしていた。

骨格の見事さもあったが、それ以上に木暮には相手を圧する凄味《すごみ》のようなものがあり、容易に人を寄せつけない空気が彼の周囲に漂っていた。

「あの例の、横浜時代の話をぜひ書いて下さいよ」

「あんなもの、今の浮かれた時代に読む奴は誰もいないよ」

「売れなくてもいいじゃないですか。まともな小説は売れやしない宿命にあるんですよ。こんな浮かれた日本人にこそ本物の小説を見せてやろうじゃありませんか」

話を断わるにしても相手にきちんと逢って話をつけようと思った。

「やあ、待たせたか」

「いや、元気そうですね。やっぱりあなたは東京に来なくてはいけませんよ」

「こうやかましくちゃ居場所がないよ」

ひさしぶりに逢った木暮は相変らず押しが強く、自分の主張すべきことをまず相手に語り、そうしてあとは〝男と男のつき合いですから〟と、飲みはじめると余計なことはいっさい言わなかった。

業界での木暮の武勇伝めいた話を、若い編集者から一度耳にしたことがあった。

それでも私には、その勇ましい話も所詮は甘えた体質の残る出版業界の中での話にしか聞こえなかった。

「ずいぶん、あなたは勇ましいらしいね……」

私は二度目に木暮に逢った時に、そう口にした。

「ハッハハ、そういう話は尾ヒレがつくんですよ。所詮、坊ちゃん連中の集まりの中でガキがわめいてたって程度で、つまらん話ですよ」

——ああ、わかってるんだ……。

私は、その時、妙な安堵を抱いた。

その時の印象が記憶に残っていたせいか、いずれにしても小説の執筆はできないことを、この男だけには言っておかなくてはならないと思った。

人間を顔や見た目で判断はしないが、木暮には、どれだけ強気な言葉を彼の口から聞いても憎めないところがあった。

組織の中に組み込まれるのを拒絶しながら、組織に入った自分を最後の一線で見極めているような、それでいて厭世《えんせい》を良しとしない大人の男としての性根のようなものが見え隠れする。それがエイジと似てなくもなかった。

今夜も開口一番、

「東京は広いですよ。思わぬ場所があるもんです。このバーがそうだ」

と目の前のカウンターに立つバーテンダーを見て言った。

私はバーテンダーを見た。

瘦《や》せた男で、伏し目がちにしていたが、私の視線を感じたのか、顔を上げるとかすかに口元に笑みを浮かべて、

「ユウジさん、どうもご無沙汰《ぶさた》しています」

と丁寧に頭を下げた。

私はすぐに相手のことが思い出せずに、面長の顔をぼんやりと見つめた。

相手も、怪訝《けげん》そうな顔をしている私に気付いてか、名前を名乗った。

「柏木《かしわぎ》です」

私も相手を見直した。

「悪いな、覚えてないが……」

「そうでしょう。無理もありませんよ。十五年も前のことですから」

十五年と聞いて、私は自分が何をしていたかを考えた。

「横浜の頃か？」

当時、私は半学生で横浜に住み、喰いぶちのためにあてどのないことをしていた。

「そうです。△△△△に、時々、見えていて、自分はユウジさんによくしてもらいました」

「私は人によくすることはないよ。何かの間違いだろう」

私の言葉に相手は戸惑うような目をした。

「相手が礼を言ってるのに、その言い方はないんじゃないですか」

木暮が笑って言った。

私は無遠慮な木暮の口のきき方に腹が立った。

「木暮さん、口を挟まんでくれるか。私はこれまで自分がしてきたことくらいは覚えている。そこまで頭は壊れちゃいない。いや、本当のところは壊れているのかもしれないが、そうならこうして表に顔を晒すことはしない。私は人に何かよくすることはしてきてないんだ」

低い声がした。バーテンダーだった。

「そうですか……。わかりました。自分はただ礼が言いたかっただけですから」

「人違いだろう」

「…………」

バーテンダーはそれきり黙った。

木暮が話し出した。

「私はたまたま人に連れられて、このバーに来たんです。そこであなたの話をしていたら、この人が、それはもしかしてユウジさんのことですか、と訊くから、そうだと返答しました。いつか、そのユウジさんに逢って礼を言いたいからと申し出たから、ここで待ち合わせた。それが気に入らないとおっしゃるなら、私が謝ります。申し訳ありませんでした」

私は立ち上がった。

「出よう」

「わかりました。チェックして下さい」

私はドアの方に歩もうとして、バーテンダーを振りむいた。

「何もかもを忘れてるわけじゃないが、横浜の時代のことは忘れるようにしてるんだ。あんたは生きているが、他の奴は皆居なくなった。それを思い出したくないんだ。悪く思わんでくれ」

「………」

バーテンダーは何も返答しなかった。

「作家というのは普通の人間じゃないからな。悪く思わないで下さい」

「木暮さん、そういう言い方はやめようぜ。私は作家じゃありませんよ」

「その人が作家かどうかは、当人が決めることじゃありませんよ。でも、あなたらしくて私は好きです」

店を出て、木暮と歌舞伎町を歩き出した。

客引きの女が声をかけてくる。

どけ、どけ、こっちは間に合ってるんだ、と木暮が野太い声で女たちを追い払う。

「木暮さん、すまなかったね」

「いや、聞きしにまさる我儘者《わがままもの》ですね。その方がこっちもやり甲斐《がい》があるというものです。別にどうってことはありません。しかしあのバーテンダーに恨みでもあったのですか？」

「いや別にない。顔を見ていたら少し思い出しかけたが、あのバーテンダーとは別のことが出てきそうで席を立った」

「……そうですか、いろいろ大変ですね」

「申し訳ない」

「あなたでも頭を下げることがあるんですね」

木暮は意外なものを見たような表情をした。

「いつか気分が楽な時に行って、今夜のことはもう一度詫《わ》びておくよ」

「意外と礼儀正しい」

いろいろに反応する木暮の言葉が可笑しくて、私は苦笑した。

「あの店、サンドウィッチが絶品なんです。注文もしてあったから、もったいないことをしました」

「まだ腹に入れてないんだ？　それなら近くに昔、行ってた鮨屋《すしや》がある」

「歌舞伎町も詳しいのですか」

「いや、そんなには知らない」

私たちは職安《しょくあん》通りにむかって歩き出した。

「少し厄介なのが居るかもわからないが、気にしないでやろう」

「チンピラですか？」

「いやヤクザだ」

木暮は私の目を見返し、ニヤリと笑った。

「チンピラとヤクザはどう違うのですかね」

「さあ、私にはわからない」

私は途中にあったぬいぐるみ屋で人形をひとつ買った。

「どうするんですか」

「土産《みやげ》だ」

「どなたに？」

私は木暮の目を見返した。

「そうか、歌舞伎町にコレがいるとか」

私は木暮の顔をじっと見たまま言った。

「コレってのは娘のことかね？」

「家があるんですか？　この界隈《かいわい》に」

「ここは人が棲《す》む場所じゃないだろう」

「私は好きですけどね。この雑踏の空気感が……」

「一ヶ月も棲んでりゃ、棲めないとわかるよ」

「そういうものですか……」

　私は木暮のこういう迂闊《うかつ》というか、素直なところに好感を抱いた。

　それでつい調子に乗って、買ったクマのぬいぐるみを木暮の目の前に差し出して言った。

「死ぬ場所を探さなくちゃならないのがヤクザだ。生きる場所を探してばかりいるのがチンピラだ。と昔、酔ったヤクザに聞いたことがある」

「いいですね。そのとおりだと思います。名言だ」

　木暮は妙に嬉しがった。

「ああいう連中に名言も何もあるかよ。ただ何人か見た中には、そういう漢《おとこ》も間違いないくいた。そういう連中は素人には手を出さないし、恰好がついてた」

「えっ、つき合いがあるんですか？」

「いや、いっさいない」


　鮨屋は混んでいた。

　案の定、ふたつの座敷でふたつの組の連中がやっていた。

　新宿は、街が栄えはじめた当初こそわかりやすい区分でそれぞれの組の領域が決められていたが、街の持つ特性が、長い年月でその区分を複雑にしていったらしい。

　例えば勢力抗争の結果、今日からここは自分たちが仕切るからと言われても、仕切られる方が、はい、そうですかと納得するほど、夜の世界や、風俗、飲食業はヤワではない。掠《かす》りを取る方も、取られる方も十分に手強《てごわ》いのである。

共存という観念が両者に成立していて、何も掠りを取る方ばかりが悪という論理が成り立たないほど、取られる方にもしぶとさはあった時代だった。

「ヨオーッ、ユウさんじゃないかよ。この頃はちっともお馬さんの方を遊んでくれないんで干上がっちまってるぜ」

酒癖の悪いTが来て、私の肩を叩いた。

私はその手を払うようにしてTを振りむいた。

「今、取り込み中だ。悪いが、あとにしてくれるか」

Tは不満そうな顔で言った。

「そうかい。俺はユウさんが一人で淋しがってんじゃねえか、と声をかけたんだが、その言い草かよ。それとも可愛い女に死なれたんで、誼《よし》みの顔もわからなくなったか」

「誼み？　俺はおまえとそういうつき合いをした覚えはないがな」

Tの顔色が変った。

「たいそうな口のきき方をするじゃねえか」

Tが声を荒らげた。

「たいそうな口をきいてるのはそっちだろうよ」

いきなり木暮が声を出した。

「何だと。手前《てめえ》、どこの者《もん》だ」

「ミノウカイの者だ」

木暮の言葉にTが一瞬、戸惑った顔をした。

その時、カウンターの隅からTの名前を呼ぶ声がした。

Tが声の主を見た。

小柄な老人が一人、カウンターの隅に座ってこちらを見ていた。

「ああどうも」

Tが頭を下げた。

「元気か、T」

「はあ、ご無沙汰しています」

Tはもう一度、頭を下げた。

「ユウさん、ひさしぶりだな。いつこっちに戻ってきたんだ」

老人はSという名前で、歌舞伎町の世話役をしているとだけ私は聞いていた。

紹介する者がいて、私はSと麻雀を何度か打った。私は、Sの顔を見ていて、二年前にSから山口の実家に線香が送られてきたのを思い出した。

「Sさん、その節はご丁寧なものを頂き有難うございました。礼状も差し上げずに失礼をしてます」

私が立ち上がって頭を下げると、

「あんたのオフクロさんから美味い酒肴《さかな》が届いたよ。よろしく言っておいて下さい」

「はあ……」

実家の母親がそんなことをしていたとは知らなかった。

「ユウさん、近々、また遊んでくれよ」

「は、はい」

「Tよ。いつまでそこに立ってんだ」

「は、はい」

Tはバツが悪そうに奥の座敷に戻った。

「誰ですか、あのジイさんは……」

「よくはわからないな」

「わからないって、生家の話をしてたじゃないですか」

「カミサンの納骨の後で線香を送ってきた」

「じゃ親しいんでしょう」

「いや、名前は知っているが、どこの誰かはよく知らない。それより、ああいう時に割って入るのはやめてくれ」

「私は、あなたを助けようと思っただけです」

「だから、そういうことをやめてくれ」

「どうしてですか？」

「どうしてもだ」

私は少し語気を強めた。

「わかりました」

木暮が返答した。

私たちは鮨屋を出て、表を歩き出した。

霧雨《きりさめ》が通りをつつんでいた。

「一軒、私が知っている店があるので、そこへ行きませんか」

Tのせいで木暮への執筆の断わりを伝えられなかったので、私はうなずいた。

「汚い店ですが、かまいませんか」

「ああ」

木暮が歩調を速めて、私は追うように歩き出した。


店はMデパートの裏手の路地の一角にあった。

地下にむかう階段を下りると、ドアのむこうからジャズが聞こえてきた。

ドアを開けると、ちいさなカウンターと奥にテーブルがいくつかあり、そのテーブルでカードをしている客、賽子をしている客がいた。

「あらっ、いらっしゃい」

カウンターの中から女が木暮を見た。

「珍しいわね。ソウさんがこんな時間に来るなんて」

「こんな時間じゃ悪いか」

「そうじゃないけど、このところさっぱり顔を見せなかったから。奥に△△チャン、と□□先生が見えてるわよ」

「そうなのか……」

木暮は奥のテーブルを振りむいた。

一番奥で二人の男が頭をつき合わせるようにしていた。

「こんな所まで来て、指すこともなかろうにな……」

「あら、こんな所で悪かったわね」

木暮は女の反応を無視して、私に訊いた。

「何を飲みますか。たいした酒はありませんが」

「それは本当ね。こちらお友達？」

「いちいち連れのことを尋ねないでくれ」

ゴメンナサイと言って、女は舌の先をちらりと出して私を見た。

私が笑うと、女も白い歯を見せた。

あどけない仕草が少女のようで可愛かった。

私は酒を注文し、トイレに立った。

トイレは店の奥にあり、そこにむかうと店の客がすべて男ということと、まともに酒を飲んでる客がいないのがわかった。

皆遊びに没頭していて、顔を上げる者がいない。

一番奥の客は将棋を指していた。

――変った店だ。

トイレから戻ると、木暮の隣りに男が一人座っていた。

私が席に座ると、その男が人なつっこい顔で、ペコリと頭を下げ、マキノっす、と名前を名乗った。

「聰一さん、紹介して下さいよ。こちらどなたっすか」

「もうむこうに行け」

「そんな冷たい言い方しないで下さいよ。どこかで見た人だよ、この人。ねぇ、そうでしょう。テレビに出てるでしょう」

ゴツンといきなり音がした。

木暮が男の頭を殴っていた。

「痛《いて》ぇ――」

男が声を上げ、両手で頭のてっぺんをおさえ目をつぶって痛みに耐えていた。

たいそうな音がしたものだと私も驚いた。

「マキちゃん、大丈夫。今の痛かったでしょう。スゴい音がしたもの。ヒドいことされたわね」

木暮は平然と酒を飲んでいた。

男の口から、ヒィヒィ――と奇妙な声がしたかと思うと、大粒の涙があふれ出した。

「絡んだ後は泣き上戸《じょうご》か。それでもおまえは男か、とっとと失せろ」

男はしゃくり上げながら訴えた。

「俺は□□先生が、そ、聰一さんと指したいって言うから、そ、それを伝えに来ただけなのに、い、いきなり殴るなんて、ヒ、ヒド過ぎるじゃないか」

「やかましい。先生にも、俺は指さないと伝えろ。早くむこうに行け。さもない……」

木暮の言葉に男が避《よ》けるように飛びのいた。

「イケナインダー。弱い者を苛《いじ》めて」

「あんなふうにしてるから、いつまで経っても奨励会から抜け出せないんだよ、あいつは」

「それとマキちゃんの将棋は別でしょう」

「おまえがそんなふうに甘やかしているからダメなんだよ。血ヘドを吐くつもりでやらないと、才能がない奴に力はつきゃしないんだ。あの世界は、おまえが考えてるような甘い世界じゃない」

どうやら殴られた男は将棋指しらしい。

男が口にした□□先生というのも、昔、名前を聞いたプロの将棋指しだった。

木暮には将棋の趣味があるのか、と思って、私は木暮のことをまったく知らないことに気付いた。

ともかく、いつまでも木暮につき合わせては悪いと思って、私の方から話を切り出した。

「私は小説を書くつもりはないんだ。あんたに期待を持たせるようなことはしたくない。それを言おうと思って、今夜は出てきた」

「そう言うだろうと思っていました」

「そうか、じゃ、これでその話は終えよう」

「そうはいきません」

私は木暮の顔を見た。

木暮の目はカウンターの奥に貼ってある鏡を見ていた。

「私はあなたに小説を書かせてみせる。それが私の仕事です」

「そうか……。けどもう逢うことはないぜ」

「私が逢いに行きます」

「迷惑だな」

「迷惑だってかまいません」

「我儘でしょう、この人」

女が言った。

「おい、人の話を聞くな。俺は今、腹が立ってるんだ」

女は目を丸くして、ゴメンナサイと消え入りそうな声で言った。

木暮を置いて、私は店を出た。

外は深い霧で路地の危なさが見えなかった。

女が一人霧の中からあらわれ、私をちらりと見て近寄ってきた。

「ねぇ、少し遊んでかない？」

私は女の顔をじっと見た。

女は値踏みをするように、視線を私の身体のあちこちに移した。

「あっちへ行け。俺は今……」

と言いかけて顎《あご》をしゃくるようにして、むこうに行くよううながした。

「何よ、それ。失礼ね」

女は顔を横にむけ唾を吐き捨てた。

——ほう、たいしたものだ。

と霧の中に消える女の背中を見ていた。

そうして、自分が女に言いかけた言葉を口にしなかった理由を思い出し、苦笑した。

今しがた木暮が口にした言葉を、そのまま私は口にしようとしていた。

カウンターの奥の鏡に映っていた木暮の真剣な目がよみがえった。

「いい奴だな……」

私は霧の中に浮かぶ木暮の顔にむかって言った。

立川

立川にむかうタクシーに乗って、私は車窓を流れる冬の東京の街を見ていた。

私の隣りでI先生が大きなお腹《なか》に手を載せて、赤ん坊のように眠むっていた。

その年の春、私は漫画家のKさんからI先生を紹介された。

昔、深夜のテレビでその人が麻雀を打つのを見た程度で、その人が小説家とは知らなかった。

新宿のゴールデン街の店で出逢ったI先生は店の隅で眠むっていた。

「おう、眠むってやがる」

Kさんは言って、隣りの席に座った。

Kさんには上京する度に何かと迷惑をかけていたので、I先生を紹介すると喜んでいるKさんの気持ちを無視することができなかった。

目の前で眠むっている人が、病気が原因でこうして所かまわず眠むってしまうと説明されても、正直訳がわからなかった。

それでも、Kさんがこれほど慕う人なのだから興味がないわけではなかったが、小説家に逢うということに気が進まなかったのも本当のところだった。

——もう小説はいいよ。

と正直思っていた。

I先生が突然、目を開き、私は先生といきなり目が合った。

どう言ったらいいのか、適切な言葉が見つからなかったが、I先生には奇妙な吸引力のようなものがあり、私がそれまで考えていた小説家とはまったく違う感じの人だった。

その夜、KさんとI先生と三人で中華料理店に行き、店を出てI先生と歩いていた時、先生は鼻を犬のようにクンクンとヒクつかせて言った。

「私の身体、少し臭《にお》いませんか？」

「いいえ、別に。どうしてですか」

「いや、もうずいぶんと風呂《ふろ》に入っていないもんですから。すみません」

私は苦笑した。

――いいな、この人……。

二十何歳も年長の先輩を、私はチャーミングな人だと思った。

その後時々、関西にI先生から連絡が入るようになり、今回二人で立川競輪場に行くことになった。

左門町《さもんちょう》のマンションに迎えに行くと、先生は派手な色のパジャマであらわれ、私の顔を見た途端、

「あっ、いけない。すぐ支度します」

と奥に消え、赤いとっくりのセーターに大柄な格子模様のジャケットを着て戻った。

立川競輪場の近くにある機動隊の駐屯所《ちゅうとんじょ》が見えたので、私は先生を起こした。

「ああ、もう着きましたか」

そう言って腕時計を見て、今からなら7レースに間に合うね、と笑った。

競輪場は年に一度の、チャンピオンを決めるという新企画のせいか、どこのスタンドも一杯だった。

私たちは記事を書いているそれぞれの記者席に入った。

I先生は関東の記者席。私は関西記者席に入った。

「よう。東京で見ると、ユウさん、何や違う感じやな」

エイジが言った。

「そんなことはないさ。どうだい、ひさしぶりの東京は？」

「どうもこうもないわ。一度、新宿には出たが、あとは立川の街中でおとなしゅうしてるさかい何ということあらへん。けど立川いう所は田舎者《いなかもの》ばっかりやな」

「そうか……」

私が笑って言うと、エイジも笑った。

右の前歯が欠けていた。

「どうした？　その歯は」

私はまたエイジがどこかで喧嘩をしたのではと、心配した。

「サシ歯が取れよったんや。ここの施行者《せこうしゃ》が出しよったトンカツが石みたいに固かったんや」

「じゃ俺も気を付けるよ。立川だと北スタンドの裏手にある食堂がまあまあと聞いたな」

「もう行ったわ。煮込みやろう。甘《あも》うて、俺の口には合わんな。煮込みは辛《かろ》うないとあかんわ」

「そうだな」

私はエイジと言葉を交わしながら、どうしてエイジとこうして居ると気が安まるのかと不思議だった。ただその感情は自分が必要以上にエイジの存在にこだわりそうで少し怖かった。

「今日はどっから来たんや」

「浅草に知っている安い宿がある。そこから知り合いを迎えに行って、今着いた」

「連れがあんのんか?」

その時、私はエイジが私と一杯やろうと思っているのに気付いた。

「知り合いと言っても、この春、人から紹介されて迎えに行っただけだ。歳《とし》も二十以上離れている人だ。知っているかな。ほら〝麻雀の神様〟って呼ばれてるAさんだけど」

「ああ一度挨拶したことがあるわ。たしか関東のT新聞に競輪の予想欄を持ってる人や」

私はエイジとI先生が顔見知りなのに驚いて、

「じゃ今、挨拶に行くかい。隣りに来てるから」

エイジは首を横に振った。

「どうしたんだ？　何かI先生とあったのか」

「ちゃう。何もない。わし偉い人と逢うのんは苦手なんや」

「そんな人じゃないぞ」

「それはわかってる。競輪好きに悪いのはおらん。けどわしはいったんこの人は偉い人なんやと思うと、それだけであかんのや。何を話してもちぐはぐになってまう」

わかるような気がした。

私はエイジのこういう感情も好きだった。


最終レースが終り、私とI先生はスタンドの客が引くのを待って記者席を出た。

人影のないスタンドから大きな夕陽《ゆうひ》が沈むのが見えた。

「気味が悪いほど赤いですね」

「そうですね」

二人ともオケラになっていた。

「先生、お腹は空《す》いてませんか？」

先生はニヤリと笑って、手にした紙袋を開いた。

そこには記者席で出た弁当がいくつか仕舞ってあった。

「もう三個食べたんですけどね。これを持って帰って年を越します」

「ハッハハ、年越しソバじゃなくて」

「そう年越し弁当です。ところで、君はこれから何か予定がありますか？」

「いや何もありません」

そう応えながら、エイジのことが思い出された。

「それなら俳優のNさんを知っていますか。奥さんもMという女優さんで、そのNさんの家で年の瀬、何人かの客が来て麻雀を打っているんです」

「一度Kさんから話を聞いたことがあります。結構なレートらしいですね」

「そう。稼ぐにはいい盆なんです」

「けど私は最終レースで現金《タマ》を使い果してしまいました。たしかあそこは半荘《ハンチャン》現金払いと聞いていましたが」

「大丈夫ですよ。最初の半荘に負けなきゃいいんですから」

私は先生の顔を見た。

先生もしばらく私の目を見てニヤリと笑った。

福　島

梅雨《つゆ》に入った頃、エイジと待ち合わせて福島の古い通りの店で飲んだ。

「忙しいみたいやないか」

「ああ、少し頼まれたことをやっててな」

「小説でっか？」

「そんなもんは書かないよ」

「ユウさんには似合《にお》うとる気がせんでもないがな」

「あれは似合うとか、恰好で書くもんじゃない」

「ほう、じゃどうやって書くんや」

「最初から書くべくして生まれてくる者がいる。そうじゃない人間がやっても結局は徒労に終る」

「才能いうことか……」

「そうじゃない。それもあるのだろうが、才能だけではできないのと違うかな」

「何や、その言い方、他人の話をしとるみたいやないか」

「だから他人の話だよ」

私はエイジの左眉《ひだりまゆ》を見た。

眉の真ん中が切れていた。どこかでまた喧嘩をしたのだろうか。

酔って店の床に血だらけになっているエイジの姿が浮かんだ。

エイジがトイレに立った。カウンターの隅にエイジの後輩の記者がいた。むこうが会釈したので返すと、記者がトイレの方に目をやりながら、エイジさん、二ヶ月前に会社で大立ち回りしはったんです。そう言って左眉を指でさした。

――その疵《きず》か……。

「上司を殴りはったんです。相手も怪我して大変でしたわ」

――上司に怪我を負わせた？

エイジは酔って町場でややこしい人間とやり合うことはあっても、職場でそんなことをする男ではない。

――よほどのことがあったのだろう。

戻ってくるエイジを見て思った。

その夜のエイジは寡黙《かもく》であった。

店にはエイジを知る常連客も数人いて、時折、エイジさん、競輪の具合はどんなや、鬼脚《おにあし》はあんじょうやりよんのか、と話しかけるも、ただうなずくだけで生返事をしていた。

私は黙って酒を飲むエイジの眉の疵を見て、その疵を裂く諍《いさか》いがまたエイジに降りかかるのだろうと思った。

その疵があらたな疵を生み、やがて疵とも持って生まれた痣《あざ》とも判別がつかなくなる。しかし、それが或る種の男たちにとって勲章と見なされた時代はとうに去ったのではないかと、私は何となしに感じた。

エイジも私も置き去りにされてしまったような奇妙な疎外感を感じた。どうしてそんなことを感じたのかわからなかった。

その時、カウンターの隅で怒鳴り声がした。

「何抜かしてけつかんねん。競輪なんぞ、とっくの昔に終っとるやないか」

客たちが一斉に男の方を見た。

「わかったようなことをほざくな。あんなもん、皆八百長やないか」

「板金屋、店の中で大きな声出さんといてくれるか」

カウンターの中の主人が言った。

「じゃかあしい。わしは金払《はろ》うて飲んでんのや、声が大きいのは地声や」

「おまえに昼間何があったか知らんが、さっきからうるさいんや。黙って飲まんかい」

「金を払うて飲んでんのや」

すると奥から女が一人庖丁《ほうちょう》を手にあらわれて、いきなり声を上げた。

「オッチャン、あんたさっきから、金払うとる、金払うとるって、うるさいねん。オッチャンのどくされ銭で商いやるほど、この店はおちぶれてへんねんや。とっとと帰りい」

女は庖丁を客にむけた。

「な、な、なんや。わ、わしをどないすんねん」

男が目の玉を剝いて女を見た。

「オッチャン、もうこんなもんや、今夜もう帰りい」

主人が言った。

「こ、このガキ、夫婦揃うて……覚えとけよ」

「ああ覚えとったるから……」

主人が店を出る男の背中にむかって言った。男が出て行くと店は静まり、常連客がクスッと笑った。

「あんた言い過ぎや」

エイジがぼそりと言った。

それで客たちが一斉に笑い出した。

私もエイジも笑った。

それでもエイジの表情には寂寥《せきりよう》のようなものが残っていた。

向日町競輪場の客のいなくなったスタンドで、私は一人でエイジの仕事が終るのを待っていた。

その日の競輪は大半のレースが筋が狂って、荒れたレースが続いた。

筋が狂うことは競輪にはよくあることだが、数年前から競輪のレースの形態が変化していた。若手選手だけではなく、ベテラン選手までが平然とラインからの切りかえをはじめていた。レース終了直後、客たちはその選手に罵声《ばせい》を浴びせていたが、選手は何喰《なにく》わぬ顔で敢闘門に消えて行った。

ギャンブルは生きものであるから時間、時代とともに変容する。変容を続けてきたからこそ現在も生きのびているのだ。

ギャンブルをこしらえたのは人間だが、なぜこのようなものが生まれ、執念深く生きながらえているのかは誰にも説明できない。ギャンブルがなくなっても、人間が生きていくのになんら支障はない。むしろ存在しない方がいいと唱える人もいる。歴史の中で禁止令が出たり、根絶させようとした者もいたりしたが、ギャンブルは生き続け、人間の、社会の隣りに平然と存在し、そこに人々は群がりうつつを抜かす。いったんギャンブルにのめり込んだものはその愉楽から離れようとしない。そうしていつか持ち時間と能力を失い、群れから離れて行く。

その行為は傍観すれば愚行に見えるという人がいる。愚行も何も、端《はな》っからギャンブルにはイデオロギーの欠片《かけら》もないし、結論もなければ定理、法則もない。故に合理性などまったくない。理性などはありようがない。

ギャンブルはただ存在し続けている点にのみ、他のものとは比べようのない強靭《きょうじん》さがあるのだ。五十年後も、百年後も、さらにその先も人間がいる限り、ギャンブルは存在し続けるはずだ。善と悪でギャンブルを見ても仕方のないことであり、合理、非合理で判断はできないし、定理、非定理で計ることもできない。存在していることだけがギャンブルであり、他に何もない。

ただギャンブルはおそろしい力で変容をする。それに気付く人もいるが、気付いたから何かがどうなるものでもない。

ギャンブルはこれをする人としない人がいる。ギャンブルをする者が何か特別のものを持ち合わせたり、病巣をかかえたりしているわけでもない。それはしない人にも同様のことが言える。

ギャンブルの中にただ身体を置いているかいないかだけのことだ。

記者席の下にある門が開いて、エイジが一人こちらにむかって歩いてくる。

競輪のバンク、スタンドというのは観客が失せると、敷地、競技場が意外に広いことがわかる。

エイジが豆粒のようにちいさい。元々体軀は小柄だが、こうして人気《ひとけ》のない広場のような場所で遠目に見ると、小動物の、それも子狐《こぎつね》か何かに見える。

『くたばるまでやったろうやないかい』

虚勢を張る酒場でのエイジの姿がよみがえった。

私は苦笑した。

「ユウさん、待たせたな」

私は首を横に振った。

エイジは私の隣りに腰を下ろしポケットの中から煙草を取り出し吸いはじめた。

エイジの吐き出した煙りがゆっくりとバンクの中に流れていく。

「競輪……、変《かな》ってもうたなあ」

その声は哀しいような、切ないような憂《うれ》いを含んだものに聞こえた。

梅雨の晴れ間の空が少しずつ濃灰色《のうかいしょく》の雲におおわれていった。

「ユウさん、ここは夕陽が綺麗なとこなんや。今日はもうしょうもない空になってしもうとるけど、わしここの夕焼けが好きでな……」

「俺も何度か見たことがあるよ。ここの夕陽はいいもんだよ」

「そうか、やっぱりユウさんも見てたんや。そうか、そうか……」

私たちは二人して競輪場から近い駅前の居酒屋にむかった。

「その店のオヤジの娘が新聞社《うち》でアルバイトしてんのや。そこで一杯飲んで別れようか」

「そうだな」

私たちは駅前の雑居ビルにある居酒屋に入った。

店は普通の店であったが、どこかに廃《すた》れたようなところがあった。

エイジも私も、そんなことをかまうほうではなかったので、二人して飲みはじめた。

空いていた店が混みはじめ、私たちも相席になった。店の常連客らしく、男たちの話が否が応でも耳に入った。

四人の男が一緒になった。恰幅のいい眼鏡の男を三人の男が囲むように談笑しはじめた。

あいつがなんぼのもんや、たいした物件も持ってへんのに大口を叩きよるやろうが、あいつがどんだけ金を持ってるんや。わてのとこはもう五十億はくだらへんで。ご冗談を、社長のとこはもう二百億はいっとるいう話でっせ。おっ、よう知っとるな。河原町《かわらまち》の物件が決まりか、それでは済まへんで。おまえんとこも山城《やましろ》の爺《じい》さんとこうまいこと片付けたらしいやないか。ありゃ二十億はいくやろう。そんな、社長の足元にも及びまへんがな……。

客たちは威勢のいい話を勝手に喋《しやべ》り続けていた。それでも彼等の話はあながち嘘ではなかった。世間は好景気の最中で、日本全国のいたる所で土地の価格が高騰し、昨日まで貧乏人だった連中が長者になっているありさまだった。

「エイジ、そろそろ行こうか。ちょっと一緒に寄りたい店がある」

そう言ってエイジの顔を見ると、その目がすでに据わっていた。

私が立ち上がろうとした時、エイジは声を上げていた。

「何をがたがたさっきから抜かしてんのや。銭の話すんのやったら外でやらんかい。酒が不味《まず》うなってしゃあないやないけえ。この阿呆《あほ》んだらが」

眼鏡の男を囲んでいた三人が目を剝いてエイジを見た。

「ええ加減にしとけや。おまえらが何銭《なんぼ》のもんや」

「何やと……」

三人の中の一人が、エイジの様子を計ったようにすぐに喰ってかかってきた。

その男を、話の中心にいた恰幅のいい男が手で制した。

「そりゃ耳障りなことですまなんだな」

男が笑ってエイジに言った。

「わかったような口のきき方すんな。おまえが気に喰わんのじゃい」

エイジが眼鏡の男を見た。

「このガキ、誰にむかってほざいとんのや」

そばの男が怒鳴り声を上げた。

眼鏡の男がその男も手で制した。

眼鏡の下の目が妙に涼しげだった。

私は男の足元を見た。よく磨いた靴が光っていた。

「エイジ」

私が声をかけると同時にエイジが声を出した。

「ユウさん、表で待っててくれるか」

店の者が出て来て、お客さん、困りますがな、と止めに入った。

「じゃかあしい。引っ込んどれ」

眼鏡の男が声を上げ立ち上がると他の三人も一斉に立ち上がり、テーブルをカウンターの方に突き倒した。狎《な》れた所作だった。

客の悲鳴がし、ガシャンと音がするほうを見ると、男の一人が割ったビール瓶を逆手に持っていた。すぐに同じ音がして、エイジも半分割ったビール瓶を手にしていた。

「表でやってくれ」

カウンターの奥から店の男が声を上げた。

エイジはビール瓶を持った相手から目を離さない。

「ええ根性やの。表出ようかい」

眼鏡の男が言った。

「ほれ表へ出んかい」

眼鏡の男の声で三人が表にむかった。

それに続こうとしたエイジに私は近寄り、エイジ、悪いな、とその手を取り、カウンターの脇から厨房《ちゆうぼう》へ飛び込んだ。

待たんかい、と背後で声がするのを聞きながら、私は厨房の奥を見た。裏口のドアが見えた。そのドアを開け、積まれたビールのケースを押し倒し路地に出た。そのまま路地を突き抜けた。

通りに出ると男が立っていた。

「おったで、こっちや」

私は男を双手《もろて》で突き、もんどり打って倒れるのを見て駅と逆方向に走り出した。エイジの足音がしない。振り向くと、倒れた男に馬乗りになっていた。私はすぐ駆け寄り、よせエイジ、来るんだ、と手を引いたが、すでに男たちに囲まれていた。

逃がしゃへんで、男の声に、誰が逃げるかい、とエイジが応えた。

ど突き合いになった。気が付くと見知らぬ男が数人エイジと私にむかってきていた。

——加勢が来たのか……。

と思ったあたりから身体が反応しなくなった。

顔も、腹も、背中も、殴られているのか蹴られているのかよくわからなかった。途中、自分が引きずられている感覚がした。

耳の奥で、殺さなくたばらんぞ、とエイジの声がした。ど突かれ過ぎて感覚が失せているのか、エイジの声を聞きながら苦笑している自分がいた。


雨音で目覚めた。

かすかにしか開かない目を開けると、目の前に栗《くり》のようなものが見えた。

——何だ？　これは……。

手を伸ばそうとしたが手が上がらない。

うつ伏せに倒れているのだろう。

頭を持ち上げようとすると、後頭部に痛みが走った。それでもなんとか顔を上げると、栗だと思ったのは砂利だった。

私は右の眼しか開かなかった。

——エイジ。

声を出そうとすると口が苦い。

血を吐き出すと、ようやく声が出た。

「エイジ」

返答はなかった。

周囲は闇《やみ》がひろがっていた。目を凝らすとほのじろく浮かぶものがあり、それが車だとわかった。

——駐車場に引っ張り込みやがったのか……。

「エイジ」

声を上げたが、やはり返答がない。

上半身を起こそうとすると右の脇に激痛が走った。左の脇も同じように痛みを感じた。

——骨をやられたな。

脇腹を蹴り上げていた男の影がよみがえった。

それでも何とか上半身を起こし、もう一度エイジの名前を呼んだ。

呻《うめ》き声がかすかにした。

「エイジ、大丈夫か」

呻きがはっきりと聞こえた。

声のする方に這《は》いながら近寄った。

「エイジ、どこだ」

「こっちや」

車と車の間に行ったが、エイジの姿はなかった。

「エイジ」

「こっちやけど、ここどこや」

見ると、エイジは車体の下にあおむけに倒れていた。私はエイジの腕を取り、引き寄せた。

「ユウさん、痛いがな。腕がもげてまうがな。もうもげてるかもしれん」

エイジを引きずり出すと、かすかに周囲の建物の窓から零れる光にエイジの顔が照らされた。

ひどい顔である。

「しこたまやられたな。ハッハハ」

私が笑うと、エイジは白い歯を見せたが、歯には血糊《ちのり》がついていて、おまけに前歯の半分が失くなっていた。

「ユウさん、あんたえらい顔になってもうとるで、ハッハハハ」

エイジが笑ったが、まるで別の人間の顔だった。

私たちは狭い車と車の間にしゃがみ込んだまま、しばらくお互いの顔を見ては笑っていた。

エイジは左足を痛めていた。私がエイジに背負おうかと訊くと、阿呆くさと断わられた。

エイジに肩を貸し駐車場を出ると、通りはすでに人気が失せていた。

「何時だ？」

私が言うとエイジはポケットをまさぐった。そうして時計を出し、十時過ぎやな、と言った。

「いつ時計を仕舞ったんだ。準備のいいことだな」

「ほんまやな。いつ仕舞《しも》うたんやろか。ハッハハ」

むかいからアベックが近づいてきて、私たちを見て女がキャーッと声を上げた。

「どういう恰好になってんだ？　俺たちは」

私が言うと、エイジは肩にかけた手を放し、道に立ち止まって私を足元から見て言った。

「ユウさん、ごっつええ感じやで。男前や」

エイジの言葉にタメ息をついた。

どの程度、殴られ蹴られたかは覚えていないが、さして抵抗もせずにここまでやられたのは初めてのことのように思えた。

「エイジ、俺はもうおまえと飲むのはよすよ。自慢じゃないが、あんなふうにやられたことは一度もないんだ」

「そりゃすまんこっちゃな。その言葉そのままユウさんに返すわ」

左足を引きずりながら前を歩くエイジの姿が、喜劇役者のように映った。

「どこぞで飲み直そうか、ユウさん」

「そうだな。次の店は静かにやろうぜ」

「わしの酒はいつも静かや」

前方に店の看板が見えた。

エイジが立ち止まった。

「これ、どこぞ骨がいてもうてんのかな」

「エイジ、そこで休もうや」

私は左方にあるバス停の停留所を指さした。

エイジがバス停の椅子に腰を下ろした。

「ユウさん、左の目つぶれてもうてるで」

「そうか……。左目はこれで二度目だ。以前、横浜の本牧《ほんもく》というところでベトナム帰りの黒人兵の拳が当たったことがあったよ。そん時はひと月くらい目が開かなかったな……。あいつデッカい男だったな」

「そんなしょうもないこと、よう覚えてんな」

「本当だな。ハッハハ」

いつの間にか雨が上がっていた。

「なんや員数増えてたな」

エイジが先刻のことを思い出すように言った。

「そうだったな。加勢を呼んだんだろう」

「準備のええこっちゃ」

「本当だな」

しばらくすると道路が明るくなり、バスが近づいてきた。

目の前でバスが停車し、開いたドアのむこうから運転手が、これ最終ですよ、と言った。

「行ってらっしゃい」

エイジが言い、私も手を振った。

一人降りてきた少年が傘を差したままエイジの前に立った。

「ボン、雨止《や》んでるで」

エイジが言うと少年は空を見上げて傘を閉じ、そのままエイジを見ていた。

「ボン、早《はよ》う家に帰り。おかあん待ってんど」

すると少年がポケットからハンカチを出してエイジの前に差し出した。

エイジはぼんやりと少年の顔とハンカチを見ていた。

「ボン、ええ子やな。ハンカチきたのうなっさかい仕舞《しも》うとき」

少年は首を二、三度横に振った。

エイジは戸惑いながら少年の手からハンカチを受け取り、額を少し拭った。

少年は何やら声を上げ、彼の口元を指さした。血糊の付いている口元を拭《ふ》けというのだろう。

「そんなん、血の付いたハンカチ持って帰ったらおかあんが心配しよるで」

少年はまた首を振った。

――いい子だな……。

少年の目がどことなくエイジの目に似てる気がした。

エイジは口元を指で拭い、そのあとでそこをハンカチで拭った。

「ありがとさん」

エイジは立ち上がって少年に頭を下げ、ええ子やから小遣いやろな、とポケットの中をまさぐった。

少年はハンカチをポケットに仕舞うと、エイジを指さして、

「オバケ」

と大声で言い、一目散に駆け出した。

ちょっと待ちい、小遣いやっさかい、エイジが少年の背中にむかって言ったが、少年は一度も振り返らずに走り去った。

「今、何を言うたんや？」

エイジが私を見た。

私は首を横に振った。

「ぼちぼち行こうか」

「そうだな」

私たちは前方に見える店の看板を目指してゆっくりと歩き出した。

難　波

肋骨が二本折れていた。

それよりも鏡の中の自分の顔に驚いた。

深夜、同居していた女が帰宅し、濡れタオルを被って横になっている私の顔からタオルをはがして声を上げた。どないしはったんどす、その顔。お岩《いわ》はんみたいどすえ。喧嘩しはったんどすか、と呆れられた。

私は事情を打ち明けず、翌日、近所の病院に連れて行かれた。

レントゲンを撮《と》ると、肋骨が二本折れていた。

ギブスなさいますか、と若い医師が訊いたが、必要はないだろう、と返答すると、女は信じられないという顔で私を見た。以前肋骨を骨折した時もギブスはしなかったと話すと、ごんたぐれちゃいまっしゃろ、と吐き捨てるように言われた。

その後で眼科の病院へ行き、眼底を診《み》てもらったが、こちらは大丈夫だった。左目に眼帯をあてられた。

家に戻ると、エイジのことが気になった。

出かけようとすると、今日は休んで欲しいと言われ、仕方なしに家に居ることにした。

競輪場の記者席に電話を入れると、顔見知りの記者が出て、エイジは今日は休んでいると言われた。風邪《かぜ》でも引いたのか、と訊くと、家の法事やいう話ですわ、と言う。

翌日、記者席に電話を入れるとエイジが出た。

「ユウさん、どないや？」

「何がだ？」

「せやし、身体の梅塩《あんばい》や」

「何ともない」

「そうか……」

エイジはそう言ったきり黙っていた。

「そっちはどうなんだ」

「何もあらへん」

それで支度して家を出ることにした。

「どこへお出かけどっか」

「向日町だ」

「そんなん博奕ばっかりしておいでやすが、それでかましませんの」

「何がだ？」

「世の中博奕して暮らせるほど、甘いもんと違いますやろう」

「………」

私は女の顔を見返した。

女がそんなことを口にしたのは同居して初めてのことだった。

「どうしたんだ、いきなり」

「いきなりのことと違います。半年前にもうち同じこと言いましたえ」

「そうだったか」

「うちの話を聞いてませんでしたん？　それとも端っから女の言うことは聞く人と違いますの」

「何かあったのか」

「何もおへん」

そう言ったきり女は腕を組み、頰をふくらませたままそっぽをむいた。

「何か言いたいことがあるなら、遠回しに言うな」

「遠回し違いますがな。そうやって毎日博奕しててかまへんのどすか、と訊いてるだけどすがな」

「それが何か問題があるのか」

「あんたはんはそれで問題はおへんのどすか」

「…………」

私は女の顔をじっと見た。

「わかった。今日は人を待たせてあるから、今夜でも、明日でも言いたいことがあるなら聞こう」

「他に何もおへん」

私が出かけようとすると、

「さきおととい、お座敷に見えたお客はんがあんたはんの話をしておいでやした」

と言い出した。

「したい奴にはさせておけばいい」

「あんたはんはもう終った言うといでやした」

「俺に始めも終りもない」

「そやし、一緒に住んでるうちは、そういうわけにはいきしません」

「どうしてだ？」

「あんたはんが終ってるのに、うちも加わってるように聞こえますがな」

「そんなふうに他人が考えるわけがないだろう」

「だからあんたはんは甘いんどす。他人が善意だけで人を見てると思うておいでるんと違いますか」

「…………」

私は返答ができず黙って家を出た。

電車に乗り、向日町にむかった。

また雨が降っていた。

車窓をつたう雨垂れを見ていたら、先刻女が言った言葉が耳の奥によみがえった。

『あんたはんはもう終った言うといでやした』

人がどう思おうとかまわなかった。しかし女からすると、没落していく者に加担しているると思われるのは面白くないという。いや、そうではなくて、没落していく者と言われるのが口惜しいのかもしれない。

『だからあんたはんは甘いんどす。他人が善意だけで人を見てると思うておいでるんと違いますか』

なるほど女の言うとおりである。そんなことは百も承知で生きてきたつもりだが、女の、それもずいぶんと歳の若い女からそう言われると、この頃の自分が何もかも甘くなっているようにも思われた。

『このまま博奕だけ打って暮らしていかはるおつもりどすか』

女が私を思って言ってくれているのはわかる。

私はタメ息をついた。

自分でも驚くほど大きなタメ息だった。

気配に顔を上げると、むかいに赤児《あかご》を胸の前にくくりつけた若い母親と少年が座って
こちらを見ていた。
「失礼」
私はタメ息のことを詫びて、少年に笑いかけようとした。
少年はじっと私の顔を見ていた。
少年がなぜ自分を見ているかはわかった。眼帯はしているものの、そこから大きな痣
がはみ出していた。
目鼻だちが母親とよく似ている。
男の子は女親に似るというが、そのいい見本に思えた。
少年を見ているうちに二日前の夜、向日町のバスの停留所でのエイジと少年の姿がよ
みがえった。
『そんなん、血の付いたハンカチ持って帰ったらおかあんが心配しよるで』
少年は首を横に振っていた……。
――そうか、エイジは子供がいるのだ。
エイジの父親の話は知っていたが、彼の家族のことはまるで知らなかったことに気付
いた。
エイジの妻や子供のことを想像しようとしたが、思い浮かばなかった。
競輪場に着いて記者席に電話を入れると、こっちに来てくれないか、と言われた。

記者席に行くと、エイジは松葉杖《まつばづえ》をデスクの横にたてかけて座っていた。

――引きずっていた左足はやはりやられていたんだ……。

私が記者席に入ると、他の記者たちが訝《いぶか》しそうな目で見た。

松葉杖のエイジと眼帯から痣がはみ出した顔であらわれた私を、記者たちがちらちらと見ていた。

二日後、エイジの後輩の記者から電話が入った。

「実は、エイジ先輩の怪我の件で上司からいろいろ聞かれてまして……」

受話器のむこうから言いにくそうに話す相手の口振りに、私は大阪に出かけて逢うことにした。

会社の近くもまずかろうと、私は若い記者の住む難波《なんば》の駅前で待ち合わせた。

顔を見知っていた相手が難波の〝花月〟の脇に立っている姿を見た時、彼がネクタイをしているのを意外に思った。ゆっくりと夕暮れの人の群れの中を歩き出しながら、考えてみれば新聞記者がネクタイをしているのは当たり前のことで、少年の頃、平和台《へいわだい》球場にプロ野球の観戦に行った折、監督の三原《みはら》脩《おさむ》を囲んで、ソフト帽に仕立ての良いコート、スーツにネクタイをしてくわえ煙草で智将《ちしよう》の談話を聞いている男たちを、あれが〝ブンヤ〟よ、と大人に教えられ、〝ブンヤ〟が新聞記者で立派な男たちなのだという印象を抱いたことを思い出した。

エイジがやさぐれているとは思わないが、エイジと同じ記者仲間の何人かがネクタイをしている姿を思い出し、エイジは少し皆と違っているのだとあらためて思った。

エイジのそんなところが気に入ったわけではないが、エイジはエイジでどこかの時期に何かを決めて歩き出したような気がした。その何かに私は自分と同じ匂いを感じたのかもしれない。

「やあ、待たせたな」

「いいえ、今、来たところですわ。わざわざこなんとこまで来てもろうてすんませんな」

「いや、こっちが逢おうと言い出したんだ。仕事は大丈夫だったのか」

「はい。今日は岸和田《きしわだ》の最終日やさかい、予想もなかったんで……」

「今、岸和田か」

「A級戦ですわ。近くに居酒屋がありまっさかい案内しますわ」

「酒がなくてもいいんだ。そこらの喫茶店でもいいよ」

「そなんおっしゃらずに、一杯やりましょう」

たしかこの記者はエイジの大学の後輩で、会社の校閲部に居たのをエイジがレース記者に引っ張ったと聞いていた。

「古閑《こが》君と言ったよな。親御さんは九州なのかい」

「祖父さんが大牟田《おおむた》ですわ」

嫌味のない、さっぱりした感じの若者だった。

これまでも彼から競輪場で挨拶され、会釈を返すくらいだったが、こうして接してみると好青年であった。

彼は先に路地に入り、一軒の店の前に立って言った。

「しょうもない店ですが、煮込みが結構いけるんですわ」

店を見ると中から湯気が朦朦と表に出ていて美味そうな匂いがした。

「エイジが好きそうな店だな」

「二、三度つき合《お》うてもらいました」

古閑が白い歯を見せた。

夕刻になったばかりなのに店の中はすでに客であふれていた。私たちは店の隅に座り、酒を注文した。煮込みの湯気で相手の顔の輪郭がまぎれると、何となくエイジと居るような錯覚にとらわれた。

「エイジとは古いのかね？」

「はい。自分が今記者をやっとられるのんはエイジさんのお蔭ですわ。ほんまに世話になってます。しょうもない自分を拾うてくれて、愚図愚図しとんのを辛抱して使《つこ》うてもらいました。あの人は記者の中でも特別ですわ。記者仲間も皆、エイジさんを慕ってますから」

私は古閑の話を黙って聞いていた。

「せやし、エイジさんのことを無下にする連中は許せません」

憤っている古閑を見ながら、私はエイジがこれほど慕われていることが嬉しかった。

エイジが記者仲間からどう思われているかなど想像しなかったから、相手の口から聞くエイジの評判にむずがゆささえ感じた。

男が男とつき合うのに、その男の評判などどうでもいいことだった。第一、生きているうちにそう何人も、まともな、つき合い甲斐のある相手とめぐり逢うはずがない。

私は古閑が可愛く思えた。

「それで、エイジのことでの話というのは何なんだ」

「はあ……」

言い辛《づら》そうな顔をした古閑に、

「何か悶着《もんちゃく》でもあったのか」

と訊いた。

「今年の春の初め、会社で人事の件で上の方から無理な提案がありまして。それをエイジさんが反対されて……」

そこでまた古閑は口ごもった。

「上司に手を出したのか?」

「いや、そこまではエイジさんもなさいませんでしたが、それで折合いが悪うなって何かにつけてぶつかるようになられて……。しょうもない奴なんですわ。出張費の精算から、タクシー代までケチつける男で、自分が見てても嫌がらせにしか映りません。それで先月、相手にきちんと話をするために、エイジさんは上司のもとへ行ったんです。自分たちのためにそうして下さったんですわ。その時のことです。急にエイジさんの声がして、見ると上司が会社の窓際に倒れてたんですわ」

「殴ったとこを見たのか」

「いいえ、誰も。ただ相手が倒れていただけで、エイジさんはそのまま部屋から出て行かはったんですわ」

「それだけか」

「それで一昨日、エイジさんが出社された時、顔がえらいことになってて、それを見て上司がエイジさんを呼んで、上の階に行ったんですわ」

「上の階とは何だ？」

「役員のフロアーです」

「役員とエイジの怪我が何か関係あるのか」

「わかりませんが、後で聞いたところ、エイジさんのことで会社に連絡があったと誰かが言い出して、訴訟がどうやこうやと……」

「訴訟？」

「はい。エイジさんがガチャした店からということでした」

「店はたいして毀れちゃいないよ。そりゃ話を仕組んだ奴がいるんだろう」

「自分もそう思います。しかし昨日、エイジさんの副部長の肩書きが外されたんです」

私はちいさくタメ息をついた。

「君に話してもしょうがないことだが、一応話しておこう。エイジはあのとおりの男だから言い訳はしないだろうから。三日前の夜は俺も一緒だった。一悶着あったのはたしかだが、訴訟がどうのというもんじゃない。相手もチンピラだったし、店も場末の居酒屋だ。エイジのことだから店への詫びはしているはずだ。それは誰かが流した噂話《うわさばなし》だろう。そんなつまらないことがよくある会社なのか」

「いや、そんなんじゃなかったように思うんですが、エイジさんのことに関しては春先からぽつぽつ妙な話が出て……」

「どんな話だ？」

「街金融が会社に取り立てに来たとか……」

私は笑い出した。

「エイジの金の件でか。エイジはそんな男じゃない」

「それは自分もよく知っています。ただあちこち借金があるらしいですわ」

「エイジがか？」

私が驚いて相手を見ると、気まずそうな顔でうなずいた。

古閑と別れた後、私はエイジに逢いたくなって福島の馴染《なじ》みの店に行った。

エイジはいなかった。

十三へ回ってみたが、エイジの姿はなかった。十三の町を歩いていて、私はあの女のことを思い出し、葦簀《よしず》囲《がこ》いの店にむかった。

店はすでに仕舞っており、片付けをしていた。中を覗くと、女がいた。

私は女を呼んだ。女は私に気付いて近寄ってきた。

「エイジを捜してるんだが、どこにいるか知らないか」

「今夜は見えてません」

「そうじゃなくて、どこに行けば逢える」

「…………」

女は黙り込み、力なく首を横に振った。

「少し話をしたいんだが……」

女はうなずき、三十分後に、あの駐車場で、とむかいにあるパチンコ店の駐車場を指さした。

駐車場で待っていると、やがて女があらわれた。

「腹は空いてないか」

女は首を横に振った。

「エイジのことを少し訊きたいんだが、かまわないか」

「私《うち》、あの人のことはそんなに知りません」

パチンコ店から数人の男が出てきた。

「知ってることでいい。その辺りを少し歩こうか。それとも居酒屋かどこかに行くか」

「その先にちいさな公園があります」

「じゃ、そこにしよう」

公園は堤道の真下にあって、珍しく水銀灯が皓皓《こうこう》と周囲を照らして、一組の若い男女がベンチに座って話をしていた。

公園のむこうには川が流れており、いかにも濁とした臭いが川風に乗ってきて鼻を突いた。川底の泥を吸い上げるためか浚渫船《しゅんせつせん》らしい船影が対岸の方に見えた。その上に満月に近い月が浮かんで震えていた。

「エイジが借金をしてるという話を聞いたが、あんたは知っているか」

「知りません」

「本当か？」

「あの人はそんないい加減なことをする人とちゃいます」

「そうか……」

私は女の言葉に少し安堵した。

「ユウジさん、ておっしゃいましたね。うち、あなたの話はあの人から何度か聞いてます。あの人が誰かの話をするのを聞いたのは初めてです。あなたのこと、ええ人や言うてました。あの人は人の面倒見はええ人やけど、いつも独りの人なんです。ほんまのお友達はいない人なんです。それがあなたの話は嬉しそうにしはるんです。岡山や函館の話も聞きました。どんな人やろうって思ってました。この間、初めてあなたに逢《お》うた時、エイジさんが好きな感じの人やとようわかりました。そのあなたがあの人の噂話を信じはったら、あの人が可哀相ですわ」

「そうか、それは悪かった。しかし噂話を信じてのことじゃないんだ。もしそれが事実なら、あんたも知っていると思ってな。金というものは男一人の生きざまくらい平然と踏みにじるもんだ。エイジがどんな男かは俺はわかっているつもりだ。そのエイジだって金と悶着を起こせば、二度に一度は負けるものだ」

「あの人はそんなんで負ける人とちゃいます」

女が毅然《きぜん》として言った。

「そうか、それは俺が悪かった。このとおりだ、謝る」

私が頭を下げると、女は目を丸くして私を見返し、私の方こそすみません、生意気なこと言うてからに、と頭を下げた。

「時間を使わしたな、行こうか。車が拾えるところまで送ろう」

私が先に歩き出すと、女はあわてて私の横を歩いて話しはじめた。

「あの人、ほんまにええ人やけど、時々、どこぞに消えてまうんちゃうかな、と心配になることがあるんです。そう思うとなんや哀《かな》しゅうなって……」

女が独り言のように話した。

「人はいつかいなくなるよ」

「そうじゃなくて、あの人は初めっからそういう運命みたいにして、この世に生まれてきたんちゃうやろか、と思うことがあるんです」

「あんたがそう思うんなら、そうかもしれんな」

「あの人が言うてはったけど、人いうもんは病気や怪我で死んでまうんやなくて、皆寿命で亡くなるんやと。それをあなたが言うてはったって」

「そんなことを言ったかな」

「奥さん、亡くならはったんでしょう。それをエイジさんは詮《せん》ないこっちゃって自分のことのように言うてました」

――エイジがそんなことを……。

私は立ち止まった。

「おい、妙な言い方をするな。俺は人からあわれみを受けたり、同情されるのが大嫌いなんだ。エイジがおまえさんにそんな話をしたとしても、おまえさんが俺にするような話じゃない」

私が言うと、女はうつむいたまま、すみませんでした、と消え入りそうな声で言った。

女と表通りで別れ、私は堤道に戻った。

真下に見える先刻の公園には人影はなかった。

ぼんやり公園を見ていると、敷地の中央に男が一人立っている姿が浮かんできた。

エイジだった。

エイジは一人、月を見上げていた。

月から真っ直《す》ぐに降りてきた光がエイジだけを照らし出していた。

その姿が幻だとわかっていても、エイジがそのままあふれる光の中に消えてしまいそうな気がした。

——あの女が言っていたことはこういうことなのか……。

私は光の中のエイジが動き出すのをずっとその場に立って見つめていた。

浅　草

秋になり、私は上京した。

I先生から連絡があり、〝旅打ち〟に誘われた。

上京した私を、思わぬ者が訪ねてきた。

三村慎吉《みむらしんきち》であった。

三村は私がコマーシャルフィルムのディレクターをしている頃に、その音楽作りで知り合った男で、当時、ミュージシャンのマネージャーをするかたわら芸能界で便利屋のようなことをしていた。その業界では顔がきく若者だった。三村は妙に私に懐いて、彼の女房と亡くなった妻の四人でよく遊んだ。

茶髪に染めた長い髪を指で掻き上げながら三村は言った。

「ユウさん、つれないじゃないっすか。吉田《よしだ》と祇園《ぎおん》で一杯やったそうじゃないっすか。それで俺を呼んでくれないなんて、昔のユウさんじゃ考えられないことでしょう。それとも俺のことなんか、すっかり記憶から消えていたってことすか」

「そうじゃない。吉田とは祇園で偶然に逢っただけだ。よほどのことがなければ、おまえを忘れるってことはないよ」

「ですよね。俺はユウさんのことを忘れたことは一日だってないっすよ」

その夜、私は三村と浅草で食事をすることになった。

観音裏の鳥茶屋で三村を待っていると、三村は女性を一人連れてきた。

「初めまして、カナと申します。お話はいつも社長からおうかがいしています」

切れ長の目をした、意志の強そうな娘だ。

「ユウさん、今、我社《うち》の一押しのタレントです。アレックの柊《ひいらぎ》さんのバラエティー番組にも出演がほぼ決りなんすよ。柊さん、ユウさんのこと心配してました。一度ゆっくりと食事がしたいとおっしゃってましたよ」

柊はテレビ界では有名な演出家で、妻が世話になり、私のことを気に入ってくれて何かと面倒を見てくれた男だった。

「そうか、次に柊さんに逢う時があったら、くれぐれもよろしく伝えておいてくれ」

「そんな冷たいことを言わずに昔のように皆でやりましょうよ。お二人の時間調整、俺がやりますから。いつだったら空いてるんですか、ユウさんは？」

三村はジャケットの内ポケットから手帳を出して開いた。

「三村」

「何ですか」

三村が私の顔を見返した。

私の目を見て三村は察したのか、急にすがるような目をして言った。

「この子にとっても、今、柊さんの番組に入れることが一番大事なんです。ユウさんがこの子と一緒に柊さんに逢ってくれたら、それで決りのようなもんなんですから」

「よろしくお願いします」

カナという娘が深々と頭を下げた。

「君がどういう段取りでこの席に来たのかは知らないが、俺はもう君たちの居る世界の仕事はやらないんだ。柊さんに逢うことが三村と君に役に立つことであってもな」

「どうしてですか？　奥さんが亡くなったからですか」

カナという子がそう言った時、すかさず三村が大声を上げた。

「何を言ってるんだ。おまえ。訳のわからないことを、誰にむかって言ってるんだ」

「待て、三村」

私は三村を制して、カナという子の顔をじっと見た。

「今、君は面白いことを言ったな。それはどういうことなんだ。説明してくれないか」

「ユウさん、こいつはまだ何もわかってないんです。かんべんしてやって下さい」

三村があわてて言うと、カナはそれを制して私に言った。

「ひとつ席が空くと、そこに座る人が必要になるのが芸能界だと聞きました。あなたの亡くなった奥さんのことは子供の頃からよく知っていました。あなたの奥さんはその席でも特別な席に座っていたんでしょう。私はその椅子に座りたいんです。お願いします」

カナはまた深々と頭を下げた。

私は立ち上がった。

「三村、おまえは何か勘違いをしてる」

「俺、そんなことないっす。たしかにこの子を連れてくることを話さなかったのは謝ります。でもこうでもしなきゃ、せっかくのチャンスを逃がしてしまうんです」

三村は半分泣き出しそうな顔をして言った。

――この顔にいつも負けて、何もかもやってしまった私が悪いのだ……。

「三村、ちょっと部屋を出ろ」

私は言って三村と二人で部屋を出てトイレの前に立った。

「ユウさんが嫌がることをしちまって……」

私は最後まで三村の話を聞かず、彼の頬を平手で払った。

乾いた音がした。指先が痺《しび》れた。

三村は叩かれた頬を手で覆い、私を見返した目から大粒の涙を零していた。

三村の顔をそれ以上正視することはできなかった。

私はそのまま店を出た。

背後で三村が追ってくる気配がしたが、振り切るように早足で路地に入った。

今しがたの三村の顔が浮かんだ。

唇を震わせ、どうしてこんなことをするんですか、と訴えるような目をする三村の、あの独特の表情だった。

私は路地を歩きながら胸の中で叫んだ。

――だからおまえが嫌になるんだ。どうしてそんなに女女《めめ》しくなれるんだ。おまえのそういうところが嫌なんだよ。いい加減にしろ。いったい何歳《いくつ》になったんだ、おまえは？

通りかかったタクシーを拾い、浅草を離れた。六本木でタクシーを降り、酒場に入った。三村もそうだが、彼を含めた東京という街を離れた理由に、今夜再び出くわした気がした。東京が腹立たしかった。逆上してしまったせいか、抑制していたはずのアルコールを呷《あお》るように飲んだ。閉店です、とバーテンダーに言われ、店を出た。ふらふらと路地を歩き続けた。

路地をいくつか抜けると交差点に出た。

見覚えのある交差点だった。上に高速道路が走り、角に古いイタリアンレストランがあった。

——こんな所に出てきたのか……。

そこは東京でも数少ない、私が好きな界隈だった。

十年近く前、私は東京という街が無性に嫌になり、仕事も家庭も捨てて、この街を逃げ出した。

他人との関わりを上手くやっていけなかった。上手くやっていけないのではなく、自分には他人に合わせる許容力がなかった。誰彼《だれかれ》となくぶつかり相手を傷つけ、気が付けば周囲から嘲笑《ちょうしょう》と侮蔑《ぶべつ》の目で見られていた。それがさらに私を逆上させ、何をしても最後は人を呆れ果てさせ、親しかった者までが離れて行った。そんな中で私の隣りに座り続けたのが死んだ妻と三村だった。

彼女と三村は兄妹《きょうだい》のように仲が良かった。見ていて微笑《ほほえ》ましいほどだった。

私はぼんやりと交差点を眺めた。

深夜泥酔して、よく歩いた交差点だった。信号が変り、私は〝狸穴《まみあな》〟と呼ばれる方角に歩き出した。

この一帯はほとんどの建物が官舎で、あとは大使館があるだけだった。正面に東京タワーだけが淡い灯りに浮かんでいた。

しばらく歩いて、私は或る場所で立ち止まった。見慣れぬビルが建っていた。薄闇《うすやみ》に保険会社の看板が見えた。こんなビルがあったか……、そう思いながら目の前の建物をじっと見つめた。

やがて無機質なコンクリートのビルは失せ、一軒の平屋建ての瀟洒《しょうしゃ》な商家があらわれた。

蕎麦屋《そばや》だった。江戸期にあった蕎麦屋を戦後に復活させた店で、当時の東京には数少ない手打ちの蕎麦が評判で、しゃきしゃきした女将が切り盛りしていた。

その夜、私と彼女は一年振りにその店で再会した。

私は化粧品メーカーのキャンペーン広告でまだ十八歳だった彼女とパリで初めて逢った。その後アフリカの砂漠での撮影を彼女は悪条件の中でやり通してくれた。

事前に決定していたはずのフランスの男優との契約が破棄され、先発の撮影隊と同行していた私と数人の若手は、まだ駆け出しだった彼女を起用した。億単位の予算を使うキャンペーンだったから、それは若手クリエーターたちの賭けでもあった。

初めての海外渡航、初めての広告出演、その上灼熱《しゃくねつ》の砂漠での撮影に彼女は高熱を出しながら踏ん張り、結果として私たちは、斬新《ざんしん》なフィルム、ポスターを作ることができた。キャンペーンは大成功し、商品は驚くほど売れた。そうして彼女はその年の夏の話題を独り占めし、スターの階段を昇って行った。私たちにとって彼女は恩人だった。

私と同僚は次のキャンペーンの新しい企画、新しい女性を探し何とか一年の仕事を終え、また次の一年にむかって仕事をはじめていた。その一年の間に彼女はスターダムを一気に駆け上がっていた。

新しいキャンペーンの企画をしている時、キャンペーンガールを探す作業の中で時折、スタッフが言った。

『こうやって女の子を探していると、やはりあの子が特別だったことがよくわかるよ』

私は彼等の話を聞きながら、一年前、最後に彼女と逢った夜のことを思い出していたりした。

それはキャンペーンの成功を祝うパーティーが行なわれたホテルの廊下だった。私は早々に会場を離れて家に帰ろうとしていた。

「ユウジさん」

声に振りむくと彼女が立っていた。

「やあ、ひさしぶり。おめでとう、映画の主演も決ったそうだね」

「もう帰っちゃうんですか」

「ああ、娘が熱を出したらしい。仕事で数日戻ってないんでね」

「………」

彼女は黙って私を見ていた。

「あ、あの……」

「何だい？」

「私、〝虚の山〟に登って行きます」

「キョノヤマ？　何のことだ」

「ユウジさんが芸能界をそう言いました」

私はアフリカで彼女と話したことを思い出し苦笑した。

「あれはすべてがそうだと言ったんじゃない。君は今、望まれて階段を上がっている。登りはじめたら〝虚〟なんてどうでもいいことだ」

「いいえ、私、もう〝虚〟を見ました」

彼女は口を真一文字に結んで私を見つめていた。

「…………」

私が黙っていると、彼女ははっきりと言った。

「ユウジさん、どこにいても私を見守っていて下さい。私、〝虚の山〟を登ってみせますから」

「わかった。ずっと見ているよ」

彼女が指を差し出した。

見ると白い小指がこちらにむいている。

私はその指に自分の指を結んだ。

ウソ、ツイタラ、ハリセンボン……、彼女の声を聞いていた時、背後で声がした。

「おまえここで何をやってんだ」

振りむくと同じ会社の営業の男が立っていた。船山《ふなやま》といい、もうすぐ役員になるという噂がある男だった。

「いや、ひさしぶりに逢ったもので」

「何がひさしぶりだ。彼女はおまえたち制作が気安く口をきく相手じゃないんだ」

まだデビューしたてでプロダクションが決っていなかった彼女を、会社がマネージメントしていた。

「船山さん、す、すみません。私がユウジさん、いえ、私が姿を見つけて追い掛けてきたんです」

「いや君はいいんだ。こいつは女癖が悪いんで有名な男なんだ」

彼女が当惑したように船山と私を交互に見た。私は船山に歩み寄った。

「船山さん、俺はたしかにまともじゃないが、あんたにいちいちそんな口のきき方をされる立場じゃねえんだよ。なんならここで、そういう口が二度ときけないようにしてもいいんだぜ」

「君、君は私に暴力を振るおうというのか」

船山が口から泡を飛ばして言った。

その時、奥のドアから会社の社長があらわれトイレにむかおうとするのが見えた。

彼は私たちに気付いて笑って手を挙げた。

私は会釈して、二人の顔を見ずに立ち去った。

その彼女から一年振りに仕事場に、突然電話が入り、逢いたいので時間を作って欲しいと連絡があった。

六本木の端にある、その蕎麦屋を指定してきたのも彼女だった。

その日、私は車で仕事場に出かけていた。約束より少し早い時間に店に着いた。人の好《よ》さそうな女将が茶を出してくれた。

ようやく彼女があらわれた。

瘦せていたし、ひどく肌が荒れていた。

「元気ですか」

「やめて下さい。ユウジさん、そういう言い方」

「そうか。元気か」

私にすれば彼女はもう別の世界で生きているのだし、芸能界がひさしぶりに迎えた大型の新人女優だった。一年前に船山が言った言葉は、あながち嘘ではないと後から思うようになっていた。

「………」

彼女は黙っていた。

「どうした、元気がないじゃないか。あのチャメはどこかに置いてきたか」

私はアフリカでの撮影の間、彼女に付けた綽名《あだな》を口にした。

彼女が笑った。力のない笑いで、すぐにぎこちない表情になった。表情だけではなく彼女の胸の中も、石の壁でもあるかのようにかたくなに何かを閉ざしているように思えた。そんな彼女を見るのは初めてだった。

私は、その壁が開くのを待つことにした。酒を注文しゆっくり飲みはじめた。

「車じゃありませんよね」

女将が酒を運んできて訊いた。

「ああ」

私は面倒になり嘘を言った。

とうとう二時間余り彼女は何も話さず、時計をちらりと見た仕草に、ぼちぼち行こうか、と私は立ち上がった。

駐車場に行くと、うしろから女将が走ってきた。

「ちょ、ちょっとお客さん。あなた車で来てないって言ったじゃないの」

車のキィを手にしていた私は女将に言った。

「嘘をついてすまなかった。たいして飲んではいないから大丈夫だ」

その頃はまだ飲酒運転の取締りは厳しくなかった。

「何を言ってるんですか。お銚子《ちょうし》を七本も飲んで。いけません。車はここに置いて行って下さい」

女将の剣幕は凄《すご》く、私はどうしたものかと思った。明日の早朝から車で静岡へ行かなくてはならなかった。

「女将さん、私が運転して送りますから」

彼女が急に言った。

私は思わず彼女を見た。

「あなた免許持ってるの？」

「は、はい」

「ならいいわ。そうして下さい」

車に乗り込んで私は訊いた。

「免許を取ったのか」

彼女は首を横に振った。女将が店の裏木戸に立ってこちらを見ていた。

「車は運転したことがあるのか」

「昔、パパの車を運転したことがある。でも、この間ドラマの撮影で運転したわ」

「一般車道をか」

「そう。でもその車はトラックの上に載ってたけど」

私は彼女の顔を見返し、エンジンを始動させた。

そんなにアクセルを踏むな、サイドブレーキを引くんだ。ハンドルはしっかり持ってやダメだ……。

……、車がようやく駐車場から通りに出た。左を走るんだ。アクセルをそんなに踏んじ
ハッハハハ、彼女が笑っていた。

左前方にソビエト大使館を警護している警察官の姿が見えた。

「停車させろ。警官がいる」

「そんなの平気よ」

彼女はスピードを上げて大使館の前を走り抜けた。

何度か車やガードレールにぶつかりそうになりながらようやく、芝公園のテニスコートの脇に車を停めると、彼女は大声で笑い出し、車のクラクションを何度も鳴らした。その音に驚いてテニスコートの中のプレーヤーがこちらを見ていた。

「もうよせ。それこそ交番のお巡りが来る」

すると彼女は右手をこめかみにあげ、敬礼する恰好をして、ご苦労さんっす、と言ってまた笑い転げた。

「こんなに愉しかったのは一年振りよ。知ってる？　今夜って、ほらTホテルの廊下で再会した日なんだよ」

——そうなのか……。

「お嬢さんは元気？」

「事情があって家を出ている」

「どんな？」

「他人に言うことじゃない」

「そう……」

それでまた彼女は黙り込み、重い沈黙がひろがった。

私は助手席で東京タワーを見上げていた。

しばらくすると彼女は大声で言った。

「ああすっきりした。これで明日から頑張れるわ。ユウジさん、ありがとう」

私を見た大きな眸からは涙があふれそうだった。

私は彼女を引き寄せた。私の右肩に乗った彼女の顔にささやいた。

「無理をするな。嫌ならとっととやめてしまえばいい。おまえが考えているより、おまえが生きていける場所も、おまえを待っている人もいる」

「嫌だ。私はやる。絶対にやってみせる」

「そうか、じゃ好きにしろ」

何度も目元を拭いながら立ち去る彼女の背中を見て、私は車を発進させた。

この三年間、閉じ込めていたはずの妻の記憶がどうしてふいにあらわれたのか、私にはわからなかった。

私は蕎麦屋のあったビルの前から離れて通りをまた歩きはじめた。

こんなふうに記憶が鮮明にあらわれることは、少なくともこの一年半はなかった。

——なぜだ？

すると先刻の目に一杯の涙をためた三村の顔があらわれ、それが妻の涙目と重なった。

「チクショー、あいつだ」

私は大使館の角を右手に曲がり、突き当たりで立ち止まった。

そこは私がよく夜半に一人で居た場所だった。

すぐ真下は崖《がけ》になっていて、真下の麻布《あざぶ》一帯から海へ続く三田《みた》、田町《たまち》、白金《しろかね》の街並みが見渡せた。高い建物はほとんどなく、高輪台《たかなわだい》の丘陵の上に暈《かさ》のかかった月が浮かんでいた。

この風景を見ていると安堵した。

私が立つ場所のすぐ右隣りに米国人専用のクラブがあり、二十歳《はたち》の頃、そこのクラブの地下にあるピアノバーでバーテンダーをしていたことがあった。休憩時間になると、私は一人でここに立ち風の中に身を置いた。

いつも風が吹いていた。海の匂いがした。

二十歳になってすぐに弟が海で死に、親友が交通事故で亡くなり、私はその度に身もこころも揺さぶられた。人間が生きていく理由がわからなくなり、なぜ自分だけが生き残ったのかなどとどうしようもないことを考えたりしていた。生きる上の指針が見えなかった。故郷の父親との確執がはじまり、勘当されて仕送りが止まった。生活と学費のために片っ端からアルバイトをしはじめた。丁度その頃、この米国人専用のクラブでアルバイトをしていた。

――あの時と今は何ひとつ変っていないじゃないか……。

私は胸の中でつぶやき、これから自分はどうなるのだろう、と他人事《ひとごと》のように考えた。

少し先に見える首都高速道路を走る車が防音壁に消えてはあらわれた。

またたく家灯りの中に一人の男の姿が宙に浮くようにあらわれた。

エイジだった。

『ユウさん、わし、あんたの書いてるもん好きやで』

旅の車中で唐突に口にしてきたエイジの言葉が耳の奥に聞こえた。

唯一私が書いた小説を、エイジがどこで読んだのかわからなかった。ただエイジが昔、よく本を読んでいたというのは、彼の馴染みの居酒屋の主人から聞いていた。

木暮聰一のいかつい顔が浮かんだ。

『私はあなたの小説が読みたいんです。それだけなんです』

――この街にもう一度住んでみるべきなのか……。

私は海風に当たりながら崖の上に立っていた。

歌舞伎町

I先生と二人で中部地区の競輪を打ちに行った。

不思議な人であった。

ナルコレプシーといわれる突発性睡眠症という持病にも驚いたが、東京から新幹線で名古屋にむかう時、富士山《ふじさん》が怖いとうつぶせたまま脂汗を掻《か》いていた姿に、私は戸惑いさえ覚えた。

I先生を紹介してくれたのはKさんだった。

Kさんは山口の故郷に帰っていた私を何かと心配して上京するように便りをくれていた。そのKさんからI先生の話はいろいろ聞いていたものの、二人して旅に出てみると、先生は私の想像外の領域で生きている人のように思えた。

旅の前に先生の作品を読んだ。読んでいて何度もページから目を離した。タメ息が零れた。

――そうだよな。これが小説なんだよな。

自分はもう何年も小説を読んでいなかった気がした。

自分が小説の世界に焦《こ》がれたのはこういうことなのだと再確認した。青二才の自分が頭の中であれこれこねくり回していた小説もどきのものがひどく陳腐に思え、あらためて自分には小説は書けないのだと確信した。その諦めが、先生との旅を楽にさせてくれた。同じ競輪好きとして過ごせばよかった。先生が何かと自分を気遣ってくれているのがよくわかった。

先生は旅先でまで仕事をしていて、昼間は競輪、時折メンバーが揃う夜の麻雀を終えた後、夜半から原稿を書いているようだった。だから朝出かける時、宿の私の部屋の扉の下にメモが差し込んであった。

午前中は休んで、午後にゴール板前のネットに立っています。3レースの買い目に入れときます。健闘祈ります。

I より

メモと一緒に封筒の中にその日のレースでの買い目と金が同封してあった。

丸くて大きな字で買い目が記してあり、私はそれを見て思わず笑った。

――仕事がなければ本当は競輪場に行きたいんだろうな……。

先生の買い目は変っていて、本命に予算の八、九分を素一《すいち》に近い状態で賭け、残りは裏目をわずかと、まったく違う目がバラ買いしてあった。プロの打ち方であった。

一日目、二日目はその買いに乗ったが外れた。三日目は先生も仕事が片付いたようで一緒に競輪場に出かけた。まるで遠足に出かける子供のように嬉しそうな顔をしていた。

「勝ったら今夜は中村遊廓《なかむらゆうかく》を総揚げだね」

「いいですね」

「いっそ名古屋の街を買って帰りましょうか」

「ハッハハ」

私は大声で笑ったのはひさしぶりのような気がした。

その旅の競輪は〝特別競輪〟と呼ばれて、年に数度開催される大きなレースだったから、全国から競輪ファンが集まっており、いろんな人が先生に声をかけた。一方で〝麻雀の神様〟という異名があるのは知っていたが、これほど人気があるとは思ってもみなかった。

知り合いが先生に寄ってくると、私は先生から離れた。それに気付いて先生は挨拶もそこそこに私の所に戻ろうとするのだが、相手はなかなか先生を放さない。これでは肝心の競輪が打てない。

――人気があるのも辛いものだ。

そう思って見ていると、先生は汗を拭いながら戻って来て言った。

「私、八方美人なものだから……」

そんな姿を見ていて、少しずつ先生の真の魅力がわかる気がした。

先生との旅は予期した以上のものを私に与えた。

上手くは言えないが〝快楽への身の置き方〟が卓越しているように思えた。

ただその様子は先生が作品の中で見つめている人間とは真逆にある行動だった。

東京に戻り、Kさんに先生との旅の報告をし、私は数日東京で過ごすことにした。

古い麻雀仲間から連絡があり、私は新宿に出かけた。

夕暮れの歌舞伎町を歩きながら、以前より身構えることがなくなっている自分に気付いた。

友人が二人、初対面の男が一人で打ちはじめた。

「名古屋の方に競輪に行っていたんですって？」

友人の一人が言った。

「相変らず耳が早いな」

「いや、I先生と二人だったのに驚いていた者がいたもんですから」

「俺が一緒じゃ先生に迷惑になったかな」

「いやそういう意味じゃなくて、逆です。今までよく二人に接点がなかったなと思いまして」

二人の友人はいわゆるプロの麻雀打ちで、その組織を立ち上げる時、I先生が後見人になっていた。

「先生は俺とは生きる場所が違う人だ」

私はきっぱりと言った。

その声の大きさに友人は目を瞠《みは》っていた。

日付けが変らないうちに雀荘を出た。

「ユウジさん、麻雀変りましたね」

「そうか……」

自分ではどう変ったのかわからなかったが、毎日麻雀だけ打って生きてる彼等からすれば、その変りようがわかるのだろう。

私も打ちながら、関東の麻雀はカタチにこだわり過ぎているように感じた。関西でブー麻雀に慣れたせいかもしれなかった。

「知人がやってる酒場があるんですが、ちょっと寄ってくれませんか」

「ああかまわんよ」

ゴールデン街の近くにジャズのポスターがドアに貼ってある店があり、友人はそのドアを押し開けた。いきなりライブのジャズセッションが聞こえてきた。

「悪いが、俺はこういうのは苦手なんだ」

「もうあと少しで終ります」

私は友人とカウンターの隅に座った。

カウンターの奥から髯《ひげ》を生やした恰幅のいい男がやってきて友人と私を見てから、

「やあ、やっと逢えた……」

と私の顔をまじまじと見返した。

「覚えてませんか」

私は相手の顔を見返したが、わからなかった。私は首を横に振った。

「悪いが……」

「この髯でわからないのかな。△△のササキですよ。ササキじゃなくケン坊の方がわかりやすいですかね」
△△とは、私がかつてコンサートの演出をした時の制作会社の名前だった。
言われてみれば目元に見覚えがあった。

「演出助手をやってました。助手にしては年を取ってるな、と初対面で言われました」

そう言われれば年嵩《としかさ》のいった助手がいた気がした。

「もう演出はしないんですか」

「ああ」

「惜しいな。あんなに皆が熱くなった仕事はなかったのにな」

「まだやってるのか」

「いや、今はこの店が本業です」

「そうか」

私は返答しながら、先刻からこちらをじっと見つめている視線に気付いていた。

若い女が一人じっとこっちを見ていた。私は隣りに座る友人を見た。やはり私を見ている。マスターが奥へ行くと、女が近づいてきた。どこかで見た顔だが、こんな若い女に知り合いはいない。

「この間はどうも」

そう言われても見覚えがない。人違いだろうと思って、私は相手を無視してグラスの酒を飲んだ。

「三村さんとうかがったカナです」

私は顔を上げて相手を見た。

三日前に逢った時とはずいぶんと印象が違っていた。顔を見直すと、素っぴんで化粧をしてなかった。

「あの時は怒らせてしまってすみませんでした」

「いや別に怒ったわけじゃない」

「三村さん、泣いてましたよ」

「男が泣いた話を女がするんじゃない」

「でも本当のことだから」

「本当だろうが、なかろうが、そういう話を女はしないもんなんだ」

「強引なんですね」

「何と言われてもかまわん。俺の前で、俺の知り合いの恥になる話はしてほしくないんだ。それだけのことだ」

「………」

女は黙って私を見ていた。

「いい加減にしろ。むこうに行け」

マスターが、カナと話している私を見て戻って来た。

「あれ、ユウジさん、カナと知り合いなんですか」

「親しいわけじゃない。数日前に昔の友人と一緒にいたのを見ただけだ」

「あっそうか、三村さんとユウジさんは知り合いですもんね。カナは三村さんの紹介で店《うち》でバイトをしてるんですよ」

マスターの背後でカナが私を鋭い視線で見つめていた。

それに気付いてマスターが言った。

「カナ、何を不機嫌そうな顔をしてるんだ」

カナはそれでも黙って私を睨んでいた。

ライブが終り、メンバーが引き揚げてきた。

その中の一人に知り合いがいて、声をかけてきた。一、二度仕事をしたドラマーだった。相手は私の肩をドンと叩いて、

「ようイロオトコ」

と笑った。

演奏の直後のせいか、それともクスリでもやっているのか、男の目はうつろだった。

男がもう一度肩に手を置いた。

私はその手を払った。

「おい、何を馴《な》れ馴《な》れしい口をきいてんだ。そんな仲だったか、俺たちは」

相手は大袈裟《おおげさ》に両手を広げて首をすくめ笑いながら奥へ行った。

すみませんね、マスターが言うと、私は立ち上がって会計をするように言った。

店に残るという友人を置いて、私は外に出た。

表通りに出ようとする時、名前を呼ばれた。

振りむくと、カナが立っていた。

「お話があるんです」

「俺にはない」

「少しだけ聞いて欲しい話があるんです。お願いです。五分でいいんです」

よく通る声だった。道を往来する人が驚いて私たちを見ていた。

「お願いします。五分でいいんです」


カナは裸身になって窓辺に立っていた。

周囲のビルから放たれたネオンや店灯《みせあか》りが瞬《また》く度に、カナの均整のとれた裸身が光彩の衣をまとったように浮かび上がった。

薄闇の中で大きな眸だけが光っていた。

ルージュを引いた唇が、時折、カナが何事かをつぶやく度に妖《あや》しく動いた。

私はその裸身の美しさに見惚れていた。


「もう少しお酒を飲んでいい？」

カナは言ってベッドサイドにある冷蔵庫の方を見た。

「好きにしろ」

私が言うと、カナは笑って私の横をゆっくりと歩いて行った。

窓から差し込むネオンの灯りに、カナの裸身が浮かび上がった。私はカナの横顔を見つめた。少年のような横顔だった。

目の前を通りすぎる肉体は美しかった。その背中、臀部《でんぶ》、足を目で追った。

——あっ。

私は思わず声を上げそうになった。

カナの背中にウロコのようなものが無数にあった。

私は窓を見た。ガラス窓のモザイクか何かが、カナの背中に映り込んでいるのではないかと思った。そんなものはなかった。

冷蔵庫の前にしゃがんで扉を開けようとするカナの身体が、中の灯りでシルエットに変った。

ウィスキーの小瓶を指先でつまんで戻って来たカナを私はじっと見ていた。

カナが私の前を通りすぎた瞬間、カナの背中を見た。

やはりそれは私が想像したとおり、無数の疵痕《きずあと》だった。それも古い疵痕ではなかった。

「待て」

「なあ～に？」

「その背中はどうした」

「どうもしないわ。私の背中よ」

「そんなことを訊いてるんじゃない。どうしたんだ、と訊いてるんだ」

「どうもしないわ。私は気に入ってるわ」

カナは言って、小瓶の蓋を開けて喉を鳴らして飲みはじめた。

カナは大きな吐息をついて口元を拭った。

「こういうことを悦《よろこ》ぶ男はたくさんいるわ。あなたもそうなら見せてあげるわ。もしそれ以上のことがしたかったらさせてあげてもいいわよ。私はそれが平気でできるの。勿論、泣き喚《わめ》いたりもしない。そういう子なの、私は……」

「俺にはそういう趣味はないし、おまえとどうこうなるつもりもない」

「男は皆、最初はそう言うわ」

「それはおまえが知っている男たちのことだろう。つまらない連中だ」

「そうかしら。皆可愛い男たちだけど」

「なら、そう思っていればいい」

カナはウィスキーを飲みながらベッドに寝そべり、頬杖をついて、部屋に零れてくるネオンの灯りを見ていた。

「三村とはどこで知り合った」

「コンサートのチケットを取ってもらったの」

——やはりそういうことか。

「三村さんって、芸能人を目指す子たちの中では結構、有名人なの」

「有名人？」

「そう、ちょっとした人気者だったの」

「どういうことだ」

「だから、タレントになりそうな可愛い子がいたら、三村さんに紹介するのよ。そうしたら六本木や青山の一流レストランで食事をさせてくれて、ライブハウスとかも連れてってくれて、スターにも逢わせてくれるの。逢うって言っても遠くからだけどね。でも、ちゃっかりしてる子は、スターに連絡先なんか教えたりしてるケースもあるの」

私は三村の姿を想像し、吐息を洩らした。

「興味ないよね。こんな話……」

「ああ、そうだな」

「それは、あなたが何かを持ってるからよ。何ひとつない子にとっては、どんなちいさなものでもその先に光が見えそうだったら、何だってするわ」

「親から貰った大事な身体でもか」

「親がつまらない奴だから、こんなふうになってるんじゃない」

その時だけカナの口調が変った。憎悪が感じられた。

「親をそういうふうに言うもんじゃない。こう言っても今は信じられんだろうが、親はこの世で唯一、子供のために命を投げ出す人間だ」

「命を？　あいつは、そんなこと私のために、いや他人のためにだってするような奴じゃない」

「あとになればわかる」

「あとっていつよ」

「おまえが、嫌いな親御さんと同じ年齢になった時だ」

「もういいよ。そんな説教じみたこと聞きたくないわ。ねぇ、私を抱かないの」

「ああ、抱かない」

「じゃ、寝ちゃうよ」

「ならこっちで寝ろ。俺は少し飲んでから引き揚げる」

「じゃ、私も一緒に行く」

「うるさくしなければかまわん」

「しないよ。本当は喋るの好きじゃないんだもの」

一瞬うつむいた表情が印象的だった。

「ねぇ、クスリとかやんないの？」

「やらない」

「真面目《まじめ》なんだ」

「真面目な人間が、初めて逢った若い女をラブホテルに連れ込んで裸にするかよ」

ハッハハ、そりゃそうだ、カナはベッドに座り、胸に抱いた枕《まくら》を何度も音がするほど叩いた。そうして枕に顔を埋《うず》めて笑いを堪《こら》えていた。見えた背中にウロコのように盛り上がった無数の疵痕がのぞいていた。

二時間ばかり飲んで、私たちは一度出たラブホテルに戻った。

カナが泥酔してしまった。

歌舞伎町を、裏路地とはいえ若い女を抱きかかえるようにして歩くのは初めてのことだった。

ようようイロオトコ。手伝ってやろうか。

ひやかしの声をかける男を睨みながらも、何を訊いても返答もできないカナと二人では、そのホテルに戻るしか手段はなかった。

カナの身体は驚くほど軽く、小動物の赤児をかかえているような感覚がした。カナはかなりの量を飲んだのに酒の匂いはしなかった。

——身体が丈夫なのだろう。

ホテルの廊下をカナをかかえて歩きながら、私は独り言のように言った。

「こんな丈夫な身体に産んでもらったのに、あんなふうに親のことをののしってダメな娘だ」

フッフフ、カナが笑った。

——何だ、起きてやがるのか……。

私がカナの身体を離そうとすると、カナの身体が崩れ落ちそうになった。

眠むっていたのか。カナは寝言で笑っていた。

何かいい夢でも見たのか。どんな夢がこの子を心地好くさせるのだろうか。

奇妙なもので、最初は鬱陶《うっとう》しく思えた子でもわずかな時間をともに過ごすと、それはそれなりに相手の良さが見えてくる。それでもカナには人を受け入れようとしない、何か壁に似たものがある気がした。

私も飲み過ぎていた。

目を覚ましたのは工事の騒音だった。

ひさしぶりに違う天井を見て目覚めたせいか、私はすぐ周囲を見回した。

ベッドの端に隠れるように背中を丸めて横たわっているカナが見えた。

——そうか俺も眠むってしまったのか。

酒は少し頭痛として残っていたが、かなり飲んだはずなのに幻覚はあらわれなかった。

窓際のテーブルを見ると、ウィスキーの小瓶がふたつ転がっていた。昨夜、ホテルに戻ってから飲んだ記憶はなかった。

——この子があれから起きて飲んだのか……。

ベッドサイドの時計を見ると、すでに朝の七時半を回っていた。

天井を見つめながら思った。

——こんな所で何をしてるんだ、俺は……。

亡くなった妻の顔が浮かんだ。

可笑しくてしょうがないという表情をして笑っている。目に涙まで溜めている。

そのむこうでミック・ジャガーの真似《まね》をしてスタンドマイクを蹴る仕草で唇を突き出している三村がいた。

妻の病室で必死になって彼女を笑わせ、少しでも気持ちをなごませてやりたいと精一杯の演技をしている三村の顔が、天井に迫って来た。

耳の奥で声がした。

『俺はユウさんのことを忘れたことは一日だってないっすよ。この子にとっても、今、柊さんの番組に入れることが一番大事なんです。ユウさんがこの子と一緒に柊さんに逢ってくれたら、それで決りのようなもんなんですから』

三村の懇願する声だった。

私は天井にむかって言った。

「三村、そんな甘い世界じゃないんだよ、あそこは……。去って行った者を追う奴なんぞは一人もいないんだよ。おまえが自分でカナに階段を昇らせるしかないんだ」

私は柊の、あの独特の表情を思い浮かべた。いつも煙草をくゆらせて、口癖のように言っていた。

『何なのだろうね。俺たちは訳のわからない電波に翻弄《ほんろう》されてさ。こんなことをするためにランボーを読んだのかね』

私は柊が好きだったが、彼が時折におわせる文学臭が嫌いだった。

『ユウジさん、おまえさんならわかるよね、どうしようもないもののことが。人の性《さが》なんてどうしようもないものでしょう』

私はただ笑っていたが、柊の言葉が上滑《うわすべ》りをしているふうにしか聞こえなかった。

——あの連中も、何かをしてるように見える連中も、何もありはしないんだよ。

そうつぶやいてもなお、三村の懇願する顔と、妻を愉しませるために必死でロック歌手の真似をする三村の顔が重なった。

私は首を大きく横に振った。

そうして声を上げた。

「もうあの世界に関わるのはやめたんだ」

その時、キャッと悲鳴がした。

見ると、カナが何か怖い夢でも見たのかおびえたような表情で部屋を見回し、私の姿を見つけた。

「怖いよ」

カナは今にも泣き出しそうな顔で私を見た。

私はカナにむかって大きくうなずき、

「大丈夫だ」

と言い、手招いた。

カナは私の胸に飛び込み、すがりついた。

「大丈夫だ」

それでもカナは首を激しく横に振り、子供が何かにおびえるように胸板に爪《つめ》を立てた。

痛みが走った。

カナはさらに指先に力を込めた。

皮膚が裂けている。よほど怖い思いをしているのだろう。

私はカナの背中に手を回し、抱き寄せた。

カナの身体から力が抜け、胸板に顔を押しつけた。それっきりカナは動かなくなった。

——また眠むったか。どんな夢を見たのだろうか。

かすかに寝息が聞こえ、カナの吐息が胸に当たった。

『何ひとつない子にとっては、どんなちいさなものでもその先に光が見えそうだったら、何だってするわ』

カナの言葉がよみがえった。

自分にもそういう時代はあったはずだ。しかし、それがいつのことかも思い出せなかった。そんなふうにさえ思わなくなったのはいつの頃なのだろうか。

自分はすでに多くのことを諦めている。自分にはもう何もできないのかもしれない。今、胸の中で寝息を立てている命は、目に見えないものに抵抗し、闇にきらめくわずかな光を探してさまよっている。

私はカナの身体を引き寄せた。

指先にカナの背中の凸凹を感じた。あの無数の疵痕なのだろう。

——どうしてこの子はこんなことをしたのだろうか。

『こういうことを悦ぶ男はたくさんいるわ』

——カナが望んだことではなく、男たちがカナにそれをしたのか。

胸板に妙な感触がした。

見ると、カナが私の胸板を舐めていた。

「何をしてる？」

「血が出てるよ」

「それは、さっきおまえが……」

私が言おうとすると、カナはまた胸を舐めはじめた。

「やめろ」

「いやだ」

痛みがまた走った。

カナが私の胸を嚙んでいた。

「これよりもっと痛いことを、カナにして」

そう言って、カナはさらに胸板を嚙んだ。


柊の事務所を訪ねたのは二日後のことだった。

柊はテレビ局に打ち合わせに行っていて不在だった。

「すぐに戻ってくるのかね」

「あと三十分くらいで戻ると、予定表には書いてありますから」

若い女性社員が言った。

「予定どおりにあの人が動くことはあるのかね」

私が訊くと、女の子はニヤリと笑った。

奥から顔見知りの神山寛也《かみやまひろや》があらわれた。

「おや、こりゃ珍しい人がいるな」

私は手を上げ、神山にうなずいた。

「幽霊かと思ったな」

「そんなもんだろう」

ハッハハと神山は大きな身体を揺らして笑い、おいお茶も出してないのか、と声を上げた。

「いや出直すよ」

「柊は三十分もしたら戻りますよ」

「あてにはならんだろう」

「なりますよ、コレの借り主ですから」

神山は右手の親指と人さし指でマルをこしらえた。

「なら忙しいだろう」

「いや、すぐに返せない話の上に、さらに貸せという話ですから、話はすぐに終るでしょう」

茶を載せた盆を手に女の子があらわれたので、奥の応接室に行った。

「どうしてたんですか、ユウさん」

「どうもしちゃいないよ」

「田舎《いなか》の方で高校野球のコーチかなんかをしてるって記事を読みましたが」

「いっときのことだ」

「コッチはどうです？」

神山が人さし指で鼻の先を掻く仕草をして、ギャンブルの様子を訊いた。

「相変らず、たいしたことはない」

「打ってます？」

麻雀牌《パイ》を握る仕草をした。

「ぼちぼちだがね」

「柊が打ちたがってましたよ。ユウさんはどんな打ち方をするんだろうかって興味を持ってましたから」

「たいしたことはないよ。つまらない麻雀だよ」

「そういう人が怖いんだナ」

「そっちの方が怖いって話じゃないか」

「いやいや、俺のは半端ですから」

神山と話をすると、いつも奇妙な安堵があった。

同じ種類の人間だからかもしれない。

そう言えば、神山は柊の下に転がり込む前に賭博《とばく》でつかまったという話を聞いたことがある。柊も十年近く前、賭博の現場に踏み込まれて新聞沙汰《ざた》になっていた。

「仕事はそんなに大変なのかね」

「どうしてです？」

「コ、コレの話をしてたろう」

「それは使い過ぎたんですよ。柊がまた芸術を撮《と》りたがって。私は他の仕事で外に少し出ていたから、様子が見られなかったんです。あっと言う間に使われちゃって」

「映画か」

「わかりますか。ほれ、噂をすれば……芸術家が帰って来ましたよ」

柊の声がした。

「柊さん、珍客ですよ」

神山が応接室のドアを開けて言った。

私が部屋を出ると、柊はしばらく私を見ていた。

「どうもご無沙汰して」

「………」

それでも柊は声を出さず、じっと私を見つめていた。

そうして黙って近づくと、両手で私の二の腕や肩をつかむようにして、

「幽霊じゃないな」

と素っ気なく言った。

柊の部屋に通された。

「長いことご無沙汰してしまって……」

柊はピース缶を手にしてソファーに座った。美味そうに煙草をひとしきり吸って、こちらに座るように手招き、またつくづくと私の顔を見て、

「生きていたとはな……」

と静かに言った。

「くたばった方が良かったでしょうか」

「そうは言わないが、俺はおまえさんは死ぬかもしれないと思ってた」

柊の目は笑っていなかった。

「そうか、生きていたか」

私は笑えなかった。

どこかで柊は私が死ぬことが当然だと考えていたのだろう。

「柊さん、今、私が死んじゃ、おかしな理由がつきますから」

「死んじまえば理由なんかどうでもいいだろう」

「それもそうですね。考えときましょう」

「ああ、そうしてくれ。もうこっちに出てきているのかね」

「いや、関西にいます」

「あの芸者とか」

「まあ、そんなもんです」

「取り込まれたのか」

「どうでしょうか」

初めて柊が笑った。

「次にやるドラマの中で新人に歌を歌わせたいんだが、その詞を書いてくれないか」

「無理でしょう」

「どうして?」

「長いこと、そっちの仕事はしてませんし」

「俺が書いてもいいんだが、やはりカタチが悪い」

「ペンネームなら、いいんじゃないですか」

「そういうもんじゃないってことは、おまえさんが一番わかってるだろう」

「まあカタチはよくありませんが」

「一回考えてみてくれ。それで今日は挨拶だけで来たんじゃないだろう。金か?」

「いや」

「何だ?」

「私の後輩に三村って奴がいて、一度ご紹介をしてるんですが」

「覚えていないな。何者だ?」

「ちいさなプロダクションをやってます」

「それで」

「挨拶に来させますから、一度逢ってやってくれませんか」

「わかった。神山に言っておいてくれ」

「神山さんまでの話じゃ困るんです」

柊はピース缶を手の中で遊ばせ、それを見つめていた目を私にむけた。

「そのかわり、その詞の話は一度考えてみますから」

「条件つきか……。どうだ、今夜少し打たないか」

柊が牌を握る仕草をした。

「今夜は約束があるんで……」

「空いてる日があったら連絡をくれ。メンバーはすぐに揃えるから」

「わかりました。じゃ、これで」

私が立ち上がり、ドアにむかおうとすると、

「死ぬ気になったら、その前にでも連絡をくれ」

と声がした。

「殺したいんですか？」

「そうじゃない。死ぬ前に話しておきたいことがある」

「わかりました」

「そのプロダクションの何とかという……」

「三村です」

「その三村の件は神山に話をしておいてくれ」

「わかりました」

赤坂の街に出ると、すでに陽は落ちていた。

六　本　木

浅草の観音裏にある小料理屋に入り、名前を告げると、小上がりの席に案内された。

ほどなく木暮聰一はやって来た。

「お待たせしましたか」

「いや今来たところだ」

「今夜は嬉しいんです」

「どうして」

「あなたから逢おうという連絡があったからですよ。今までそんなことは一度もありませんでしたからね」

木暮はこういうことを平然と口にする。

料理が出てひとしきり酒を飲んだ後、私は木暮に言った。

「上京しようかと思う」

「いよいよやる気になってくれましたか」

「勘違いをして欲しくないんだが、小説を書こうというんじゃない。コレだ」

私は鼻の先を指で掻いた。

「何ですか？　それは」

「ああ、ギャンブルの目がこっちにむいてる気がしてね」

「えっ、言ってることがわかりませんが」

「まあいい。ともかく折を見て、こっちに出ようと思っている。それをあんたには言っておこうと思った。他から聞くのもどうかと思ってな」

「それは嬉しい。でもなぜ小説じゃないんですか」

「それは前も言ったじゃないか」

「あれはあなたの理由で、小説を書く、書かないの理由にはなっていませんよ」

「そうか……。まあいい。ともかく上京しようと思ってることは伝えたかった」

「そういう律義《りちぎ》なところが、私は好きなんですよ」

「…………」

私は黙って盃《さかずき》を干した。

歯の浮くような言葉を木暮が使うので周囲の目が気になった。

「一軒ほどバーにつき合ってくれませんか」

木暮の誘いに私はうなずいた。

浅草の路地を歩きながら、私は空を見上げた。

半月が浮かんでいた。

十三や先斗町《ぽんとちょう》の路地から仰ぎ見る月と同じものなのだが、どこか違うように思える。

「そう言えば、この間I先生に逢ったよ」

「本当ですか。いいですよね、I先生の『怪しい来客簿』なんかは絶品じゃないですか。それに短篇《たんぺん》も素晴らしい。そうだ、連載されていた〝狂人日記〟を読みましたか。あれは傑作になりますよ」

さすがに木暮は詳しかった。

「ああいうものを、私はあなたに書いて欲しいと思っているんです」

「おまえは私を誤解してる」

私が言うと、木暮は歩くのを止《や》めて私をじっと見た。

「誤解？　私を何だと思ってるんですか」

木暮の目が鋭く光っていた。

「まあいい。その店は遠いのか」

「すぐそこです」

中に入る前に私は釘《くぎ》を刺した。

「ここで仕事の話はかんべんしてくれ」

「わかりました」

バーに入ると、木暮は最近の文壇事情を語り出した。

私は黙って聞いていた。

頃合いを見て別れようとすると、木暮が小声で言った。

「カジノに行きませんか？」

「そんな所におまえは行くのか」

「今、少し嵌《は》まってましてね」

「よした方がいい。手入れにぶつかると職を失うぞ」

「そこは安全なんです」

数年前から、東京のあちこちに違法のカジノが店を出していた。その店が結構流行《はや》っているのを耳にしていた。

「嫌ですか？」

「嫌じゃないが、潜ってまでギャンブルをやる気はない」

「大丈夫ですよ。もうすぐ十二時を回ります。そうしたら日曜日です。警察は日曜日までガサ入れはしませんから」

私は思わず木暮を見た。

編集の仕事だけが生き甲斐と思っていた男が、そんなことまで知っているのに驚いた。

「見物だと思って、つき合って下さい」

私はうなずいた。

タクシーで霞町《かすみちよう》へ行き、そこから路地に入ってレストランの裏手に回ると、男が一人立っていた。

木暮が名前を告げると、男は私の顔をたしかめるように見てうなずいた。

ドアからすぐ階段が続き、そこを下りるとまたドアがあり、ノックをすると覗き窓から人の目がこちらを見ていた。

ドアが開くとカーテンがあり、それを開けるとルーレットの盤が回る独特の音がした。煙草の煙りが立ち込める中に、二十人ほどの客がそれぞれのテーブルについて遊んでいた。

ブラックジャックがふたつ。奥にバカラがひとつ。左隅にルーレットのテーブルがあった。

「何をやるんだ」

「ルーレットです」

「ほう」

「Iさんの短篇に『ラスヴェガス朝景』という名作がありますよ。あの人もルーレットだ。読みましたか」

「いや読んでない」

木暮は換金をして私にチップを渡そうとした。

「そういうのはダメだ。博奕場で現金《タマ》やチップの貸し借りをしたら終る」

「そういうもんですか」

「そういうもんだ。私は見物しとく」

「それでいいんですか」

「ああ、かまわん」

ルーレットのテーブルには四人の客がいて、二人は女だった。女は二人とも日本人ではなさそうだった。

木暮が、店員が渡した早見表を手にして、チップを手元で鳴らしていた。

ディーラーを見ると皆若く、アルバイトのようだった。

出目のボードなど勿論ない。

木暮がチップを張りはじめた。それを見て、彼なりの流儀は或る程度あるが、きちんとしたものではないような気がした。

ディーラーが私を見たので、首を横に振った。

ルーレット盤を回し、シュートした。

投げ方も無造作である。

ルーレット盤の回転が弱まり、カチッという音とともに球が枠に入った。

28である。

「チェッ、惜しいな」

木暮のチップは7の数字の上に五枚積んであった。

7の両隣りは28、29である。

――まだルーレットを覚えたばかりなのだ……。

私は木暮の張り方を見ているうちに、初めて違法カジノの経営を手伝っていた二十歳代の頃を思い出した。


そのカジノは、昔、材木町《ざいもくちょう》と呼ばれていた六本木六丁目の通りから少し入った小路の雑居ビルの中にあった。

マサと呼ばれる、六本木界隈では少し名前が通っていると評判のその男に私を引き合わせたのは、私が以前、横浜の本牧で基地《ベース》に出入りしていた頃に知り合ったDという男だった。Dは本牧で〝口入れ屋〟をやっていて、マサとは東京、青山の学校で同級生ということだった。

私はちいさな会社を些細《ささい》なことでクビになり、所帯を持った女と子供に、毎月金を送らねばならない暮らしをしていた。

当時、私が顔を出していた酒場にDから連絡があった。

「少し手伝って欲しい仕事があるんだが」

「……今はややこしいことはできない。勤めを探しているところだ」

「それは大丈夫だ。オープンする店のマッチとコースターをこさえて欲しい」

「何だ。それなら業者に頼め。いくらでも紹介してやるよ」

「それが少し事情がある」

「そんなもんに事情などないだろう」

「………」

Dは電話のむこうで黙った。

そうしてもう一度、

「ともかくマッチとコースターをこさえるだけでいいんだ。おまえの名前を相手に話したら、ぜひ逢わしてくれと言われた」

「本当にややこしくはないんだな」

「ない。ともかく急いでるらしいから明日の……」

Dは言って、待ち合わせの場所と時間を一方的に告げて電話を切った。

気が進まなかったが、その月の金のやりくりに困っていた。

翌日、私はDと麻布のPホテルで待ち合わせた。

ひさしぶりに逢ったDは恰幅が良くなり、スーツを着ていた。

——暮らしが変ったんだな……。

「よう三年振りか」

庭に面したティールームで、Dは相変らずのダミ声を出した。

Dはこれから逢う男のことを話した。中学校からの同級生だと言う。親の出自が私と同じだからとか、ガキの頃はD以上にやんちゃだった話を続けた。

ティールームには私たち以外に男が一人、庭に面したテーブルで煙草をくゆらせながら外を見ていた。その男が気になったのは、鋭い目付きをしていたからだ。

Dはひとしきり話をしてから時計をちらりと覗き、ここに宿泊してるんですぐに来ると思うから、と不満そうに言い、奥のテーブルの男を見て私に顔を近づけた。

「あの奥の男、こっちだな。どこかで見た気がする」

Dは右頬《みぎほお》を人さし指で搔くようにした。

ヤクザを示す仕種《しぐさ》に、私はたしかに男はそう見えると思った。

「あれは違う。作家だ」

「サッカ？」

「小説家だ。ほれ映画にもなっている『眠狂四郎《ねむりきようしろう》』を書いた男だ」

「おう、それなら見たことがある。市川雷蔵《いちかわらいぞう》が出ていた時代劇だろう。そうなのか、おまえ知り合いかよ」

「まさか」

「ちょっと部屋に電話してくる」

Dは席を立ち、館内電話の所に行った。

私は庭を見た。一本の楓《かえで》が寒々しそうに立っていた。

子供の頃、私は木を見るのが好きだった。木を見つめていると飽くことがなかった。

上京し人の中にまぎれはじめると、木を見ることもなくなっていた。

――あの奥の男は何を見ているのだろうか……。

そう思った時、Dが戻って来た。

「部屋に来てくれとよ。それならそれで早く言ってくれりゃいいもんをよ」

私は立ち上がり、会計するDの背後でもう一度男を見た。男の姿が失せていた。私は周囲を見回した。出口はここひとつである。ティールームに人の気配はなかった。

Dがドアをノックすると、相手はガウンを着たままあらわれた。

相手は少し驚いた目で私を見た。

「野球をやってたんですよ。ユウジは」

Dの言葉に相手は、そうか、と満足そうに笑い、手を差し出し、マサオだ、と名乗った。

その手を握ると、骨太の指で思わぬ力で握り返された。

Dと同級生というから私より三歳年が上である。

「今、ちょっと出られない用があってな」

部屋に入ると二間続きの広さで、ベッドルームには今しがたまで人が居た気配がした。

「いやマサ、豪勢な部屋だな。どんなヤマを当てたんだよ。こんな部屋は初めてだぜ」

Dが部屋を見回して言った。

ソファーに座ったマサが、いきなり私にむかって話し出した。

「今月の×日までに用意してくれるか」

私はマサを見た。

「何をですか？」

するとマサはDを見た。Dが言った。

「だからマッチとコースターだよ。ユウジ」

「そりゃ無理だ。一週間しかない。デザインを決めても、二週間は、いやもう少しかかる。俺はそういうことが専門じゃないから業者に直接言った方が早い」

「金ならいくらでも出す」

マサが言った。

「そういうことじゃない。ともかく詳しいことは俺はわからないから、業者をすぐによこします。その方が早い」

「いや、おまえにやって欲しいんだ。ついでに店の名前も考えてくれ」

私は思わずマサを見返した。

――店の名前？　何のことだ。

「D、話してないのか」

マサがDに言った。Dはこくりとうなずいた。マサは舌打ちしてベッドルームに行き、奥の方でガサガサと音を立て封筒を手に戻って来ると、それをテーブルの上に置き、取り敢えず二百万円ある、それでやってくれ、と言った。

私は封筒を見て言った。

「マサオさん、俺はDからマッチとコースターを作って欲しいと言われただけだ。それを作るにはこの金の十分の一もあればできる。Dにも言ったが、ややこしい話に首は突っ込みたくない」

「ユウジと言ったな。マサオさんじゃなくてマサでいい。おまえに迷惑をかけることは何ひとつない」

「そうだよ」

Dがうなずいた。

その時、バスルームから人があらわれた。

女だった。バスローブを着ているものの前は開《はだ》けて身体が丸見えになっていた。

「あら、お客さん？」

Dのゴクリと生唾《なまつば》を飲む音がして、手にしていた煙草が落ちた。

「何やってんだ。前を隠さないか」

マサが苦笑した。

「あら、本当、ゴメンナサイ」

女が嬉しそうに言った。

美しい女で目に愛嬌があり、いかにも都会の女に映った。

女は手にヘアードライヤーを持っていた。そうしてベッドサイドの差し込みを探しているのか、均整のとれた足を剝き出したまま上半身を折り曲げた。

マサ、差し込みが届かないんだけど、と声を上げるとマサは、しょうがない女だな、と言って女のそばに行き、差し込み口にコードを差してやった。

「そういうことかよ」

Dが小声で言った。

マサは戻って来ると部屋の間仕切りのドアをスライドさせ、ソファーに座った。

「マサ、オフクロさんは元気なのか？」

「ああ。今六本木の店が改装中で、オフクロは女房子供と一緒にハワイに行ってる」

「それで羽をのばしてるのか」

「いや。あの女はそういうんじゃやない」

その日の夕刻、再びマサと乃木坂《のぎざか》のレストランで逢った。

金は受け取らなかった。部屋を出たあとDから、聞いていない話の部分を説明させた。

マサがはじめる店は表向きは会員制の酒場だが、本営業は酒場の奥から入れるカジノだということだった。

「何がややこしくないだ。ふざけるな」

「だから、カジノの方はおまえにはいっさい関わらせないってマサも言ってた。ただマッチとコースターを納めりゃ終りだ」

「じゃ店の名前を考えろってのは何なんだ？」

「だから考えてくれってことだろうよ」

「それを関わるって言うんだ」

「店の名前くらい、いいじゃないか。カジノのことはおまえは知らないんだから」

私が夕刻、マサに逢いに行ったのはDの話のせいではなく、あの部屋のテーブルの上に置かれた金のせいだった。

躊躇《ためら》いもあったが、あの金があれば当座、仕送りの催促をしてくる女の執拗《しつよう》な言葉も聞かずに済んだ。

乃木坂にあるレストランはステーキを専門に出す店で、私はマサと控えのバーで話した。

マサは垢抜《あかぬ》けたスーツを着込んでいた。

「おまえさん、今何をやってるんだ」

「いろいろです」

「親は半島のどこの出身だ」

「慶尚南道《けいしようなんどう》です」

「慶尚南道のどこだ」

「泗川郡《しせんぐん》です」

「それじゃ俺の所と一緒だ。親の稼業は何だ？」

「いろいろです」

「パチンコ屋か？」

「そういうのはやらない男です」

「そうか。Dから連絡があって、おまえがあっちの方にはいっさい関わりたくないという話を聞いた。ともかくオープンを早くしたいんだ。酒場が恰好つかないと何もできないからな」

「あっちとは関わらないことを守ってもらえるんなら……」

「わかった」

マサは手を差し出した。

女があらわれた。肌が半分近く露出しているような赤いドレスを着て、別人のように化粧をしていた。思ったとおり夜の女だった。

「時間がないわ。早いとこ食べましょう」

「何だ、遅れて来て、その言い草は……」

マサが苦笑した。

「ここの肉はまあまあだ。少しつき合って行けよ」

「いや俺はいいです」

すると女が私の手を握って、一緒に食べましょうよ、と科をつくった。

その時、マサはこの女に取り込まれたのだと思った。

「どうした？　この男はおまえのタイプか」

マサが言うと、さあどうかしら、と女が握った手に爪を立てた。

私がその手を振りほどくと、女は素っ気なく、タイプなわけないでしょう、と言った。

店の名前は〝DOG《ドッグ》〟にしようということになり、あとはデザインもまかせるからと金を受け取って別れた。

私はレストランを出てタクシーに乗り込むマサと女の姿を見ていて、この二人がそう遠くないうちにどこかに消えてなくなる気がした。

そんな予感がしたのは初めてのことだった。その予感はそんなに外れなかったことになるのだが、後年、その話をDから耳にして、私は口に苦いものがひろがり、二度とそういう目で人を見ないことにした。


木暮は相変らず金を放り出すようにチップをテーブルに置いていた。

それでも時々木暮の張った目にボールは落ちて、木暮の賭けは続いていた。

「次は何が来ると思いますか」

「…………」

私は返答しなかった。

――このシューターの投げ方じゃ、どこに来るか当人もわかってないだろう。

それでもルーレットというのは奇妙なもので、ある程度の時間、同じシューターの手で盤を回しボールを投げ込んでいると、ひとつの傾向、出目の偏《かたよ》りのようなものがあらわれる。

耳の奥からマサの言葉がよみがえった。

「さあ見せてもらおうか」

マサの前にルーレットの盤とテーブルがあり、そのむこうにカジノを取り仕切る男と、その日の午後に香港《ホンコン》からやって来たシューターが立っていた。私はその日の夕刻、マッチとコースターの入った段ボールを店に納めに行ったところで、奥にいた二人に出逢った。バーテンダーがなぜか、私をマサの関係者のような口振りで二人に紹介した。

シューターは痩せた色黒の男で、蝶《ちょう》ネクタイをした襟元から出た首が異様に細かった。面相はインド・パキスタン系が入っているふうだったが、本人はポルトガルの血が入っていると話していた。マカオでディーラーをしていたと言っていたから、あそこはたしかかつてポルトガル領だったと私は妙に納得した。

0を入れさせます、と脇に立つ男が言ってシューターはルーレット盤を回し、ボールを投げ入れた。カラカラと音が響いた。

「いい音だな」

マサは私を見て嬉しそうに言った。

シューターの背後に五十センチ角のバックミラーがあり、そこから酒場のカウンターでボトルを並べているバーテンダーの姿が見えた。盤の回転スピードが弱まりボールの音が変り、カチッと音がしてボールは〝3〟におさまった。0からひとつ数字を隔てた場所である。

「おう惜しいな」

マサは目を丸くしていた。

私も感心した。と言うのは私はカジノの仕掛けはマグネットか何かを使ったものでボール自体にもイカサマのセッティングがしてあると思っていた。ところがこのシュータ―は店に到着するとすぐに、玩具のような水準器を手にルーレット盤とテーブルのレベルを何度も計った。国際電話で彼が要求してきたのは、床に鉄板を入れてレベルに狂いがないようにして欲しいということだった。その鉄板を店に入れる作業が半端ではなかったらしく、裏の窓を壊して搬入していた。次に男はアタッシェケースの中から木箱を出し、そこからマーブル（大理石）製のボールを出し磨きはじめた。

――何だ？　腕だけで出目を操るってことか……。

私は信じられなかった。

その手の話は耳にしたことがあったが、カジノの種目を解説した本のどこにもそんな記述はなく、そういう伝説めいた話はあるが、実際にはあり得ないことだと書かれていた。第一、ボールがネックピンに跳ねればシューターの狙《ねら》いなど一発で崩れるはずだ。

私は男に興味を抱き、マサが来る前に何度もボールを投げ入れる男の作業を見物していた。

五回目に0にボールは入った。

マサがゆっくりと拍手をしたが、その目は不満そうだった。その理由は、残る四回のボールが0とは無関係な数字に飛び込んでいたからだった。

「△△、今のは偶然じゃねぇのか。こんなチンケな仕事で俺に大金を払わせたのかよ、おまえは」
△△と呼ばれた仕切り役の男の顔色が変り、何事かをシューターに告げた。二人はしばらく話し込んでいた。
「何をゴチャゴチャやってんだよ。手前《てめえ》ら」

マサがサイドテーブルを蹴り上げた。

私は部屋を出た。

後で聞くと、店の営業がはじまり、そこで期待どおりでなかったら金を返すという話で決着したらしい。マサは金を返せば済むことじゃなくて、下手《へた》を引いたら香港におまえが帰ることはないと脅したという。

〝DOG〟は三ヶ月後に警察の手入れを受け、マサはいち早く逃亡し、国外へ出た先で死んだという。

私は盤の上を回るボールの音を聞きながら、テーブルの上の木暮のチップを見つめていた。

並んだ数字と積まれた色とりどりのチップの間を、小人が二人歩いているのが見えた。目を凝らすと、それは母親と少年であった。私は笑って歩く母と子の顔を見て思わず声を上げげそうになった。

〝DOG〟がオープンし、その奥のカジノが予想以上に繁昌しはじめた一ヶ月後、マサの妻と息子に私は逢っていた。

マサの姿を見つけて胸に飛びつく息子。マサの肩に手をかけ微笑していた妻。ほどなくあらわれた白髪の品の良さそうな老女。マサの母であり、息子の祖母である老女は私を見て深々と頭を下げ、倅《せがれ》がたいそう世話になったそうでありがとうございます、と挨拶した。Dの話では、その品の良いマサの母は六本木で古くから店をはじめ、この辺り一帯を縄張りにする□□会のトップのSと姉弟《きょうだい》のような仲で、マサの後見人をSがしているという話だった。

「だからあれだけの勢いがつけられるのさ」

Dはニヤつきながら言った。

マサと家族はそれぞれの顔を見つめ合い、笑い、語り合っていた。四人の様子には一片の翳《かげ》りもなかった。マサの表情にも心底家族をいつくしんでいるものしか見えなかった。

マサのその感情に、あの女や、今やろうとしている仕事に仕切りを与えているものの正体は、私にはわからなかった。

あの店に、時折、そこが洒落た酒場だと信じてやって来て楽しげに語り合う若い男女を、私はマジックミラー越しに眺めることがあった。壁ひとつ隔てた場所で強欲を剝き出しに目を血走らせている男と女たちと、至福の時間を見つめ合う彼等の間に何があるのだろうかと思った。

ルーレットのテーブルの上の二人の小人は私の目の下まで辿《たど》り着くと、私に気付いたのか笑って手を振りはじめた。

私は目を閉じた。

カチッ、とボールが枠の中におさまった乾いた音がした。

「……29《ツウエンティーナイン》……」

ディーラーの声が響き、外れたチップの山をコテで搔き寄せる音がした。

「どうしました？　気分でも悪いんですか」

声に目を開けると、木暮が私の顔を覗き込んでいた。

「い、いや」

「ぼちぼち行きましょうか。今夜はどうも私には目がないらしい」

「そうでもないんじゃないのか」

「いやギャンブルは引き時が肝心ですから。おっと、そんなことをあなたに話しても釈迦に説法ですね」

　木暮が笑った。

「チップを交換してきます」

　私はうなずいた。

　テーブルの上の二人の姿は失せており、新しいチップの山が左右から積まれていった。

　耳の奥でＤの声がした。

「マサの身内が裏切ったらしい。九州から韓国へ入り、そこからまた飛んだって話だ」

　そんな事情は私にはどうでもいいことだった。

　あの時、六本木で逢った女がどんなふうにしてマサと連れ立って異国の土地をさまよっていたかを思った。

　オープン当初の深夜、女が数人の男を連れて〝ＤＯＧ〟にあらわれたのを見かけた。カジノに入ると男たちはギャンブルに夢中になり、女は男たちを煽るように背中にしなだれかかったり、男の手にしていたグラスに平然と口をつけたりしていた。

　それでも、時折、女はマサに視線を送り、マサは何事もないように女を見返していた。

　二人が死んだという話さえ作りごとのように思える……。

　私にとっては通りですれ違い、ほんのわずか目と目を合わせただけの関わりである。なのに十年以上の時間が過ぎても、二人がこれほど鮮やかによみがえってきたことが不思議だった。

「マサとあの女が、私は好きだったのかもしれない……」

私はつぶやいた。

「えっ、何です？」

見ると隣りに木暮が立っていた。

「いや何でもない。じゃ出ようか」

私たちは店を出て西麻布の交差点に出た。

「どこかで飲み直しますか」

「今夜はこれでいいでしょう」

「東京の住まいをお探しなら手伝いますが」

「ありがとう。それはまた報せます」

私たちはそこで別れた。

神　楽　坂

翌日、Kさんに連絡を入れると、I先生が私を捜していると言われた。

「先生と何か約束でもしていたの？」

「いや、していませんが」

「あっそう、あの口振りだと君と約束していたような感じだったが……」

「そうですか」

「うん、ともかく連絡してみてよ」

「すみません。連絡先のメモをどこかにやってしまって」

「そうなの。先生に薄情にしないでくれよ。ちょっと待ってて……」

「は、はい」

連絡先を聞いてI先生の自宅に電話を入れると女性が電話に出た。

名前を名乗ると、あらっ、あなたなのね。タケちゃんがずっと捜してたわよ、連絡してあげてよ、と先生の連絡先を告げられた。I先生の奥方だった。

そこに電話をすると、落着いた女性の声がして、お約束ですか、と訊かれた。事情を説明すると、しばらく待つように言われた。

受話器のむこうからいきなり声がした。

「やあ、やっと連絡がつきましたね。どうしたんですか、小倉の件は？」

――小倉の件？　何のことだ……。

「すみません。ユウジですけど」

「わかっています」

先生の声は少し不機嫌に聞こえた。

「だから小倉へ一緒に行く約束だったでしょうに……」

「…………」

私は黙った。

「聞いていますか？　ユウジ君。だから小倉の競輪祭へ一緒に行く約束だったでしょう」

「………………」

私はそんな約束をしていなかったので返答のしようがなかった。

「聞いてます？　ユウジ君」

「はい、聞いていますが、私は先生と小倉に行く約束はしていませんが」

「だって君は花月園《かげつえん》の帰りにちゃんとメモまでくれたじゃないですか」

「私、先生と花月園には行ってませんが」

「………………」

今度は先生が黙り込んだ。

しばらく沈黙が続いた後、

「イカン、これはイカン」

と大声がした。

「何でしょうか」

「これはいけません……」

「電話を切りましょうか」

「いや、ちょっと待って下さい。ユウジ君、あなた今どちらですか」

「浅草です」

「私は今、神楽坂《かぐらざか》にいるのですが、これから逢えませんか。私、あなたに謝らなくてはいけない」

「私のことなら気になさらないで下さい」

「いやともかく逢いたいんだが、ダメでしょうか」

「そんなことはありません。では何時に？」

「これからこちらに来てもらえますか。私、実はカンヅメになってまして……」

カンヅメとは出版社が作家を或る場所に連れて来て、そこで原稿を書かせることを言った。外に出られないように監視状態に置くので〝缶詰〟と呼ばれていた。

地下鉄で神楽坂にむかった。

旅館の人から聞いた毘沙門天《びしやもんてん》、煎餅屋《せんべいや》を見つけ、その店で旅館の場所を尋ねると、すぐ裏手の坂を降りたところだと言われた。

瀟洒な建物であった。

――ほう、こんな場所にこんな旅館があったのか……。

外に立って塀越しに覗いた木々を見ていると、中からミャーゴと猫の鳴き声がした。

続いて老婆だろうか嗄《しわが》れた声で、ハナチャン、ハナチャン、そんな所で何してるの、とその声が外にまで聞こえてきた。声に応えるようにまたミャーゴと鳴き声がした。

私は苦笑した。

引き戸を開け中に入り、玄関へ行きガラス戸を開けた。

「すみません」

声を上げたが返答がなかった。

二度、三度声を出したが同じだった。

かがんで廊下の奥を覗いたが、人のいる気配がしない。玄関を出て、先刻、猫の声がした庭先の方を覗いた。

そこに猫を抱いた老婆が立っていた。

「あら、こんにちは」

老婆が猫と一緒に頭を下げた。

「こんにちは」

「何かご用?」

「I先生を訪ねてきたのですが」

「どちらの社の方?」

老婆は私を訝るような目付きで見た。

「いや、どこの会社の者でもありません。先生にここに来るように言われて、こちらの方に道順も教えてもらったのですが」

「あら、じゃ女将さんに」

「あっ、そうかもしれません」

「そう言えば、女将さん、そんなことおっしゃってたわね。先生は今休んでらっしゃるわ。そういう時は起こしちゃいけないことになってるのよ」

「はあ……。じゃ待たせてもらいます」

「一度寝ちゃったら先生はなかなかお目覚めになりませんよ」

「はあ……」

その時、老婆の抱いた猫がふわりと地面に降りて、すたすたと私の足元に近づくといきなり身体をすり寄せて来た。

「あら珍しい。ハナチャンどうしたの、あんた」

ミャーゴと猫が私を見上げて鳴いた。

「あなた猫を飼ってるの？」

「いや別に……」

老婆は、空いている一階の部屋で待つように言って奥に消えた。

私は庭に面した障子戸を開け、縁側に座った。ちいさな庭だが、しばらく手入れをしていないのか、あちこちに枯れ葉が溜《たま》り、水のない池にどこから飛んで来たのか、子供の手袋が片方だけ縁《へり》に引っかかっていた。

ほどなく先刻の猫があらわれ、ちらりとほんの一瞬私を見て、ゆっくりと水のない池に入り、身体を丸めて目を閉じた。

――妙な猫だな。

私が猫を見ていると、いきなり背後で声がした。

「変った猫でしょう」

驚いて振りむくと、そこに先生が立っていた。

大きな水玉模様のパジャマを着た先生はサーカスのピエロのようだった。

「ハナチャンって名前だが、オスだって言うんだから妙ですよね」

「オスなんですか」

「うん。私もたしかめたわけじゃないが、女将さんとバアさんが言うんだから、そうなんでしょう」

私と先生はしばらくハナチャンを見ていた。


麻雀は七回戦に入り、外はすでに陽が昇りはじめている気配だった。

先生は二ヌケ（二着が外れ番になること）で雀荘の隅のソファーで目を閉じていた。

対面《トイメン》の男がハコテンで飛んで、その半荘が終了した。

「先生どうします？」

編集者の男がソファーの方を見て言った。

「休ませておいてあげようか」

同じく別の社の編集者が言った。

私は先生を見た。

昨夜、原稿が終って、私は先生と神楽坂のバーに出かけた。

飲んでいるうちに、酒より麻雀の方がいいよね、と先生が言い出し、バーを出て旅館にむかって歩き出した。

毘沙門天の前を通ると、先生は、ちょっとと言って境内に入り、社務所側にそびえる一本の木の下に行き、風に枯れ枝を鳴らしている木を仰ぎ見た。

「これ、私が子供の時はまだずいぶんとちいさい木だったんです」

「この近くに住んでらっしゃったんですか」

「うん、すぐそばです。ここで戦争に出征する人を送ったんです……」

そんな話をしているうちに先生はベンチに腰を下ろし、私が本殿を見て回って戻った隙《すき》にもう眠むってしまっていた。

――疲れてるんだな……。

私はそこに立ったまま、しばらくずっと先生を見ていた。

神楽坂の宿に先生と二人して戻ると、先生は元気になって、宿の女将にビールを注文し、美味そうにグラスを飲み干した。

そうして私を大きな目でじっと見て、

「あの時のイーピンのリーチだけど、手の内はどうなってたのですか」

と訊いた。

それは昨夜の終盤戦で先生ともう一人にリーチがかかっている局面で、私が追い掛けリーチをした牌のことを言っていた。

私が手の内の牌を告げると、じゃ私のサンピンに反応してのリーチじゃなかったんだと、五時間も前の一局面のことを先生はよく記憶していた。たしか先生はもうすぐ六十歳になる。頭の中はどんなふうにできているのだろうかと思った。

先生は煙草をくわえるとライターで火を点《つ》け、煙りを静かに吐き出し、うつむき加減に、

「あなたの小説……」

と言いかけてしばらく黙ってから、

「私は好きです」

と言った。

「いや、自分には小説は無理だとわかりました」

先生が顔を上げて私を見た。

「どうして？」

「自分には何もありませんし……」

「私にだって何もありません」

「先生とは違うんです」

私は自分の声が大きくなっているのに気付いて、すみません、と小声で言った。

「そんなふうに小説を特別なものと考えないで、どうでしょうね、ほらたとえばお相撲取りが申し合い稽古《げいこ》をやるでしょう」

「はあ……」

「あんなふうにあなたと私で、ここで小説の稽古をするんですよ」

私は先生が何の話をしているのか、よく理解できなかった。

「私ももっと稽古をつけなくてはいけませんから」

私は先生の小説を読んでいたので、先生が私を気遣ってそう話しているのだろうと、申し訳ない気がした。

先生のやさしさは身に沁みたが、小説が書けないことは私自身が一番わかっていた。泊まって行くように言われて、私は二階の部屋へ行き、敷かれた蒲団《ふとん》の上に横になった。

どこからか三味線の音色《ねいろ》が聞こえた。

――こんな時間か。そうか、ここは花街だったな……。

音色を聞いているうちに、子供の頃、生家の近くにある色街を夕暮れに歩いたことを思い出した。麻雀をする男たちを目にしたのも、その色街だった。夏の昼下がり、男たちは木戸を開け放して麻雀を打っていた。背中の刺青《いれずみ》が汗で光り、トン、トン、トンと牌を打ち込む音とともに、大人の遊技というものがひどく美しいものだと子供ごころに感じた。

憧《あこが》れていた遊技もいつしか牌が手に馴染んでしまえば、ただの遊びでしかなかった。競輪にしても、夢中な時期は一日も欠かさず各地を打って回ったが、今は半端、惰性で打っている気がした。

『おまえさん、博奕はどんだけ打っても所詮博奕でしかないことを覚えとかにゃ、最後はしんどいもんになるぞ』

そう言ったのは関西で一、二と評判の高い車券師だった。

七尾壱郎《ななおいちろう》という名前の、通称〝ナナイチ〟と呼ばれた男について競輪場を巡っていた時期があった。別に車券師になろうとしたわけではなかった。西で一、二と言われる腕の男がどんな賭け方をするのかを、この目で見たかった。

私の思惑と違って、男は自分の金で車券を買うことはなかった。当時まだ生き残っていた〝コーチ屋〟と呼ばれる連中とナナイチは違っていた。彼は何人かの大口の客をつかんでいて、年に数度特別競輪が開催される競輪場に乗り込んで行った。そこでは彼を雇う者とあらかじめ連絡がついているようで、二人の雇い主につくことはなかった。七尾の仕事がはじまると私は近づくことができなくなった。けれども、遠目からでもかなりの金が賭けられているのはわかった。最初七尾の仕事を見ていて、彼が永い経験と独特の勝負勘で出した買い目に他人が賭《と》して、その勝ち分のほとんどを客が手にすることが私には理解できなかった。金は客が出すのだから、リスクがないと言えば言えるが、二度、三度と負ければ雇い主は去って行く。それが仕事として長い間成り立ってきたのは、考えようによっては奇跡に近い。だから七尾が西で一、二の車券師と呼ばれてきたのだろう。人の何倍も鍛え上げた体力と技術を持つ選手が必死で勝とうと闘うレースを彼は、たとえば二千五百メートルの距離を疾走する九人の中から一着と二着を選び出し、一着と二着との差までを言い切る時があった。それも、タイヤ半分、三十センチの差を口にする。勿論、外れる時もあるが、大方は彼の出した結論になる。

七尾と、七尾以外の者の競輪の見方は何が違うのか。それを知りたくて数ヶ月七尾についで行動をともにした。

あの七尾の言葉は、彼が私に自分の下を去ってくれと告げる直前に口から出たものだった。

その時は、ギャンブルの只中《ただなか》に身を置く者が素人にむかってよく口にする戯言《ざれごと》としか聞こえなかったが、この頃、七尾の暮らし振りや、彼が独り言のように言っていた言葉が何かの折に思い出された。

別にギャンブルに飽いていたのではなかった。

そこに身を置くしか精神のバランスを取ることができなかったし、ギャンブル以外に愉しみがなかった。

かと言って着実に増え続ける借金を放りっぱなしにできる性根が薄れはじめていることも事実だった。

翌日の昼前、先生と神楽坂の本通りにある〝甘味処《かんみどころ》〟に入り、そこで別れた。

いわき平

数日後、浅草の宿の主人が部屋に私を呼びに来て、客が来ていると告げた。丁度、出かけようとしていたところだった。

「客？　そんな奴がここに来るはずはない。何かの間違いだろう」

「いや、あなたの身なりをちゃんと言ってたよ。ユウジさんっておっしゃるんですか。はじめに偽名は困りますって言ったでしょう」

「その名前の方が偽名だよ。金を払ってるのは俺だ。どっちの話を信じてるんだ、あんたは……」

主人を押しのけて私は階下に下りて行った。おそらく三村が訪ねてきたのだろう。この宿を知ってるのは彼しかいなかった。

宿の帳場の前に立っていたのはカナだった。

――三村がここのことを話したに違いない。

私は舌打ちした。

「近くまで来たものだから……」

カナは口元に笑みを浮かべて言った。

「何か用か？」

「うん、少し……」

「丁度、出かけるところだ。駅までの道で聞こうか」

カナはちいさくうなずいた。

二人して歩きはじめると、宿の周囲にあるソープランドの店の前に立つ男たちがカナをじろじろと見てきた。

昼間、陽の下で見ると、カナは人並み以上に男たちの目を引く容貌《ようぼう》をしていた。

「三村さん、喜んでたわ」

カナが嬉しそうに言った。

「何をだ？」

「私、あの番組に出演できることになったんです。三村さんが呼ばれて……。あなたが言って下さったって言ってました。ありがとうございます」

「俺はそんな話はしてない」

フッフフ、とカナが笑った。

――何を笑ってるんだ？

とカナを見ると、カナは私を大きな眸で見上げた。

「そう言うだろうなって思ってた。やっぱり面白い人ですね。ユウジさんは」

前方に地下鉄の駅が見えてきた。

「話はそのことか。じゃ、せいぜい頑張ることだ」

「いいえ。話は別にあるんです」

「もう時間がない」

「どこへ行くんですか？」

「どこだっていいだろう。おまえには関係ない」

「一人で行くんですか」

「だからおまえには関係がないと言ったろう」

「駅まで送らせて下さい」

「そこが駅だ」

「そうじゃなくて、あなたが行く場所の駅までです」

「迷惑だ」

「迷惑でもいいんです」

「怒るぞ」

「怒られてもかまいません」

地下鉄の駅の階段を下りると、カナもついてきた。

チケットを買うと、カナは黙って見ていた。

私は彼女に目をくれず改札を通った。すると背後から足音がして、振りむくとカナが改札を飛び越えてきた。

コラッ、待たんか、と改札の男の声がした。

電車が水戸に近づこうとする頃、カナは眠むりはじめた。

カナの足元に私が買った往復のチケットが落ちていた。それを拾い上げようと身をかがめて手を伸ばすと、カナの靴先がチケットを踏んだ。顔を上げるとカナが笑っていた。

私は感情的にならないように大きく息を吐いて目を閉じた。

いつの間にか眠むってしまい、目を覚ますとカナは缶ビールを飲んでいた。

「未成年だろうが」

「喜んで売ってくれたわ」

いわき平《たいら》の駅に降りるとカナも降車した。

タクシー乗り場についてくるカナにむかって言った。

「いい加減にしろ。降車の駅まではつき合ってやった。帰れ。いや帰らずともいい。そんなことは俺には関係ない。三村の、あいつのことを少しは考えてやれ」

「………」

カナが口をつぐんだままじっと私を見ていた。私はタクシーに乗り込んだ。

いわき平競輪場の特観席に座り、午後のレースから打ちはじめたが身が入らなかった。カナのせいではなかった。数日前に思い出した七尾壱郎との数ヶ月がよみがえり、七尾はどうしているのだろうかと考えはじめたのだが、七尾はすでに死んでいる気がしてきたからだった。妙な確信が湧《わ》いた。

——七尾はどんな死に方をしたのだろうか……。

あの殺風景なアパートの一室で、死んだことさえ気付かれずに煎餅蒲団《せんべいぶとん》にうつぶせたまま朽ち果てたのだろうか。それともどこかの病院に担ぎ込まれて死を迎えたのだろうか。

いや七尾が他人に看取《みと》られて死を迎えることはない。人にはふさわしい死にざまがあるはずだ。

『よう覚えとけ。いくら強い言うても博奕打ちは所詮は世の中の二流や。手前《てめえ》が勝てばそれでええんや。そこいらの八百屋かて豆腐屋かて、ええもんこさえたら他人様《ひとさま》に喜んでもらえるやろう。博奕打ちは当人が勝ちさえすればそれでええんや。仲間も師弟もあらへん。自分だけが可愛いんや』

七尾は酒に酔い泥《ど》れることはなかったが、それでも昼間の仕事の塩梅が不首尾に終った時、一、二杯のコップ酒を飲んだ。元々下戸《げこ》なのか、酒は七尾の口数を多くする時があった。

七尾には家族も友人もいなかった。生活臭というものが、いっさい漂わなかった。

『人間が一番厄介や。何をするかわからんからな』

ちいさなアパートの中は水屋と蒲団と卓袱台《ちゃぶだい》があるきりで、テレビ、電話といったものはいっさいなかった。最初にその部屋を見た時、この男はいつどこで死んでもいいように生きているのではと思った。

——七尾は死んでいる。

そう確信すると、目の前のオッズもレースもたわいないものに見えてきた。

そんな気持ちになったのは初めてだった。

気晴らしに外に出ようとガラス越しに階下のスタンドを見ると、何やら男女が揉《も》み合っているのが見えた。

女を連れてきた客が、金を出せと揉めているのだろうか。

私はその二人を見た時、思わず声を出した。

「あいつだ……」

カナであった。


カナの右頰が切れて血が出ていた。

カナは相手の男に毒突いている。

「やめろ、カナ」

「おう、おまえがこのネエちゃんの連れか。丁度いいところに来てくれたべ。どうしてくれるんだよ。このスーツをよ」

見ると薄茶色のジャケットが胸のあたりから濡れていた。

「何を言ってんだよ。あんたがこっちの身体をさわったからだろうが。このブタが」

私はカナを振りむき、黙ってろ、と言った。

「おい色男、どうしてくれるんだ。この始末をよ」

私は男の顔をじっと見た。

――ヤクザか、チンピラか……。まあどちらでもしようがない。

「このままじゃ済まないべ。おとしまえをつけてもらおうか」

私はちいさく息を吐いた。

「おとしまえだと。こっちは大事なお嬢さんの顔に傷を付けられてんだ。おい、おまえ、ただで済むと思ってんのか。このドチンピラが」

私は相手にむかって歩き出した。

殴りつけて、その先は……と拳を握りしめた時、何をやってんだ、そこ。と甲高い声がした。かまわず前に出ると、コラッやめんか、と声が続き、振りむくと制服の警官が二人こちらにむかって走ってくるのが見えた。それでも男にむかうと相手が、待て、わかった、と小声で言った。私は踵を返すとカナの手を握り歩き出した。

待たんか、そこの二人。私とカナは走り出した。

カナが私に言った。

「これって逃げてるの？」

「そうだ。何が悪い？」

「カッコ悪いわ」

「そうだ。俺の恰好はそんなもんだ。タクシーを拾って駅へ行け」

「嫌だ。お腹が空いてるんだもの」

私はカナの顔を見た。たいした傷ではなさそうだった。

私は宿の帳場から持ってこさせたウィスキーを、部屋の窓辺の椅子に腰かけて飲んでいた。

ひさしぶりに温泉に入ったせいか、身体が妙に熱かった。

外は闇である。闇を見つめているとまた七尾の顔が浮かんだ。眉間《みけん》に皺《しわ》を寄せ、じっとバンクの方を見つめている。七尾が競輪のレースを推理している時の独特の表情である。

その表情が煎餅蒲団にうつぶせたまま動かない七尾の姿に変った。動かない。動かないのではなく死んでいるのだ。死体も、それを囲む卓袱台も水屋も、何ひとつ微動だにしない。

私は頭を振り、その幻想を掻き消した。

むかいの籐《とう》の椅子にスナック菓子の箱が傾いて置いてある。カナが買ったものだ。私は部屋の中を見た。床の間の脇に赤いバッグがある。カナのバッグだ。

「私、温泉にもう一度入ってから帰りたい」

私はカナがこの宿に泊まろうとしているのではないかと思ったが、先刻の食事の時の口振りを思い出し、カナは東京に戻ると思って安堵していた。

「私、ここに泊まろうなんて思ってないわ。明日の朝早くからオーディションがあるんだもの。九時に四谷《よつや》で三村さんと待ち合わせてるし……」

空腹だと言い出したカナと、予約しておいたいわき平の隣り町にある温泉宿で一緒に夕食を摂ることにした。そこは何度か宿泊している宿だった。電話で連絡すると、もう一人分の食事も用意できると応えてくれた。

宿の玄関口で、わあっ温泉だ、とはしゃぐカナの声を聞きながら、一人は食事をしたら東京に引き返すと説明し、帳場の脇の電話で京都とKさんに連絡を入れた。遅れて部屋に入ると、カナはすでに湯に入りに行っていた。

――何を考えてるんだ、あいつは……。

と思ったが、ここまで来て湯に入るのは当たり前のことかと、私も湯屋にむかった。

「いいか、飯を食べたら東京に戻るんだ。電車はまだある。駅はすぐそこだ」

私が念を押してもカナは嬉しそうに笑っているだけで、私が彼女を睨むと、わかってるよ、そんな目をしなくても、私も用があるから東京に帰らなくちゃいけないんだし、と言ってビールの入ったグラスを差し出し、乾杯、と白い歯を見せた。宿の浴衣《ゆかた》を着たカナが別の女に映った。食事が終る頃、仲居が片付けに来て、隣りの間に蒲団を敷かせてもらいます、と言った時、カナが、ひとつでいいのよ、私は帰るから、と笑った。

もう一度湯に入ってから帰る、と言うカナに私は金を入れた封筒を渡そうとした。

「何？　これ」

「金だ」

「どうしてお金をもらわなきゃならないの」

「ぐちゃぐちゃ言わずに取っておけ」

「嫌だ。理由もないのにお金はもらわない」

「じゃ、番組が決った祝いだ。三村にご馳走《ちそう》してやれ」

「ここに来たこと話していいの」

「ああ、かまわん」

その渡した封筒の先が床の間の脇にあるカナの赤いバッグから覗いている。

――無防備なのだ……。

襖《ふすま》のむこうから女の声がして返答すると、マッサージの女性だった。

隣りの間でマッサージを受けた。

「お客さん、ずいぶん凝ってますね」

「そうか……」

女の言うとおり疲れていたのだろう。うとうとしはじめたが、カナが戻れば帳場まで見送ろうと思った。

嫌な夢を見ていた気がした。

その夢から逃れようと目覚めたのか、普段と違う身体の感触のためだったのか、目を開けると闇であったが、自分の身体の上に人が乗っているのはすぐにわかった。

カナだ。どうしてカナが、と上半身を起こそうとすると、

「ダメ、動いちゃ。そのままにしてて」

と喘《あえ》ぎ声が続き、その声が少しずつ大きく、せわしなくなっていった。

押しのけようとは思わなかった。カナの急《せ》くような声に私は手を伸ばしカナの腕を取った。カナは身体を浮かしすぐにまた動き出すと、荒い息遣いの中、泣くような声で、イヤダ、イヤダ、イヤダと少女が何かに抗《あらが》う言葉を発した。それは押し寄せる快楽を拒絶するかのように聞こえた。やがて奇声とともにカナの激しい動きが止まった。私も奇妙な快楽の中にいた。息遣いだけが闇の中に聞こえる。カナは身体を離すと、私の股間《こかん》に顔をうずめた……。

私は居間に行き、煙草を吸った。夜の二時を過ぎていた。寝込んでしまっていたのだ。

窓辺の椅子に腰を下ろすと、カーテンを開けた。テーブルの上にかなり残っていたはずのウィスキーのボトルがほとんど空になっていた。私がマッサージの途中で寝込んでしまった間、カナはここで一人で酒を飲んでいたのだろう。

私は残りのウィスキーをグラスに注ぎ喉に流し込んだ。

苦い味がした。今しがたカナが私に洩らした言葉が私に後悔の念を起こさせていた。

「三村さんよりやさしいよ」

そう言ってからカナはうつぶせたまま寝息を立てた。

三村がカナと関係を持っていたのを聞いてやるせなくなった。ガラス窓に三村の顔があらわれた。人なつっこい笑顔だった。

『ユウさん、男はケチな生き方はまずいっすよね。やはり何か一発デッカいことをしなきゃ、生まれてきた甲斐《かい》がないっすよね』

酔うと周囲の者を笑わせ、三村が崇拝するロック歌手の真似をして唇を突き出し、腰に両手をあて、そこらじゅうを動き回りながら歌った。ミック、ミックと周囲がはやしたてると、三村は恍惚《こうこつ》の表情をしてさらに歌った。

その三村のオハコを病室で演じてもらい、涙を流しながら笑っていた妻の表情までがよみがえった。

酔い崩れた三村を背負って実家まで連れて行った日もあった。あらわれた母親は子供に声をかけるようにして三村を蒲団に入れていた。喧嘩沙汰《けんかざた》を起こして警察に迎えに行ったこともある。警察からの帰り道、三村は、チクショウ、あのポリ公、許しちゃおかないから、と泣きながら口惜しがっていた。

三村の性格には表、裏がない。それゆえに簡単に人に利用され、騙される。恋女房まで三村の不甲斐なさに愛想をつかした。若い女だったから三村の良さを理解できなかったのだろう。

——明日の朝、オーディションで三村と待ち合わせると言っていたな。

私は帳場に電話を入れ、始発の電車の時間を訊いた。四谷に九時と言っていたから始発電車では間に合わない。タクシーで行くとどうなのかと尋ねると、それなら四時間かからないと言われた。一時間後にタクシーを呼ぶように言い、寝室の襖を開け、起きろ、と声をかけたがカナは微動だにしない。鼾《いびき》が聞こえていた。私はカナに近寄った。背後から差し込む明りにカナの裸体が浮かび上がっていた。その背中に大小いくつもの疵痕が見えた。痛々しかった。なぜこんなことを平気でやらせたのか。

『こういうことを悦ぶ男はたくさんいるわ』

歌舞伎町のラブホテルで笑いながら言ったカナの声がよみがえった。

『イヤダ、イヤダ、イヤダ』

今しがた情交の最中に快楽に昇りながら発した少女の声が重なった。

――東京に帰さない方がいいのかもしれない……。

私は妙な感傷を抱いた。

いわき平から戻り、浅草の宿に荷物を取りに寄ると三村からの伝言が置いてあった。

「どんな男がこれを持ってきたんだ」

主人の説明でそれが三村当人だとわかった。

伝言には、連絡が欲しいとあり、電話番号が記してあった。

その日の夕刻、三村と落ち合った。

赤坂のテレビ局近くの小料理屋にむかいながら、私は三村にカナのことを謝るべきかどうかを考えた。

私は三村と最初に逢った日のことを思った。ミュージシャン志望だった三村は自分の才能の限界を知り、ミュージシャンのマネージャーの仕事をしていた。気取った嫌な印象のミュージシャンだった。やがて三村はその男に裏切られた。三村は相手に対して逆上するのかと思っていたら、ひどく落ち込み、死にたいとまで口にした。こんな男がいるのだと驚いた。その後、私の仕事を手伝うようになり、三村の人を寄せ集める思わぬ才能にずいぶんと助けられた。

——そうだな、三村は一度も俺を裏切ったことはないものな……。

小料理屋に入るとカウンターに三村が座っていた。三村は私の顔を見ると奥の方にむかって目配せした。

柊が何人かの男といた。

「待たせたな」

「いや今来たところっす。今、奥に挨拶に行ってきました。局の人間と一緒ですね」

「そうか、□□□□はあの人の縄張りだものな」

「カナの件、ありがとうございました」

三村が頭を下げた。

「上手くいったのか」

「はい。今夜は祝杯です」

三村は相変らず饒舌《じょうぜつ》だった。昔、私と仕事をした折の裏話をした。

食事が大方終った頃、私は話を切り出した。

「三村、実はな……」

私が言いかけると、すかさず三村が、

「カナのことっすか。気にしてませんよ。あいつはそういう女なんすよ」

と真顔で応えた。

――やはり知っているのか。カナが話をしたのだろう……。

意外な三村の対応に私は戸惑った。

私は何も言えなくなった。

背後から名前を呼ばれて振りむくと、柊が立っていた。

「じゃお先にな……」

私は立ち上がり、三村の仕事の件の礼を言った。柊は三村を一瞥《いちべつ》し、ただうなずいただけだった。三村は腰が折れるほど深々と柊に頭を下げていた。見ていて嫌な気がした。

「あっ、そうだ、△△ちゃん。この男の人をよく見ておきなさい。これが遊び人の顔だ。こういうのに絶対惚《ほ》れちゃいけないよ」

柊が連れていた色白の大きな眸をした若い女性が、何を言われているのかわからない表情をして私に会釈した。

柊が店を出て行くと、三村が小声で言った。

「今の女の子、売り出し中の女優ですよ。ほらあの番組に……」

「柊の野郎」

私が言うと、三村はそれっきり黙った。

二人とも黙ったまま水菓子を食べた。

「三村、あのカナという子だが……」

「はい、何でしょう」

「気を付けてやっていかないと半年もたないぞ。本気なら目の届く場所で暮らさせた方がいいかもしれないな」

「同居しろってことですか」

「それでもかまわんが、それじゃマネージャーじゃなくなるだろう。隣りに部屋を借りるとか方法はあるだろう」

「俺、あいつがよくわからなくて。妙な男にモテるんっすよ。いい身体してるのかな……」

私は三村の横顔をちらりと見た。

三村は本気で言っている。ならカナが嘘を言ったことになる。

——そうかもしれんな……。

矢来町

豊橋《とよはし》の宿に競輪場から戻ると、帳場から電話が入っていると言ってきた。

電話を取るとKさんだった。

「I先生がさっき亡くなった」

「えっ」

「一関《いちのせき》で、体調を崩されて緊急入院してから四日目だ」

「病気ですか」

「心臓破裂らしい」

——心臓破裂……。

「私はこれから一関へ行く……」

「じゃ、私も」

「いや。君は今、豊橋で打ってんだろう。まだ状況がわからないから、そこにいた方がいいよ。通夜、葬儀が決まり次第連絡するから」

「でも……」

私が黙っていると、Kさんが静かな声で言った。

「遊んであげるのも供養だよ」

「……わかりました」

電話を切ってからも、先生が亡くなったことが信じられなかった。先生の死は想像だにしなかった。心臓破裂などという病名は聞いたこともない。

Ｋさんは一関へ駆けつけ、翌日、先生の遺体を運ぶ車を追いかけてタクシーで東京へ同行した。

遺体は先生の生家のある牛込矢来町《うしごめやらいちょう》に夕刻到着した。

私は木暮と生家へ行った。ちいさな木造の昔ながらの家だった。家の構えを見た時、先生がきちんとした東京の下町の生まれなのだと思った。

家の中は弔問客であふれていた。大勢の人から慕われていたことが、あらためてわかった。Ｋさんもミュージシャンの Y の姿もあった。

私はＫさんに挨拶に行った。

「ご苦労さまでした。大変でしたでしょう」

「顔を拝んで行きなよ。今はもうすっかりおだやかな表情をしてるよ。一関で見た時はまだ苦しそうだったがね」

部屋の中央に置かれた棺《ひつぎ》をちらりと見てＫさんが言った。

Ｋさんは無念でしかたないという顔をしていた。

棺のそばの炬燵《こたつ》に恰幅の良い着物姿の老婦人が一人座って、弔問客の挨拶に応えていた。

――あの人が先生の母上なんだ……。

顔色も良く女丈夫にも見えるその女性は、息子の死に戸惑っているふうにも見えた。

数人の男たちが外に出たり、部屋の中で弔問客に声をかけたりと、せわしない動きをしていた。

「あいつら、凝りもせずにまた香典を押さえに来やがったか」

隣りで木暮が憎々しげにその男たちを見て言った。

何を言っているのかわからず、私は木暮を見た。

「ほら、あいつらS社の人間なんですが、作家が借金をしてると香典を差し押さえて取って帰るんですよ」

「まさか……」

「いや、私は以前、その現場を見たことがあるんですよ。ほら、家庭がありながら女優とポルトガルへ逃避行した作家の×××。あの人に連中はずいぶんと金を貸してたらしいんです。それでその借金を返してもらおうと、通夜、葬儀の席で香典を押さえようとしてひと悶着あったんです。あとで家族の人からも聞いたんで間違いありません。チェッ、まったくあいつら……」

木暮が男たちを睨みつけた。

私は先生の顔を見ずに家を出た。

路地に出ると、中天に春の月が浮かんでいた。

「どんな人だったんですか？」

　歩きながら木暮が訊いた。

「私は作品しか知らないんです。文壇のパーティーなんかで顔を見たことはありますが、直接話したことはないんです。周囲の話を聞くと、ともかく評判のいい人でした」

「う〜ん、どう説明したらいいか……私はあんな人に初めて逢った。こういう大人がいるんだと驚いた」

「こういう大人ってのは、どういうんです？」

「誰に対しても分け隔てがないというか、やさしい人だった。笑うと可愛くてね……。そう、チャーミングな人だった」

「チャーミングですか」

「そう。チャーミングだったな」

「作家がチャーミングか」

　木暮は不満そうに言った。

「作家がチャーミングじゃおかしいか」

「そりゃ、そういうふうに装ってらしたんじゃないですか。作家というものの本質はチャーミングとは対極にあるもんでしょう」

「そうか。しかし人間は愛嬌がないといけないのと違うか」

「あなたに愛嬌は見えませんが」

「それが私のダメなところだ。人は笑われてなんぼのもんだろう、と教えられたことがあるが、それがなかなかできない」

「人に笑われてまで生きる必要はないですよ」

「君はそう思うのか」

「そう思いますね。女、子供じゃあるまいし」

木暮は思ったように言った。

「私は君が思っているよりは女女しいんだ」

「あなたが？　ハッハハ」

木暮が大声で笑った。

「一杯やって帰りますか」

「いや、今夜はやめとこう」

「一人酒ですか」

「かもしれないな」

「じゃ一人にさせますが、この間お願いした横浜時代の小説の件はよろしく頼みますよ。こういう時こそ書けるものなんですよ、小説は……」

「木暮、あまりいい言い方じゃないな。それに私はその仕事を引き受けてはいないよ」

「いや、あなたは書きます。書かなくちゃいけないんですよ」

木暮はそう言って、何が面白いのか白い歯を見せ笑みを浮かべた。

木暮と別れてから私は一人で神楽坂にむかった。

毘沙門天の前を通ると、境内のベンチに座っていた先生の姿が思い出された。寺のむかいの煎餅屋のそばの路地に目をやると、あの路地を下りて行った所にある宿の玄関と、先生が執筆していた部屋がよみがえった。

私は首を大きく横に振り、いっさい思い出すのはよそう、と自分に言い聞かせて坂を下って行った。

信濃町《しなのまち》の駅に着いて駅舎の時計を見ると葬儀がはじまるまで一時間以上あったので、神宮《じんぐう》の森の中を歩いた。

新緑にむかう木々の葉がまぶしかった。

絵画館の前の階段に腰を下ろした。グラウンドで草野球に興じるユニホームの色彩が光っていた。乾いた打球音を響かせて白球が空に舞い上がった。澄んだ青空に白いボールが吸い込まれそうに映った。

『私が乗ってしまうと飛行機が危ない気がするんです。だから私は一人で電車で帰ります』

先生の声が唐突に聞こえた。

『……この数ヶ月なのだけど、そういうことが迫ってるというか、乗り物に乗っても不安でしょうがなくて、家に居てもそういうことが突然起きそうな確信があって……』

先生の額から玉のような汗が噴き出していた。

何かに戸惑っている表情をしていた。それが〝死〟に対する恐れなのか、先生がよく口にしていたどうしようもない運命によるものなのかは私にはよくわからなかった。

――先生には何かが見えていたのだろうか？

だとしたら日々の生が辛くてしかたなかったはずだ。でも先生はそんな素振りを見せなかった。

抱いた恐怖をそのまま口にする者もいるが、先生はそれができなかったに違いない。

先生と私の旅はいつも同じ乗り物に乗っていたから、飛行機での帰京を私に断わるのに、どうしようもなくて話したのだろう。

死の恐怖ほど厄介なものは他にないはずである。どう足掻《あが》いても人は死から逃がれることはできないのだから。

先生は今、ようやく死ぬことができて安堵しているのだろうか。

『顔を拝んで行きなよ。今はもうすっかりおだやかな表情をしてるよ。一関で見た時はまだ苦しそうだったがね』

Kさんは通夜の席でそう言った。

――いや、そんなことはない。

私は旅先で先生から聞いた、この次に書く小説の話を思い出した。

「今度、ホモセクシャルの取材に行こうと思っているんですが、そっちの方には詳しいの？」

旅先の酒場で急に言われて驚いた。

「いや、そっちの方はあまり……」

「そう。ああ、そうだろうね。実は今、書こうと思っている小説があるんです。それがホモセクシャルの世界の役者の話でね。一人の中年男がその世界でずっと下僕のように或る男に尽くしていたんです。それが年を取ってきて、仕えていた男の人気が落ち目になって、すると下僕のようにしていた男に急に人気が出て主従関係が逆転するんです」

「面白そうですね」

「そう思いますか？」

「ええ」

「じゃ、今度、二人で取材に行きましょう。私も一人きりじゃ、少し怖くてね」

先生がニヤリと笑ったので私も笑い返した。

他の小説の構想もあったらしく、旅先で先生は夏目漱石《なつめそうせき》をずっと読んでいた。

「漱石はやはり面白いんですか？」

私が訊くと、先生は少し考える様子をして、ゆっくりと言った。

「面白いね。漱石という人はかなり変っています。私に言わせれば〝変人〟の部類に入ります」

「そうなんですか」

「はい。愛着が湧いてきますね」

先生には書きたいものがはっきりとあったので、死は無念だったのではと思った。

大勢の人が参列した葬儀だった。

「さすがだな。あの連中もI先生を支持していたのか」

木暮は文壇の重鎮が並ぶ席を見て言った。

Kさんはひどくやつれていた。顔がむくんでいるのは毎晩、飲まずにいられなかったからだろう。

斎場の窓から桜の花が舞っているのが見えた。

「さすがI先生ね。美しい季節に皆に送ってもらえるんだから」

女の声がした。

私はその声を聞きながら、唐突にやってきた死を先生はどんなふうに受け止めているのだろうと思った。

先生が亡くなってからしばらくの間は、酒場に行っても何かがざわめいている気がしてならなかった。

人の気のようなものが揺れ動いて見えた。その動揺が鎮まった頃、私はKさんと逢った。

Kさんは通夜、葬儀でもそうだったが、ずっと怒っていた。そんなKさんを見るのも初めてだったが、Kさんの憤りを見れば見るほど哀しみが募った。

常軌を逸しているような言葉が、時折、Kさんの口から零れた。

――一番悲しんでいるのはこの人なのだ。

いつもなら、少し遊んで行こうか、と誘うKさんが、黙って繁華街から消えた。

一人きりになって街を歩きはじめると、

――もう先生はいないのだ。

という感情が湧き上がって、知らぬ間に自分もKさんと同じように怒りがこみあげてきた。

それからしばらくは、風が沁みるような気分だった。

身体の中に穴が空いたようだった。自分が先生をいかに頼っていたかがわかった。あらためて先生に依存していた自分を知ると、先生がしてくれたことがひとつひとつ思い出された。先生のあの少年のような顔があらわれると、口の奥に苦いものがひろがった。

向島

I先生の死後まもなく、私は上京した。

麻布のちいさなアパートを借りた。

暮らしは相変らずだった。月の何日かは関西に行き、エイジと競輪場で逢い、酒を飲んだ。

私が上京したことを知って、以前からつき合いがあった友人や後輩から仕事の依頼があったが、すべて断わった。

そんな或る日、柊の番頭の神山寛也と道でばったり出くわした。

「東京に戻ったそうですね」

「いや、そういうわけでもないんだ」

「そう言えば、あの三村って社長、倒れたらしいですね。それもテレビ局で」

「何の話だ？」

神山は、三村がテレビ局で自社タレントの収録中に倒れて救急車で運ばれた話をした。

私は三村と親しい、音楽関係の〝口入れ屋〟をやっている男に連絡した。

「それがよくわからないんです。でも今は病院を出て自宅療養をしてます。実は私も少し引っかかってた件があったんで連絡を入れたんです。ええ、話はできました。そう言えば、あなたに逢いたいって言ってましたよ。こんなんじゃ、合わす顔がないともね」

丁度その時、私は友人から依頼された仕事を受けてフランスに行かなくてはならなかった。その仕事が順調に進み出し、しばらく時間を取られた。

その年の夏、仮事務所にしていた友人のオフィスに私へ電話が入った、と報された。

「何か急用のようでしたが、あとでかけると言ってました。年配の女性の声でした」

事務所に行ってしばらくすると、相手から電話が入った。

「三村と申します。三村慎吉の母です」

すぐには誰なのかわからなかったが、三村の母親だとわかり、一度夜半に酔った三村を送って行った時に逢ったのを思い出した。

「ご無沙汰してます」

「今朝《けさ》、慎吉が死にました」

「えっ？」

静かな口調で、唐突に息子の死を告げる母親の声が、冗談か何かに聞こえた。

「今朝方、隅田川《すみだがわ》に揚がりました。船頭が見つけてくれたそうです。あの子、あなたに逢いたいと何回も言ってましたんでお知らせしました」

「それで今、三村君はどちらに」

「ここにおります」

「実家の方ですよね。すぐに行きます」

「……………」

返答がなかった。

「お母さん、聞こえてますか」

「はい」

私は三村の実家のある千住《せんじゅ》にむかった。

三村の死は、体内に残ったかなりのアルコール量から、はじめは酔った上での事故ではないかと警察の検死で報告されていたが、自殺ではないかという見解も出ていた。

蒲団に寝かされた三村の顔は驚くほど痩せていた。

「慎吉、ユウジさんが来てくれましたよ。あなたが逢いたがってたユウジさんよ」

私は母親の声を聞きながら三村の痩《こ》けて老人のようになった顔を見ていた。

翌夜、向島《むこうじま》の檀家寺《だんかでら》で行なわれた通夜は、三村の親戚《しんせき》の人間が大半であった。

それでもかなりの人数が参列していた。

——ちゃんとした家の出だったのだ……。

私には東京で生まれ育った知り合いがほとんどいなかった。

元々、私は人に依《よ》る性格ではなかった。同時に相手が自分に依存してくることも敬遠した。それでも上京してから酒を酌み交わす仲になる男たちは何人かいたが、東京出身者は少なかった。

地方出身者の自分の嗅覚がそうさせるのか、言葉をかけてくる相手が地方出身者で彼等の嗅覚が私を見分けるのか、よくわからなかった。

三村の母の兄と名乗る男が、通夜ぶるまいの席で私に声をかけてきた。

「慎吉が生前お世話になったそうで、ありがとうございます」

小柄で骨太の男だった。

「いや、自分は三村君に何もしてません。世話になったのはむしろ自分の方です」

「あれは人の世話ができる男ではありません。私とあれの母親が一番よく知っています。あれは子供の時から夢みたいな話を皆にして聞かせるようなところがありまして、あちこちで風呂敷《ふろしき》をひろげたはいいが、畳んで帰ることができない気質《たち》でしてね」

「…………」

私は黙って相手の話を聞いていた。

「ところで、母親があなたに訊いてきて欲しいと言っているのですが……」

「何でしょうか」

「あなたはどうして慎吉に逢いに来て下さらなかったんですか」

「はあ……」

私は相手が何を言っているのか、よくわからなかった。

「何のことでしょうか」

「ですから癌です。慎吉が膵臓癌《すいぞうがん》で入院しておる時にですよ」

やはり何の話をしているのか、私にはよくわからなかった。

相手は私の顔をまじまじと見てから、失望したような表情をした後、蔑《さげす》んだような目をして立ち去った。

——どういうことだ？

私は広間の奥に陣取るように座る三村の母を見た。彼女はうなだれたまま周囲の人の言葉にうなずいていた。

これ以上ここにいても仕方ないと、私は立ち上がった。

廊下に出ると、長椅子《ながいす》に女が一人座っていた。

見覚えのある顔に立ち止まると、南雲《なぐも》ヤエだった。彼女と、私と三村はいっとき同じロック歌手の仕事をし、元々、私に三村を紹介したのがヤエだった。ヤエはやさしい女で何かと三村の面倒をみていた。ヤエは会釈して、ご無沙汰しています、と頭を下げた。

「やあ、ヤエさん、ひさしぶりだな」

「ユウジさん、引き揚げられますか」

私がうなずくと、ヤエも立ち上がった。

私たちは寺を出て墨堤通《ぼくていどお》りを歩き出した。

葉を大きくひろげた桜木が夏の夜空に黒い影となって並んでいた。重い川音が周囲に響いていた。私は桜木を見上げた。

「これが春先だったら、派手好きのあいつを桜が見送ってくれたろうにな」

「ほんとうですね」

ヤエの落着いた言葉に、昔、三村と彼女の三人でよく夜の盛り場を歩いたことを思い出した。

彼女は三村と二人で音楽関係のちいさな事務所を切り盛りしていた時があった。

私たちはまだ若く、明日になれば世界が光を放つものに変り、それを手に取れると本気で信じていた。酔った三村が語る夢物語をいつも笑って聞いていた。

「いつか極上のミュージシャンを集めてワールドツアーをぶちかまそうぜ。ローリング・ストーンズと共演だ。ミックと毎晩飛んでよ。極上の女たちとファックだぜ」

下唇を突き出し、シャツの胸前をはだけて周囲を無視して声を上げる三村を、私と彼女は見つめていた。

「三村、おまえの目的はワールドツアーじゃなくて極上の女の方だろうよ。それに極上のコナじゃないのか」

「そうね、きっとそうだわ」

「ユウさん、ヤエさん、そりゃないっすよ。俺はそんな男と違いますよ。そりゃ極上の女は大好きですけど、こういう場所でコナの話はかんべんして下さい」

当時、業界には麻薬、覚醒剤《かくせいざい》が蔓延《まんえん》しており、ごく普通の事務を執る女までが愉しんでいた。

三村は気持ちが昂揚すると場所《ところ》かまわず騒ぎ出した。そのせいで初中後《しょっちゅう》揉め事や諍いを起こした。私たちが側《そば》にいる間はなんとかなったが、一人で出かけて泥酔の挙句見知らぬ相手と喧嘩になり、袋叩《ふくろだた》きに遭ったり警察の厄介になったりしていた。

橋を渡る手前に赤提灯《あかちょうちん》が揺れていた。

「少し飲んで行こうか」

「そうですね」

私たちはカウンターの隅に座った。

店の主人が私たちを見た。

「コップで一杯くれ」

「こっちも……フッフフ」

彼女が笑った。私は彼女の横顔を見た。

「懐かしいです。その言い方」

「何がだ？」

「ユウジさんはいつもそうやってお酒を飲んでいましたから。それを三村さんが他所《よそ》に行くと真似てたんです。私がそれをからかうと三村さん、嬉しそうにしてました。それで酒が入ると一時間も経たずに喧嘩でした。よく警察に三村さんを引き取りに行きましたよ。警察に着いてみると、もうしょんぼりしちゃって……、可愛かったわ、三村さん」

彼女の口先に笑みが浮かんでいた。

「生きてさえいれば何とでもなったのに……、いや生きてさえいてくれれば何とでもしてあげたのに……悔しいです」

彼女の吐息混じりの話を聞いているうちに、三村との日々があざやかによみがえってきた。

それは或る秋の日で、街道沿いに色とりどりのコスモスが高原の風に揺れていた。

私は三村と三村の妻と、のちに私の妻となる女の四人で信州《しんしゅう》へ旅をした。

その日の朝、私は女の声を聞き、自分の肩が揺さぶられているのに気付いて目を覚ました。

民宿のカーテンの隙間から差し込んだ朝の陽光の中に彼女が立っていた。

「どうしたんだ？」

「慎吉さんたちが起きてくれないの。いくらドアを叩いても返事がないの」

そう言えば昨夜酒盛りの終りに、明日の朝は早く起きて散歩に行こう、と話をしていたのを思い出した。おそらく三村たちは酒を飲み過ぎて起きられないのだろう。

「あんなに約束したのに……」

つまらなそうな顔をしている彼女は、すでに着替えを済ませ髪までも編んでいる。もしかして昨夜はろくに眠むっていないのかもしれない。

「わかった、俺が一緒に行こう」

「いいよ。ユウジさんはずっと徹夜の仕事が続いて疲れてるんだから」

「大丈夫だ。よく眠むれたようだ。俺も、その花の咲いてる道を、何といったかな」

「コスモス街道」

澄んだ声が部屋に響いた。

私は起き上がり部屋を出ると、廊下の洗面所で顔を洗った。タオルを忘れていた。

ハイ、と背後で声がして彼女がタオルを手に笑って立っていた。こんな場所で彼女を見るのは初めてだった。

「ああ、ありがとう」

「いいのよ。無理しなくても」

「無理はしていない」

玄関に彼女を待たせて、私は部屋に忘れ物を取りに戻る振りをして三村たちの部屋のドアを蹴り上げ、眠むそうな目をしてドアを開けた三村の鼻っ面に大声で言った。

「約束は守れ。もう何時間も前から起きて、おまえたちを待ってるんだぞ」

「誰がですか」

「バカヤロー。すぐに着替えて表の何とか街道に来るんだ」

数歩先を鼻歌を歌いながら歩く彼女を見つめていた。澄きとおるような高原の青空の下を、白いワンピースを着た彼女がときどきスキップしながら歩いていた。

後に彼女が亡くなり、私の手元に残った彼女の数少ない遺品から、この旅が彼女にとって初めての肉親以外との旅だとわかるのだが、この時はただ旅を愉しんでいる少女から大人の女に変ろうとしている娘にしか見えなかった。

背後から声がして振りむくと、三村が肌着に袖《そで》を通しながら走って来た。

その恰好がよほどおかしかったと見えて、彼女は腹をかかえて笑い出した。

「ゴメン、ゴメン、俺としたことがすっかり寝込んじゃって。その埋め合わせに今朝は特別上等なミックを見せるから」

そう言って三村は彼女の前をロック歌手の動きを真似ながら歩きはじめた。彼女も三村の真似をして歩き出した。

笑い声が木霊《こだま》して、コスモスが揺れていた。

今思えば、それは数少ない彼女との幸福の時間であったのかもしれない。

――あいつはちゃんとしてくれていたのかもしれない……。

私は突然あらわれた、封印していたはずの過去を見つめていた。


「何かおっしゃいましたか？」

ヤエが言った。

「何か言ったか」

「ちゃんとしてくれていたとか」

「……そうか、独り言だ。この頃、そういうのが多いらしい」

「もう身体は大丈夫なんですか」

「ああ大丈夫だ」

ヤエは、私が重度のアルコール依存症になり久里浜《くりはま》にある病院に入院していた時、見舞いに来てくれていた。

「もう酒を飲んでもおかしくはならない。ところで三村はどのくらい入院していたんだ」

「二ヶ月だったと思います。二度ほど見舞いに行きましたから」

「入院してから早かったんだな」

「病院に担ぎ込まれた時はもう末期の膵臓癌のようでしたから。膵臓というのは治療ができないらしいんです」

「そうか、痛がっていたか」

「いいえ。最後はモルヒネを打ってましたから」

「……そうか」

苦痛がなかったと聞いて安堵した。

「三村さん、痛がりでしたからね」

「そうだったな……」

たいした怪我でもないのに、三村は大袈裟に痛がった。

三村の言葉がよみがえった。

『ユウさん、俺、マジで死ぬかと思いましたよ。気を失いそうでしたもの』

舞台の袖から足を踏み外した三村は腕を骨折し、ギプスをしたまま仕事にも酒場にもあらわれた時があった。

ギプスには、その時期日本公演で来日したロックバンドのメンバーのサインがしてあった。

そのサインを皆に見せびらかし、怪我をした時の様子を誰彼なく語っていた。

「いや、俺はあの時、地獄を見たよ。地獄から生還したのは俺くらいのもんだぜ」

実際、舞台の下に落ちた三村は、そこで気を失っていた。

「そのくらいの怪我で気絶する奴があるか」

私は或る時、酒場で三村に言ったことがあった。

「何を言ってんですか。ユウさんにはわかりませんて。ありゃ、たしかに地獄でしたよ」

「いい加減にしろ。ほれ、どこが痛いんだ」

私はからかうつもりで、バーのカウンターの上に置いたギプスの手を持ち上げた。

ギャッ――、三村が悲鳴を上げた。

バーの客たちが一斉に私たちを見た。

「大袈裟な声を上げるな」

三村は涙を流していた。

「いい加減にしないか」

私は泣いている三村を見てうんざりしていたが、三村は私がギプスを持ち上げた時に別の箇所を骨折していた。

しばらく三村に頭が上がらなかった。

――いろいろあいつとはあったんだな……。

時間になって私はヤエと店を出た。

二人して隅田川にかかる橋を渡った。

「旦那《だんな》さんは元気なのか」

「ええ、ユウジさんによろしくと言ってました」

「そうか、東京を離れてからは何の挨拶もしてないんで、よろしく言ってくれ」

登り勾配《こうばい》の橋を歩くと川風が身体を揺らした。

「三村の見舞いに行った時、あいつは何か言ってたか」

「はい。ユウジさんに逢いたいって」

「俺にか？」

「はい。でもこんなみっともない恰好をユウさんに見せられないから、入院のことは知らせるなって」

「馬鹿な奴だ」

「それでも、逢いに来てもらったらと言ったんですよ。他の人は見舞いに来るように呼んだりしていたんですから。でもユウさんだけは絶対に嫌だって。俺が弱虫のところを見せたくないって」

「三村がそう言ったのか」

「はい」

私は立ち止まった。

彼女がそれに気付いて立ち止まり、私を振りむいた。

「どうしました？　ユウジさん」

「どうしてそれをおまえは俺に知らせてくれなかったんだ」

私は自分の声がうわずっているのがわかった。

「そこまであいつが言ってるなら、どうして俺に言ってくれなかったんだ」

「そ、それは、ユウジさんの住所も……。いや三村さんがそう言ってましたから」

彼女は戸惑うように言った。

天王寺

大阪にむかう新幹線の中で何度となく寝ては覚めることをくり返していた。

三村との日々がフラッシュバックのようにあらわれては消えていた。

三村の死が予期せぬほどさまざまなことをよみがえらせたことが、自分でも意外だった。

葬儀には出なかった。

病院での三村の話を聞いてから、私は三村のことを考える夜が続いた。

カナを捜した。

カナがアルバイトをしていた新宿のバーへも行った。マスターは私の顔を見るなり、三村さんのこと、お悔み申し上げます、と丁寧に頭を下げた。葬儀にも出席したという。

カナは葬儀に出ていたのか、と訊くと、姿は見なかったと言う。

三村を知る者たちが、私と三村の関係を特別に思っていることにも驚いたが、それ以上に三村がことあるごとに私とのことを皆に語っていたのが信じられなかった。

──俺たちはそういう関係ではなかっただろうに……。

初めのうちはそう考えたが、やがて三村とつき合っていた者たちから自分がとうに忘れていたことを聞かされ、私が敢えて忘れようとしていた過去を、三村は彼自身の過去であるかのようにかかえて生きていたことに気付いた。そうして三村の話を聞いた者たちが最後に言う言葉は共通していた。

「三村さんは、自分の病気を知ってたんですよ。自分が死ぬってことを、あの人は平然と受け止めてたんです」

彼等の話から、三村が自分の病気のことを知っていたのは、私が彼と再会した以前であったことがわかった。

──なぜ三村はそのことを私に打ち明けなかったんだ?

たいしたつき合いではない男たちに、自分の死を世間話でも話すように語りながら、私にはいっさいその話をしなかった。

私が知っている三村はそんな男ではなかった。蚊が刺したような疵でさえ大袈裟に痛くて仕方がないと私には訴えた男が、おそらく末期の癌の症状による激しい痛みも出ていたろうから、それを話さなかったことが信じられなかった。

——何を考えて、あいつはそんなふうにしていたんだ。

カナの行方はわからなかった。

私はカナを捜して歌舞伎町を歩きながら、

——カナは三村の病気のことは知っていたのだろうか。

あれほど三村に世話になっていたカナが葬儀に出席していなかったことを聞いて、カナは三村の病気を知っていたのだと思うようになった。

——そうに違いない……。

私は段々と、カナは三村の目になって私に近づいてきたのだと確信するようになった。

それでカナの奇妙な行動の理由が解けた気がした。

しかし、なぜそんな手の込んだことまでして三村は私と再会しようとしたのだろうか。思いをめぐらせているうちに、私は三村のことを何も知らないことに気付いた。私の目の前にいた三村はいつでも陽気で、見栄《みえ》っ張りで、弱虫の男でしかなかった。酔って酒場で大風呂敷《おおぶろしき》をひろげ、挙句酒場で居合わせた男と諍いを起こし、警察の世話になる。

封印していた記憶の箱の隅から三村の声がした。

「どこにいるんだ、今？　ちゃんと話せ。どこにいると訊いてるんだ」

電話機のむこうで三村は泣いていた。

「三村、どこにいるのか言うんだ」

「ア、ア、赤坂署の前の、コ、コ、公衆電話です」

「警察は出たんだな？」

「………」

三村の嗚咽《おえつ》が聞こえた。

「どうした。事情をはっきりと話せ。警察《サツ》に何かされたのか」

「ユ、ユウさん、俺、くやしくて……」

「だから何があったかを話せと言ってるだろう。もういい。わかった。今からそこへ行くから待っていろ」

深夜、私は逗子《ずし》からタクシーを飛ばして赤坂にむかった。

三村は青山通りの警察署の脇にしゃがみ込んでいた。

「ユウさん」

私の姿を見るなり三村は飛びついてきて、

「あいつら、あいつら許さないから……」

胸の中で泣きじゃくる三村は、まるで赤児のようだった。

「おい、おまえたち、署の前でうろうろするんじゃない」

警察署の前に立っていた警察官が警棒で私たちを指しながら言った。

「何だと？　手前《てめえ》、おまえたちとは、俺たちにむかって言ったのか」

「何だ、その態度は。ぶち込むぞ」

「ぶち込む。面白いじゃないか。何の罪状だ。言ってみろ」

私は逆上した。

「ユウさん、ユウさん、もう行こうよ」

「おまえは黙ってろ。おい、ここは公道じゃないのか。公道で話をして何が悪い。ぶち込むだと……」

私と三村は夜明け方の赤坂から四谷まで二人して歩いた。

私が逆上してしまったことで、三村は昨夜彼に起こったことをすっかり忘れて、

「ユウさん、自分が悪かったんす。もう機嫌を直して下さい」

「………」

私は何も言わずに歩いた。

途中、信濃町の駅のそばを歩いていた時、三村は急に立ち止まって目前のビルを見上げた。

「ここで俺の姉貴が死んだんすよ」

私は三村から初めて聞く姉の話に、ぼんやりとつっ立った三村の背中を眺めた。

——そんなことが、あの病院で三村にもあったのか……。

私は思わぬ偶然に驚いた。

その病院で妻も長い闘病生活をした。

家族以外で、妻の病室に入れたのは三村だけだった。

妻が腹の底から笑ったのは三村がやってきた時だった。

病室でロック歌手の真似をする三村を見て、妻は涙を流して笑っていた。

ふいにあらわれた記憶に、私は呆然《ぼうぜん》として車窓を流れる風景を見ていた。

電車はすでに大阪の市中に入り、速度をゆるめていた。

――そうか、あいつはそれまで一度も姉のことを話さなかったな……。

私は三村のやさしさに気付き、下唇を噛んだ。

「あいつ……」

私は舌打ちして席を立ち上がった。


エイジは新聞社を辞めていた。

自分から退社したのか、それとも会社からそうさせられたのか、古関に尋ねてもはっきりしなかった。

私は電話のむこうではっきりしない物言いを続けている古関に言った。

「そんな事情はもういい。今、エイジがどこにいるかを教えてくれ」

「たしか二年前にできたタブロイド判の夕刊紙にいると聞きました」

「聞きましたじゃわからないだろう。はっきり調べてくれないか」

「わかりました。すぐに調べますから時間を下さい」

私は取り敢えず、そのタブロイド判の夕刊紙のオフィスがある浪速区《なにわく》の恵美須《えびす》にむかった。

目の前に通天閣《つうてんかく》がそびえていた。

「通天閣のすぐ下にある会社ですけど、外からは新聞社には見えませんから……。目印ですか。見事に金融業者ばっかり入った雑居ビルですから」

その会社の場所を訊いた時の、古閑の言葉だった。

新今宮《しんいまみや》駅から通天閣にむかって歩き出すと、商店街のアーケードの中は平日であるのにたいした人出だった。

あちこちの店からヴォリュームを上げた音楽が聞こえていた。

海辺の高層ビルにあったエイジの勤めていた会社より、この場所の方がむしろエイジには似合っている気もした。

しかしその考えも、古閑が言っていた夕刊紙のオフィスがある雑居ビルを見つけて間違いだとわかった。

ビルの前には派手な外車が駐車し、その周りにサラ金の取り立て要員らしき男たちが車以上に派手な服装をして立っていた。

その中の一人に、私は夕刊紙のオフィスがあるかを尋ねた。

「なんやその訊き方は。あんた、人にものを訊くんやったら礼儀いうもんがあるやろ」

私は相手を睨みつけたまま言い直した。

「それはすまなかったな。このあたりに〝××ニュース〟という新聞社のオフィスはあるかね」

「ハッハハ、そりゃ〝××ニュース〟違《ちご》うて〝オメコニュース〟の間違いやろう」

男の言葉に周囲の者が連笑した。

「この五階にあるがな。兄さん、何か記事《ネタ》を売り込みに行くんやったら、やめといた方がええで。そんなもんは関係がないとこや。それより、逆に金を貸し付けられてまうで。あそこのオッサンえげつないからな、気い付けや」

男の言葉にまた皆が笑い出した。

エレベーターはなく、私は狭い階段を昇って行った。

五階に近づくと階段の両脇に新聞の束が積んであった。どれも女の裸が一面に掲載してあるものだった。

古いドアのガラスに〝××ニュース〟と並んで〝△△情報誌〟〝□□タウン誌〟と数社の名前があった。

ドアをノックしたが返答がなかった。

私はドアを開けて中に入った。

こちらも新聞や雑誌が山のように積まれて入口を半分塞《ふさ》いでいた。

「すみません。誰かいますか」

ようやく奥からくぐもったような男の声がした。

「××軒か、皿は左の脇に置いたるで」

「すみません」

私の声に、男が積んだ雑誌のむこうから顔を出した。

首に手拭《てぬぐ》いを巻いた五十がらみの男が私の顔を見て怪訝そうな顔をした。

「何や、あんた？」

「元Nスポーツにいた記者の……」

私がエイジを訪ねてきたことを告げると、

「あの人、もううちの仕事はしてへんで。社長とえらいこと揉めて出て行きよったで」

「……そうですか。それで今はどこにいるかご存知ありませんか」

「そんなもん知るわけないがな。あんたエイジの知り合いか？」

「ええ」

「それなら丁度ええわ。わてエイジに五千円を貸したままなんや。あんた払《はろ》うてくれへんか。いやあんたに払うてもらわんと困るんや。利息つけて七千円や」

私は男をまじまじと見た。

「エイジさんの連絡先はわかりませんか」

三ヶ月前にエイジは新聞社を退社してから住まいを移っていた。

「エイジの連絡先？　それを教えたら七千円立て替えてくれるか」

私はうなずいた。

私は男が指定した天王寺《てんのうじ》の駅前の煮込み屋で、その男を待った。

店に入った途端、エイジがこの店で一度ならず飲んでいるような気がした。

私は酒だけを注文し、相手が来るのを待っていた。

それ以上にエイジが姿をあらわすことを望んだ。あんな男などどうでもよかった。

もしここにエイジがぶらりとあらわれ、あの屈託のない笑い顔で、

「ユウさん、待たせてしもうたか」

と声をかけてくれるだけで十分だった。

エイジがどこに所属しようが、そんなことはかまわなかった。

一時間しても、男もエイジもあらわれなかった。

派手な縞《しま》の上着を着て男があらわれた時、私は少し失望し、相手の顔を背筋を伸ばして見た。

「いや、すんませんな。出ようと思うた時に来客がおましてな」

目の前に座った男をまじまじと見直すと、雑居ビルの中で見た時よりもひどくちいさく見えた。

「好きなものを頼んでくれ」

「ほんまでっか。あんさん景気よろしいんでんな」

「そうじゃない。エイジに世話になったんだ」

「えっ、あんたがあの男に、いや失礼、エイジはんに世話に……。と言うとNスポーツの関係の人でっか。もしかしてエイジはんの金のことで調査に来てはるとか？」

「俺はただの遊び人だ」

「えっ、遊び人、そりゃ恰好《かっこ》ええな」

相手はまだこちらの正体がわからず、笑いながらも、こちらの顔を覗き込んでいた。

「社長はまともなのか」

私が言うと、言葉が理解できなかったのか、

「えっ、何と言わはりました？」

と訊き返した。

「そっちの会社の社長はまともなのか」

そう言ってから、私は自分が尋ねたことが可笑しくなり笑い出した。

「ハッハハ……、そんなはずはないよな」

「えっ？」

相手は何を面喰《めんく》らっているのか、注文した酒を持つ手が小刻みに震えていた。

「つまらない話をして悪かった。エイジをここに呼んでもらえるか」

「ハッハハ、それがでけたら、とっくに金を返してもろうてまんがな」

私はテーブルの上に一万円札を三枚出した。

「エイジをここに呼べるなら、この金は取ってくれればいい。でなければ、おまえをこ

こから帰すわけにはいかない」

途端に男の顔色が変った。

いきなり男は大声を上げた。

「なんやとこのガキ、黙っとったら何抜かしてけつかんねん」

周囲の客はおそらく一瞬こちらを見ただろうが、私はかまわず相手を睨んで言った。

「エイジを捜して来い」

男はそれきり黙り、テーブルの上の札を見ていた。

「金をしまえ」

「…………」

何も言わずに男は金を素早くポケットに入れた。

私は男の胸倉を鷲摑《わしづか》んで言った。

「いいか、今夜中にエイジを見つけてここに連れて来い。俺は少し記憶力がいい。金を持ってずらかってもいいが、おまえはあの会社に出なくちゃならないだろう。俺は男がいったんおさめた金は腕の一、二本と思ってる人間だ。エイジと俺のことを舐めるようなことがあったら、おまえが逃げたりしたら、この町を根こそぎ捜して俺のやり方でやるからな」

「…………」

相手は何も応えない。

「に、に、に……煮込み食べはらしませんの？」

「ああ、注文しようか」

相手は煮込みの大盛を平らげ、酒を飲んで、エイジを捜しに行くと言い出した。

「に、に、に……」

言葉に詰まりながら話しはじめた。

「に、に、兄さんはエイジさんの何なんですか」

私は相手の目を見て静かに言った。

「身内だ」


暖簾を仕舞う時間になると、店の女がそろそろと言ってきた。

わかった、と私は言って精算し、主人らしき男を見た。

大きな体軀をした男は私をまじまじと見て、

「隣りに屋台がありますよって……」

と言った。

私はうなずき、金を払って店を出た。

主人の言ったように、屋台が一軒店を出していた。

私はしばらく外に立ったまま街並みを見ていた。

どこかに川でもあるのだろうか、水の臭いがした。煮溜《にたま》ったような饐《す》えた臭いだった。

私はここにエイジはあらわれないような気がした。

エイジは私をこんな時間まで待たせたことは一度もなかった。

何かの気配に振りむくと、秋の夜空に通天閣の輪郭だけが聳《そび》え立っていた。

私はそれをぼんやりと眺め、

「エイジよ。ずいぶんと待たせるじゃないか」

と声にした。

風が吹いてきて、昂ぶっていた私の頬を叩いた。

——エイジ、おまえはどうしてるんだ。俺はこのまま宿に戻ればいいのか。

と胸の中でつぶやいた。

その時、私は珍しく感傷的になり、これまで何かにつけてエイジに甘えてきたのがわかった。

私はとぼとぼと歩き出し、初めて大阪という町の冷たさを感じた。

私の前を歩くエイジのうしろ姿が、通りに浮かんでいた。

——どうして自分は関西を離れてしまったのだろうか……。

女のせいか、それとも何かどこかでまともな人間になろうと思ってか……。

もしそうだとしたら、その行為自体がつまらぬ踏み出しだったのではないかと思った。

人間らしく生きようと、つまらぬ安堵を求めたために、こうしてエイジの行方を見失ってしまったのではないか。

気が付けば自分が広い伽藍《がらん》の中に立っていることがわかった。

満月には少し欠けている月が、夜空に鋲《びょう》のように打ちつけられていた。

砂利道を足を引きずるように歩きながら、この身体の重さは何なのだろうと思った。

足が動かなくなった。

さほど飲んだわけではない。

唐突に言葉が出た。

「死ぬのか、俺は」

そう口にしてから、私は足元に目をむけ、

「そうかもしれない……」

とさらに口にして、自分の足元を見つめ続けた。

奇妙なかたちの自分の影が、白と黒のまだらの砂利の中にくっきりと映っていた。

私は声を荒らげて言った。

「ああ死ぬのさ。俺も、おまえも……」

京　都

翌朝、私は京都へむかった。

新幹線に乗り、車輌《しゃりょう》の電話からエイジの後輩の古閑に連絡した。

「ああ、仕事で忙しい時に何度も悪いが、エイジのことで……」

私が言い出すと古閑が言った。

「朝一番でエイジさんから電話がありましたわ」

「本当か」

「はい。あなたに伝言して欲しいとのことでしたわ」

「私にか……」

自分でも声が昂ぶっているのがわかった。

車輌の電話は驚くほどの速度で十円玉を飲み込んでいく。

「ちょっと待ってくれ。今、新幹線からかけている。電話が切れてしまう」

言った途端に電話が切れた。

私は両替をするために急いで食堂車のある車輌にむかった。

レジに客が一人いて、女性従業員に文句を言っていた。

「あんなカレーが喰えるか。おまえたちはそれでも××食堂の従業員か……」

「す、すみません」

「すみませんと言えば済むと思ってるんだろう。責任者を出せ」

小柄で脂ぎった顔をした男は、いかにも誰にでもいちゃもんを付けそうな男だった。

「こんなことをしてるから、おまえたちはダメなんだ」

私は男と女のやりとりを黙って見ていたが、古閑がレース場へ行ってしまうのではと心配になった。

「悪いが、両替をしてくれんか」

私が言うと、男は振りむいて怒鳴った。

「今、私が話をしてるんだ。失敬だろう」

私は男に顔を近づけて言った。

「失敬だと？　おまえ、誰にむかってそんな口をきいてるんだ。カレーがまずいだと？　黙って喰ってる奴はどうなるんだ」

興奮していたのか、私の手はいつの間にか相手の襟首を鷲掴んでいた。

男の形相はみるみる変り、周囲の客も通り過ぎる人も私たちを見ていた。

「早く両替をしろ」

私は男の襟首から手を離して言った。

そうして硬貨を握ると、すぐに電話のある車輛にむかった。

「それで、エイジの伝言は何なんだ？」

「昨日、通天閣の会社まで行きはったそうですね」

「ああ行った。それをエイジは知っていたのか」

「はい。知ってはりましたわ」

「そうか、それで？」

「二度とあそこへ足をむけんでくれと」

「何だと？」

「ですからエイジさんが、あそこへは行かんで欲しいと」

「なぜだ？」

「それは自分にはわかりません」

「わかりませんとは、どういうことだ？」

「たぶん……」

そこで古閑は口ごもった。

「たぶん、何なんだ？」

「自分はよくはわかりませんが、エイジさんはああいう所に勤めている自分を見られたくないのと違いますか」

「見られたくないとは、どういう意味だ？」

知らぬ間に声が大きくなっていた。

「で、ですから、たぶん……」

「たぶん何だ。言ってみろ」

「あの……」

「何だ？」

「そういう言われ方をしても、自分はエイジさんの伝言を……」

そこで私は、自分が相手の感情を無視して問いただしているのに気付いた。

「すまん。悪かった。君のことは感謝しているんだ。だから、なぜエイジが私にあそこに来て欲しくないと言っているのか、君が思っていることを話してくれないか」

「いや、いいですわ」

古関の白けたような声に、私はあわてて言った。

「すまなかった。エイジに逢いたかったもんでつい興奮してしまったようだ。それで君が思っていることを話してくれないか」

「……自分は自分なりにエイジ先輩を知ってるつもりです」

「勿論、そうだろう」

「それで、ああいう人ですから、あなたに、あんな所にいるエイジさんを見られたくないんじゃないんでしょうか」

「見られたくない？」

「はい。そうです」

「どうしてそう思うんだ。私とエイジは……」

「それでは正直に話しますわ。エイジさんがおっしゃったんですわ」

「何とだ？」

「こんなみっともない自分を見せられへんやろうが、と」

「エイジがそう言ったのか」

「はい。そうおっしゃいました。失礼ですが、自分は何回かあなたとエイジさんが一緒にいらっしゃるところを見たことがあります。それは嬉しそうで、きっとエイジさんもあなたに逢いたいと思ってらっしゃると思います。けど今の自分を見られたくないのと違いますか？」

「…………」

私は何と返答していいのかわからなかった。

新幹線のプラットホームまで女が見送りに来たのは初めてだった。

八条口《はちじようぐち》にむかうタクシーの中で、私は隣りに座る女に言った。

「縁起でもないから、見送りなんかしなくていい」

「かましまへんやん。あんたはんとこれで今生《こんじよう》の暇乞《いとまご》いになることはおへん。あんたはんはまだまだ死なはらしまへん」

「わかるものか。先月、俺の弟分がぽっくり死んだ。俺よりも若い男だ」

「あんたはんは違いますわ。周りの人が亡くならはってもあんたはんだけは生き残りはります」

――おかしなことを言うな。

と口にしようとして、女が最初に買ってくれと言った着物を着ているのに気付いた。

金を渡したからといって、気に入りの着物を着る女ではない。やはり今日が別離だということを、女は女なりに考えているのかもしれない。

「身体は大丈夫か」

私は女の腹の中の赤ん坊のことを尋ねた。

「へえ、元気にしてます。まあ東京に行かはったらおきばりやして」

女は話題を変えた。腹の中の赤ん坊の父親は私ではない。半年の間に女と私の仲は更衣《ころもがえ》でもするかのように変った。座敷で出逢った男が女を気に入り、女も満更でもなかったのだろう。

半年前の或る夜、女は私の前に座って言った。

「あんたはん。うちら二人のことをどう考えておいでどす」

「どうしたんだ、いきなり」

私は読んでいた本を閉じ、女の顔を見た。

唇をちいさく噛んでいた。女が真剣な時にする仕草だった。

「うち、旦那はんにお世話になろうかと思ってます」

私は最初、女が何を言っているのかよくわからなかった。

――旦那？……あっ、そういうことか。

私は女の顔をまじまじと見た。

女は表情ひとつ変えなかった。

「おまえが生きていくのにその方がいいなら、そうしろ」

「やっぱり……」

「何だ？　そのやっぱりとは」

「そう言わはると思てましたわ」

「からかってるのか」

「いえ、そんなことおへん。その人、ええ方どすわ……」

「他の男の話を俺の前でするのはやめろ」

「はい」

女は立ち上がって、自分の部屋に着替えにむかった。その背中に声をかけた。

「俺はすぐにここを出た方がいいのか」

「そんな阿呆《あほ》な。ゆっくりしといておくれやす」

それからは急に他人行儀になり、私も家を空けることが多くなった。つとめてそうした。

やがて子供を宿したと言われた。

プラットホームに上がると、その足で女はホームのショップにむかい、カツサンドとビールとウィスキーの小瓶、それに氷の入ったグラスを紙袋に入れて帰ってきた。

――よく覚えているものだ。

女は着る物に少し道楽があるくらいで、それとて若い女が望む程度のもので他に手を焼くことはなかったし、むしろさっぱりした気性だった。

私がベンチに腰を下ろすと女も隣りに座った。足元を湊うように夏の終りの風が吹き抜けた。

「何年居たんだ」

「もう少しで三年どしたわ」

「そうか」

歳月をきちんと記憶しているのを知り、女も別離に感傷的になっているのかと思った。

「お酒の量だけはお気を付けやして」

私はうなずいた。

やがて電車が入って来て、私は立ち上がった。

デッキの窓から片手を上げると、女は明るく笑った。見たこともないような明るい顔に切なさが湧いた。

昨晩、宿泊先の部屋で一人酒を飲んだ時、近くの川のせせらぎの音がひどく殺伐として聞こえた。その瞬間、自分はこの街を出て二度とここへは帰らないのだろうとわかった。部屋の隅に置いてある金の詰まったボストンバッグと引きかえに身軽になるものとばかり思っていた自分が浅はかだったことに気付いた。

――そうか、取り込まれるだけ取り込まれて追い払われるわけか……。

人と人が別離するのに、金や言葉で片が付くはずなどないのだ。憎悪し、殺意さえ抱く方がよほど人らしいのだろう。

私は部屋の中で一人で声を上げた。

「俺は、女と別れるために金をこしらえて、ここにいる。時々、金を渡し、適当に礼を言われて、何かあったら連絡して来い、とさもしたり顔で言うのだろう。それでおまえだけが納得して、そりゃ満足だろうよ」

そこまで言って、

「しないよりはましじゃないのか」

とまた声に出した。

つくづく自分がつまらない者に思えた。

——相変らず人を人と思っていない……。

電車が東京に近づくほどに、エイジのことが気になった。

——いったい、どこで何をしてるんだ?

向　島

東京に戻って数日後、南雲ヤエから連絡があった。

「ユウジさん、三村さんの納骨があるそうなんですが。私は行こうと思っていますが、どうなさいます」

「何日だ?」

「月が明けての二日です」

「そうか、じゃ行こう」

「迎えに行きましょうか」

「そうだな。どこかで待ち合わせよう」

下町にある寺の場所はわかっていたので、ヤエから時間と場所を報せてくれることになった。

その日の朝、ひさしぶりに隅田川沿いを歩いた。

駒形橋《こまがたばし》を渡ろうとすると、ポンポンと音を立てながら運搬船が上流にむかっていた。

立ち止まって船を見た。川風が背中を押した。

『ユウさん、何かデッカいことをやりたいっすね』

風の中に三村の声が聞こえた。

「何だ？　そのデッカいことってのは」

「だからデッカいことですよ」

それは三村の口癖だった。

「おまえはそうやって、いつも夢を追っているんだな」

「夢を持たなきゃ何のために生きてるんすか。親から貰ったひとつしかない命じゃないっすか」

「どこかで聞いた科白《せりふ》だな」

「えっ、あっそうか。ユウさんが言ってることっすね」

舌先を出して肩をすくめる仕草が川面《かわも》に浮かんだ。

――いつだって明るかったものな、あいつは……。

三村の明るい性格のお蔭でずいぶんと助けられたことがあった。

誰より助けられたのは妻であった。

病室に入ってくるなり、いきなり有名なロック歌手のモノマネをはじめて、免疫力が落ちて埃《ほこり》を立てるのさえ注意していた場所で三村はところかまわず動き回り、彼女の頰にキスをしそうなほど顔を近づけ唇を突き出した。騒ぎ過ぎかなと思った私も、妻の涙を流しながら笑っている顔を見て、ああこんなにも彼女の笑顔はまぶしかったのだと、そのままにしておいた。

頰を寄せ合って笑っている二人の顔が川面にきらきらと浮かんでいた。

「あの何分しかなかったんだな」

私は思わずつぶやいた。

二百九日間の闘病生活で彼女が心底笑ったのは、あのほんのわずかの時間だけだったのだとあらためて思った。

――あいつ、何もかも知っていたんだ。だから病室に入ってくるなり、あんな馬鹿をやりはじめたんだ……。

私は三村に、妻が血液の癌を患っていることを話さなかった。誰にもそれを話したことはなかった。妙な同情をされるのも嫌だったし、それを打ち明けたところで、どうにもならないことがわかっていたからだった。

私たちは決して多くの人から祝福されて結婚したわけではなかった。むしろ大勢の人から反対されていた。不治の病いにかかったという噂がひろがり、あんな男と一緒になったから彼女はそうなったのだと平然と言う者までいた。何が何でも生還させるという私の決意が、主治医もそうだが看病にあたる看護婦までもに必要以上の緊張を与えていたのだろう。うっかりとミスをした看護婦や、はっきりと治療法を説明しない若い担当医を病室の外で怒鳴りつけたこともあった。おそらく私も動揺していたのだろう。

病状を知り、公演中の舞台を降板した際、医師が私に説明した最初の言葉は、今夜亡くなっても何の不思議もない病気なのです、という非情なものだった。人の死には慣れているつもりだったし、大概のことには耐えられると信じていた自分が、時折、得体の知れないものに捕捉され、冷笑されているような気持ちがした。

——救われたのは彼女だけじゃない。むしろ私の方なのかもしれない。

妻が亡くなり、私は東京を去り、それまでの仕事とも人ともすべての関わりを断ち切った。

三村の痩せ衰えた死に顔があらわれた。

——どうして三村に礼のひとつも言うことができなかったんだ。

私は目を閉じ、大きく息を吸い込んで歩き出した。ひんやりしていたはずの川風が熱く感じられた。自分が逆上しているのがわかった。

向島の寺の裏手にある三村家の墓地には数基の墓があり、三村の家はこの辺りでは旧家であったのだろう。葬儀の折に親戚と思われる人たちが多かった理由がわかる気がした。

先刻の寺の中での法要の席でも三十人余りの出席者の中で、縁者でないのは私と南雲、それに音楽プロダクションの者が数人であった。その中にリツコの姿があった。

リツコは三村と私が知り合った頃、彼と所帯を持っていた。真面目な女で、三村が芸能関係の仕事をする以前に勤めていた会社で知り合い結婚していた。姉さん女房で、三村には厳しかった。それだけ三村のことを思っていたのだろう。通夜、葬儀では彼女のことに気付かなかった。

目が合ったので会釈すると、素っ気ない態度をとられた。彼女は三村が私とつき合うのを好ましく思っていなかった。まっとうな家で育った女であったのだろう、三村が芸能界の仕事をするのをひどく嫌っていた。

私は一度、彼女と三人で食事をした時に言われた。

「慎吉を変に焚《た》きつけないで下さい。ああいう仕事は慎吉には合わないんですから」

旦那のことを心配する、芯のしっかりした気性の激しい女なのだと思った。この女がそばに居るなら、少しうわついた所がある三村も大丈夫だと思った。

「俺は別に三村を焚きつけているつもりはないが……」

「わかるんですよ、私には……。あなたに最初に逢った時からの慎吉のはしゃぎようが。こう言っちゃ何ですが、あなたみたいに人の表と裏を見たことなんかないんですよ、慎吉は。裏切られたこともわかりゃしないんですから。それに慎吉の家は、あの人を甘やかすだけ甘やかして育てたのに、とやかく言う人が多いんです」

「三村の家の事情は知らないが、俺はあいつとそんなつもりでは仕事はしていない」

「あなたは何もわかっちゃいないのよ」

それから一年もしないうちに三村はリツコと別れた。その折、私なりに別離を思いとどまってはどうかと三村と話をしたが、夫婦のことであるから三村が決めた以上、それはどうしようもないことだと思った。

納骨が終り、引き揚げようとすると、三村の親戚の一人に、精進明《しょうじんあ》けにぜひ出てくれと言われた。ヤエを見ると、ちいさくうなずいていた。

寺の中に入るとすでに料理が準備してあり、子供たちが勝手知ったかのように廊下を走り回っていた。酒もたっぷり用意してあり、皆がわいわいやりはじめた。

私は隣りに座ったヤエに小声で言った。

「ずいぶんと派手な精進明けだな」

「こういうものだと、以前三村さんから聞いたことがあります」

「そうなのか……」

まだはじまったばかりなのに、すでにできあがっているかのように大声を出している男たちもいた。

酒を注ぎにやって来る者の中には私の素性を知っている者もいて、奥さまは残念でしたね、慎吉からよく奥さんの話を聞きました、と殊勝に言う者もいれば、すでに酒に飲まれているのか、あんたあんなイイ女を独り占めするからバチが当たったんだよ、それでも一度、俺も手くらいは握りたかったな、と恨み言を言う者もいた。

かたわらでヤエが相手の言い過ぎをなだめていたが、私は笑って応対していた。そんな口のききようには妻の生前から慣れていたし、人間一人を引き受けるということはそういうことだとわかっていた。

そろそろ引き揚げ時だと、私は立ち上がって三村の母へ挨拶にむかった。

「おや色男はお帰りですか」

甲高い声にそちらを見ると、リツコが男たちの中で一人顔を赤らめて座っていた。

私はリツコを一瞥して上座に座る三村の母の方にむかった。

「あんたたちはさっきから、慎吉さんがこんなふうになったのは私が女房として失格だったような言い方をするけど、そりゃ大間違いだよ。慎吉さんをあんなふうにしたのはあの色男だよ。あの男に逢いさえしなけりゃ、今もピンピンしてたよ」

背中越しにリツコの声がした。

「おう、そりゃどういうことだい。聞き捨てならねぇな」

「だからあの色男がさ……」

私は三村の母の所へ行き、挨拶して出口にむかった。

「ねぇちょっと」

リッコが言った。

「もう二度と逢うこともないから、一言だけ言っときたいんだけど」

私は立ち止まった。かたわらでヤエが、行きましょうと私の背中を押して促した。私はヤエの手を払って振りむき、リッコの下に歩み寄った。

「聞こうか、話を」

立ったまま見下ろす私に、リッコはすましたように視線を流した。

「慎吉さんは一から十までこの人の真似をして生きたのよ。飲めもしない酒をあびるように飲んで、できもしない喧嘩をして、色男気取りに生きようとしたから、あんなふうになっちまったのよ。私がいくら言っても聞きゃしなかったんだ。やめなって、あんなどうしようもない男の真似なんかすんのはって……」

「言いたいことはそれだけか」

「まだ山ほどあるけど忘れちまったよ。善人振って殊勝な顔をするんじゃないよ。あんたを見てると虫酸《むしず》が走るよ。とっとと帰りな」

リッコの目に涙があふれていた。泥酔していた。よほど三村への切ない思いがあったのだろう。

私は黙って歩き出した。

「何だ、手前《てめえ》、その態度は」

背後で男の声がした。

私はかまわず歩いた。

「逃げんのか、手前。リツコに謝ったらどうなんだ」

××、いい加減にしないか、別の男の諫める声がした。

私は立ち止まって三村の母を見た。

どことなく三村の母がこの騒ぎを認めているように映った。のこのことこんな席によく来たものだと思った。

吐息が零れ出した。

歩きはじめた時、先刻の男が声を上げた。

「おまえ、あっちの人間だっていうじゃねぇか。わかってりゃ叔母《おば》さんも呼びゃしなかったろうよ。この野郎」

「ユウジさん、行きましょう」

ヤエの切ない声がした。

「逃げんのかよ、この野郎」

私はヤエを見て、その手を軽く叩《はた》いた。そうして振りむくと、立ち上がっていた男にむかってつかつかと歩き出した。

その時はすでに怒鳴り声を上げていた。

「おい、もういっぺん言ってみろ。俺が、どこの人間だと。俺がどこの何者だか言ってみろ。何なら俺の身体に流れてる血を見せようか。おまえの血と比べてやろうじゃねぇか。おい。手前等《てめえら》田舎者《いなかもん》に、俺がいいように言われて済ませるとでも思ってるのか」

ドタドタと男たちが私と男の間に割って入った。

「何だ、おまえたちは。これが供養に来た人間に対する態度か。面白《おもしれ》えじゃねぇか」

寺を出てから私はヤエと二人で浅草へむかった。

「すみませんでした。私がお誘いしたばっかりに……」

ヤエが申し訳なさそうに頭を下げた。

「少し飲み直すか」

「大丈夫ですか、お身体は」

「ハッハハ、大丈夫だ。ひさしぶりに大声を出したんで、むしろしゃきっとしてるよ」

「す、すみません」

裏通りに開いていた釜飯屋《かまめしや》で一杯やった。

「でも、どうしてあんなふうにおっしゃったんでしょうね」

「可愛い身内が死んだんだ。しょうがないだろう」

「でも、ユウジさんのせいみたいに言われて」

「人には見えないものの方が多いからな。でもリツコが言ったことも、わかる気がするよ」

「そんなことありません。ユウジさんと逢えたのを一番喜んでたのは三村さんです」

私はヤエを見た。彼女もさぞ辛かっただろうと思った。

「ありがとうな。君がいなけりゃどうなってたか」

それから二人して黙って飲んだ。

「俺は間違ってたのかもしれないな……」

「そんなこと絶対にありません」

「そうか。でもわかって欲しいとは思わないが、俺は俺を頼ってくれた者には身体を張ってきたつもりだ。ただ……」

そこまで言って、私は黙り込んだ。

「ただ何ですか」

「連れが亡くなった後、東京を去る前に、三村とはきちんと逢って礼を言うべきだった」

「何のお礼ですか」

「……いろいろとな。あいつは俺に本当によくしてくれた。それが俺にはよくわかっていなかった」

「私、逆だと思います。三村さんが看板ひとつ掲げて会社をなんとかやれたのは、ユウジさんのお蔭だと思います」

「そうじゃないんだ。あいつが俺にしてくれたことに、もう少し早く気が付けばよかったと今は思っているんだ。ともかく今日の法事に出かけてきたのは俺には良かったよ。何もわからないよりはずいぶんとましだ」

「…………」

ヤエは黙り込んだ。

「ヤエさん」

名前を呼ぶと、ヤエが顔を上げた。

目がうるんでいた。

「永生きしろよ」

大粒の涙が白い頬を伝った。

――死んじまったら、どうしようもないからな……。

そう言おうとして私は盃を呷った。

横　浜

Ｉ先生が亡くなってから数ヶ月が過ぎた頃から、大手出版社の小説誌の編集長クラスの人たちから連絡が来るようになった。

逢ってみると、皆が同じことを切り出した。

「I先生が、あなたの小説は見どころがあると、おっしゃっていました。一度書かせてみたいと……」

「はあ……」

と私は生返事をして別れた。

どうして先生がそんなことを彼等に言ったのか、わからなかった。数作しかない自分の短篇作品を読んでもらえていたのは嬉しかったが、先生の作品の足元にもおよばぬものので、この先小説を書いても何にもならぬことは自分が一番よくわかっていた。

木暮聰一に編集長たちと逢った話をすると、彼はいまいましそうな顔をして言った。

「あんな連中は何ひとつ仕事はできゃしませんよ。あなたが逢ってもしょうがない奴ばかりです」

「…………」

私は黙っていた。

彼等を否定することは先生を否定することになる気がした。

「それで引き受けたんですか」

「いや、それはできなかったが、君が言うほどつまらない人間には見えなかった」

「そりゃ一人や二人はまともなのもいますよ。まあ××と△△くらいかな」

「…………」

私は何も言わなかった。

木暮が名前を出した相手が三人の編集者の内に二人いた。

それでも、私は小説を書けるとはまったく思っていなかった。

私は橋を渡って山下《やました》公園の方にむかって歩いた。

木暮と待ち合わせをしていなかったら、私はこの街には近づかなかっただろう。

鬱々《うつうつ》とした気持ちになっていた。


十五年振りに足を踏み入れた街は、かつての面影が跡形もなく消えていた。自分の感情のどこかに、昔馴染んだ土地との再会に何かを期待しているような感傷があったのかもしれない。

この街にいた数年間は彷徨する日々には違いなかったが、私はまだ若く、青二才で曲《まが》り形《なり》にも夢の断片を見つめていた。瀬戸内海沿いのちいさな港町にあった生家を出て上京し、少年期から描いていた夢を断ち切られ、この街で暮らすようになった。この街は私が少年期と訣別《けつべつ》した場所でもあった。

この街に生きていた男たちと交わり、私は少しずつ生きる感触を手にしようとしていた。ギャンブル、酒を覚え、男同士の情愛をつぶさに見つめ、信用し、裏切られ、強欲、純心に触れ、己の歩き方を体得した気がする。

愚者だらけの街であったが、愚者の男振りの良さも覚えた。逃げる術《すべ》も逃亡者たちから学び、動じないフォームも弱音を吐くことも愚者たちに教えられた。半死に近いやられ方もしたが、それでもまた起き上がるやり方も覚えた。

この街は、私が初めて経験した肉体と精神の学校のようなものだった。

しかし今、足を踏み入れてみると、あの愚者たちも、あの喧騒も、乱痴気騒ぎの欠片も失せていた。

街も、人も消えていた。それでも私は、どこかにひっそりとあの時間の断片が隠れているかもしれないと歩き回った。

何もかも消滅していた。

海員病院の脇にちいさな橋を見つけ、そこに立ってみた。欄干はすでにガードレールに替わり、橋の下を見て目を疑った。

流れていたはずの水がなかった。川が消えていたのだ。あの異臭もどこかに行ってしまっていた。

コンクリートの小径《こみち》の中央に規則正しく植えられた木々、その向こうに見える公園と子供の遊具が水銀灯の下に浮かんでいた。

何百、何千台というミキサー車でコンクリートを流し込み、あの日々と時間を封じこめたのではと空恐ろしささえ感じた。

口の中に苦いものがひろがり、私は踵を返してそこを離れた。歩きながら、コンクリートの下に横たわる無数の愚者たちの屍《しかばね》を想像した。

――甘かったのだ……。

私は自分の甘さに腹立たしくなった。

やがてホテルニューグランドの古い建物が見えてくると、私は歩調をゆるめた。

山下埠頭《ふとう》の先にゆっくりと船影が流れているのが見えた。氷川丸《ひかわまる》にはイルミネーションが点っていた。

そこだけが昔のままだった。


ホテルのバーに入ると、木暮はカウンターの隅で一人で飲んでいた。

私の姿を見つけると、あわてて手元に置いていた本を片付けた。

「時間どおりですね」

「………」

私が返答せずに隣りに座ると、

「どうしました？　顔色が良くないようですが……」

と私の顔を見直した。

「そうか、私は何も変らないが」

ウィスキーを注文し一気に飲んだ。

「やはり何かありましたね」

「………」

私はバーテンダーに空のグラスを掲げ、もう一杯酒を呷った。

私の不機嫌を察したのか、木暮もしばらく黙って酒を飲んでいた。

木暮にあたることはないと思った。

私は今しがた見てきたことを木暮に話した。

「風景も死滅するってことですね」

木暮がぽつりと言った。

「面白い話じゃありませんか」

木暮の言葉に、私は思わず彼の顔を見返した。私の視線が鋭かったのか、木暮は右手を開いて私を制するようにして言った。

「からかってるんじゃないんですよ。面白いという言い方が的確じゃなかったかもしれません。今のあなたの話はいい話ですよ」

「どういう意味だ？　いい話ってのは」

「ですから、小説のテーマとしては上等の部類に入るという意味で、いい話と言ったんです」

「君は……」

「そう、私は編集者ですからね。上等の小説を書かせることが仕事ですから」

「前にも言ったが、私はおまえが望む小説を書くつもりはないし、そんな能力もない」

「いや、あなたにはあります。私にはわかる」

「たいした自信だな」

「そうでしょう。こと作家を見分ける目には自信があるんです」

「その手には乗らんよ」

「私はあなたを嵌めて何かをさせようなんて思っていませんよ。そんなことでまともな小説は手に入りませんん」

私はそれ以上何も言えず黙って酒を飲んだ。

「連れてってくれませんか？」

木暮が唐突に言った。

「何の話だ？」

「ですから、そこに私を連れてってくれませんか」

「だから何もなかったと話したろう。行ったところで味気ない風景があるだけだ」

「今あるものを見に行くんじゃありませんよ。あなたが以前見てきたものを、もう一度たしかめに行くんですよ」

「そんなことをして何になる」

「何になるかは、行ってみなきゃわかりませんよ」

「無駄なことはしない」

「無駄なことをしないいんじゃなくて、怖いんじゃないんですか。怖いから逃げて来たようにあなたの話は聞こえる」

「何が怖いんだ。それに私は逃げたりするほどガキじゃない。第一、何から逃げるって言うんだ？」

「過去からですよ。もっと正確に言えば、自分から逃げてるんじゃないんですかね」

「木暮」

「怒りましたか」

私は唇を噛んで木暮の顔を見た。

私たち二人は小港のちいさな埠頭に立っていた。

「このあたりですか。その食堂があったって場所は……」

「ああ、そのあたりだ。いやもう少しそっち側だったかもしれない」

「それでどんな味だったんです？　その銀ダラ定食っていうのは？」

「私はよく覚えていないが、その銀ダラ定食を目当てにやって来る客が何人かいたから美味かったんだろう」

「食べてみたかったな、私も」

木暮が笑いながら言った。

「弥彦《やひこ》へ行けば食べられるよ」

「弥彦って、あの新潟《にいがた》の弥彦ですか？」

「そうだ。弥彦に競輪場がある。そこの場内に美味いと評判の銀ダラ定食がある」

「いいですね。連れてって下さいよ。競輪はまるっきりわかりませんが、その銀ダラ定食を食べには行ってみたいですね。それだけのために新潟に行くってのがいい」

「変ってるな」

「変ってませんよ。今、そういう旅に出るのが流行ってるんです。知りませんか？　グルメの旅って言うんですよ」

「くだらない」

「くだらないからいいんですよ。じゃその住み込みで居た事務所のあたりに行きましょう」

「そこは跡形もなかった」

「私にも見せて下さいよ。その跡形もない風景を」

その時、昔は資材置き場で今は団地のような建物が建ち並んだ方から、二人の男がこちらにむかって歩いて来るのが見えた。

私は二人の男を見た。工員風に見えたが、近づくと勤め人ではないのがわかった。何とはなしに殺気のようなものを感じた。

「木暮、行こうか」

私たちが表通りにむかって歩き出そうとすると、二人連れの一人が声をかけた。

「兄さんたち」

私と木暮が立ち止まると、

「さっきからここに居たが、何か用でもあるのか」

と静かな口調で訊いた。

「ここに居ちゃ悪いんですか」

木暮が相手を睨んだ。

「最近、このあたりで悪戯をする奴がいるんでね」

「俺たちがそういう者に見えるのか。第一おまえたちは何者だよ」

「木暮、相手にするな」

「何だと？」

いきなりもう一人の男が声を荒らげた。

私は歩きかけた足を止め、その男に近寄って行った。

よせ、ともう一人の男が低い声で言った。

いきなり木暮が早口で話し出した。

「昔、ここに美味い銀ダラを喰わせる店があってね。ひさしぶりにこの界隈に来たんで懐かしくなってね。来てみたんだが跡形もなくなっていた。次はどこを見ようというんでしたっけ？　さあ行きましょうや。時間もありませんから」

大股《おおまた》で歩き出した木暮を見て、私もあとに続いた。

男二人が私たちの背中を見ている気配がしたが、表通りに出て振りむくと二人の姿は失せていた。

木暮が笑い出した。

「痴漢に見えますかね、私とあなたが。ハッハハハ」

木暮は機転のきく男なのだと、違う面を見た気がした。

伊勢佐木町《いせざきちょう》に行き、昔通った焼鳥屋に行った。

以前は葦簀《よしず》で囲まれただけの雑駁《ざっぱく》だった店が、五階建ての大層なビルになっていた。

ただ表に吊した提灯だけは昔のままだった。


カウンターに腰かけ、飲みはじめた。

味は同じように思えたが、味覚の記憶は曖昧だった。しばらくすると、目の前で鳥を焼いていた若衆が交替した。

見覚えのある顔だった。童顔が印象的な年配の男だった。

酒を注文すると男が、おひさしぶりですね、と声をかけた。

「どこかで逢ったかな？」

私が訊くと、男は笑って言った。

「ええ、ずいぶんと前ですが、よくお仲間と見えていたのを覚えてますよ」

「そうか。私もひさしぶりに来た」

「ビルになってからはお見えになってないんですか」

私が首を横に振ると、このあたりもすっかり変りましたでしょう、と煙そうに目を細めた。

「よく見えてたんですか、ここは」

木暮が言った。

「そんなでもないが……ここのウズラが好きな男がいて」

一人の男の顔がよみがえった……。

「サクジと呼んでくれ」

男はそう言って、チックなのか肩に首をつけるようにして麻雀の牌を自摸《ツモ》った。

サクジに続いて、そのむこうから足を引きずるようにして歩く時計職人のトミヤスがあらわれた……。

懐かしい顔であった。

トミヤスのヒョコヒョコした歩調と並んで派手な千鳥格子のジャケットを着た男の姿もあった。

目の前に立つ煙りの中に、三人の男が幻のように揺れていた。

昭和四十五年、冬、日本はアジアの片隅で続いていた南北ベトナムの戦争による特需で好景気に沸いていた。

戦争は終焉に近づいていたが、朝鮮戦争と同様に大量生産された余剰の爆弾が無差別にインドシナ半島に落とされていた。

そんな頃、私は横浜の街に入った。

少年の頃から憧れていたスポーツ選手になることを怪我で断念し、すぐに帰省を求めた父の意思を無視し、勘当されていた。故郷へ帰るつもりなどさらさらなかった。生家との断絶は不安もあったが、その分解放感もあった。何をしても自由だが同時に自分が何者であるのかもわからなかった。

少年の頃から港湾都市に憧れていた。岸壁から沖合を見ていると水平線の彼方に自分を待っている何かがある気がした。移民の血なのかもしれないが、生来海が自分に安堵を与えてくれるのを知っていた。

横浜に入った夜、街の雑踏を彷徨していると奇妙な安らぎを覚えた。

男たちが屯ろする場所に入って行き、最初にはじめたのが港湾の荷役の仕事だった。厄介な荷であればあるほど日傭《ひやとい》の金は良く、ベトナムに運ぶ爆弾の荷役を夜中やり続けた。当時、爆弾の荷役はマスコミの目を避けるために深夜、沖合で作業をしていた。暗い海の上で艀船に揺れながら百キロ以上の爆弾を荷揚げし、荷積みする作業は危険だった。どこの港でもそうだが、危険な仕事に集まる荷役の男たちには共通した匂いがあった。一晩中かかって爆弾を積んだＬＳＴ船を送り出し、陸《おか》に揚がって飯屋に行き、手にした朝刊に〝パリ協定締結〟という見出しを見たとき、男たちは、昨夜のあの爆弾はいったいどこへ運ぶんだよ、と笑った。〝ベ平連〟のデモ隊が桟橋でデモをしているのを煙草を吸いながら眺めていた。

横浜にはさまざまな仕事があった。やがて基地専門のコンテナーの荷役についた。少しずつ顔見知りもできて、同じ嗅覚を持つ連中と遊ぶようになった。一年がまたたく間に過ぎて斡旋屋《あっせんや》の片棒をかつぐようになり、ギャンブル、酒を覚え、仲間と連《つる》んで遊びもした。私は少しずつ金を貯《たくわ》えはじめた。日本を出ようと思っていた。目当ての国があったわけではないが、どこに出て行っても日本よりはましだろうと信じていた。

少しくらい厄介な仕事でも引き受けた。

或る時、顔見知りの男が、頼まれて欲しい仕事があると酒場で話しかけてきた。仕事は簡単なもので、ちいさな荷をひとつ或る場所に運んで欲しいというものだった。数日後、男が連絡してきて、今夜、その仕事をしてくれと言われた。Bホテルのバーで逢い、紙袋ひとつを渡され、これを今夜の二時に新山下埠頭の△番の倉庫に持って行き、□□という男に渡してくれと言われた。謝礼の入った封筒を渡され、半金だと言われた。約束の時間には少し間があったので斡旋屋の二階で封筒を開くと存外の報酬が入っていた。紙袋を覗くと小包ほどの荷が入っていた。中身を詮索するつもりは端っからなかった。

二時少し前に埠頭へ行き様子を見ていると、すでに車が二台停車していた。仕事を依頼してきた男と同じ類いの連中だった。

躊躇はしなかった。車にむかって歩き出し、□□はいるか、と尋ねた。相手は黙って私を見た。そうして、荷は持って来たか、と訊いた。私はそれに応えず、□□はいるのか、と尋ねた。すると倉庫の隅から、〝□□だ〟と低い声がした。私は男の方に歩み寄り、依頼して来た男の名前を告げ、相手に荷を渡した。私はそこを立ち去り、依頼して来た男に電話を入れた。男は、確認した、ご苦労さん、と妙に丁寧な口調で言い、残りの金を取りに来てくれと言った。

同じ仕事を二度頼まれ、二度目も同じように荷を渡した。

三度目に依頼の電話が来た時、私はそれを断わった。中身を見たのか、と訊かれた。いや見ていないし、中身が何であっても興味はない、と返答した。男が逢いに来た。

「この仕事は俺の性に合わない。こういう金の取り方はやらないと決めた」

男は私をじっと見て、合点がいったような表情をして引き上げた。数日後、男が数人でやって来て、少しつき合って欲しいと言った。関内《かんない》にあるクラブへ連れて行かれた。瘦身《そうしん》の身なりのいい男が待っていた。遠回しに素性を訊かれ、一緒に仕事をする気はないかと言われた。私は誰とも連まないし、どこにも属さないときっぱり言った。金の入っているらしき封筒を渡されたが押し返した。それ以降、彼等が連絡をしてくることはなかったが、瘦身の男と夜の街で出くわす機会が数度あった。世間には表の顔と裏の顔を持つ男がいるのをあらためて知った。

誰とも連まず、どこにも属さずに生きることが自分のやり方だと、少しずつわかるようになった。そういう男たちが二年目の春から一人、二人とあらわれた。

サクジ、トミヤス、キサンという綽名の男たちだった。小港にあるちいさな食堂で知り合い、時折、麻雀を打った。しかし彼等との蜜月《みつげつ》は三ヶ月も続かなかった。一人、また一人と死んでいった。

十　三

夜の川を見ていた。

川は海と違って寄せて返すことがないかわりに、すべてをどこかへ押し流すような不気味さがある。

おぼろげな月明りに浚渫船の黒い影が浮かんでいた。

――どこへ行ってしまったんだ、エイジ。

私は川の水景を眺めながら呟いた。

昨夜、大阪に着いて古閑に連絡した。

「それが、どこにいるのかさっぱりわかりませんのや」

「例の新聞社はやめたのか？」

「それはもうとっくにですわ」

「競輪場には顔を出してないのか」

「いや、時々、見かけたという人がいますよってに、来てはるんと違いますか」

「違いますかって、他人事みたいに言えるのか」

私の剣幕に古閑はたじろぎながらも、少し身を乗り出し、周囲をうかがうように言った。

「それがボクらも後になって聞いたんですが、エイジさん、かなり会社に借金があったという話ですねん」

「借金？」

「はあ、組合とか、共済会とか……」

「それは退職金でどうにかなっただろう」

「と思うんですが、何しろ古参の中の古参でしたから」

私は古閑の言っていることがよくわからなかった。会社には会社の事情があるのだろうが、エイジが不正をするとは思えなかった。

「何か人に迷惑をかけたのか」

「いや、エイジさんに限ってそんなことはありません」

古閑がエイジの行方がわからないことに戸惑っているのがわかった。

「十三にいた女を覚えているか」

「十三……。ああ、あの煮込み屋にいた人ですか」

古閑の受け応えで、エイジが後輩に私的なことを口にしていないのがわかった。

「ところでエイジの家族だが、君は知っているのか」

「いやあんまり……。一度お嬢さんと息子さんを見たことがあります。けど何年も前から別々に暮らしてはるとしか……」

「その家族の住所はわかるか」

「会社で聞けばわかると思いますが」

「教えてくれるか」

「わかりました。明日は西大寺ですから」

「奈良競輪か。S級戦か……」

「はい。エイジさんの好みの選手も何人か出ていますから、必ず顔を出されると思います」

「そうか、ありがとう」

翌日、私は近鉄線で競輪場のある西大寺にむかった。

奈良の競輪は三日開催の二日目準優戦の日程であったから、エイジが競輪に関わる仕事をしているなら、必ずあらわれるはずだった。

エイジの姿はなかった。

その夜、私は十三の街へ足をむけた。

あの女を捜すつもりだった。女にやさしかったエイジが、何か事情があったにせよ、あの女を放り出すとは思えなかった。

二人で行った煮込み屋はすぐにわかった。女の姿はなかった。店の者に女のことを訊いたが、一年近く前にやめたと言われた。私は次にエイジと行ったバーを捜した。店の名前が思い出せなかった。うろ覚えであったが、この辺りだったと周囲を捜したが見つからなかった。路地を抜けようとした時、足元を黒い影が横切った。表通りに出た途端、私は路地を振りむいた。

——そうだ。黒猫だ。ブラックキャットという名前だった。

路地を引き返し、表に立っていた客引きの男に店の名前を告げたが、皆首をかしげた。すると一人の中年の男が、その店ならビルごと失くなったで。ほら、あの工事の幕がかかってるビルや、と言った。

「どこへ移転したかわからないかね」

「どこへ？　そんなんわかるはずないやろう。ビルが失くなったら皆終り違うか」

私は十三の街から淀川沿いに出た。

川風に乗ってくる泥水の饐えた臭いが鼻を突いた。何ひとつあの頃と変らないのに、エイジだけがいなかった。

あの女とどこかへ行ったのならそれでかまわないが、どうして私へ連絡のひとつもしてこないのだろうか。

——もしかして、エイジはもうこの世にいないのではないか。

雨が落ちてきた。空を見上げると黒い雨雲を繁華街の灯りが浮き上がらせている。

「そんなはずはない。あいつに限って」

私は雨の中で川の流れを聞いていた。

新大阪の駅から古閑に連絡を入れた。

「エイジさんにお逢いになりましたか。元気でしたか？」

「何の話だ？」

「あれ、逢わはったんと違うんですか。昨日、エイジさん、奈良へ行ってはったと聞きましたよ」

「えっ、本当か……」

「はい。奈良に行ってた我社《うち》の若い記者が言うてました」

私はその記者の声を思い出した。記者席に電話を入れ、私はたしかに尋ねた。

「恐れ入りますが、エイジさんがいたら電話に出して欲しいんですが」

「いや、今日は来てませんよ」

たしかにそう言った。

「その記者と電話で話して、エイジはいないと言われたんだが、その記者は今そこにいるのか」

「いや今日は休みですわ。おかしいな」

動き出した電車の窓を流れる風景を見ていた私は、口の中に苦いものがひろがっていくのを感じた。

――もしかしてエイジは居留守を使ったのか……。

私は首を大きく横に振った。

――そんなことは考えられない。あのエイジが……。私はもう、エイジとは別の世界の人間ということなのか。

N君の勧めで書いた短篇集が文学の新人賞を貰った。

私が二十歳代の終りに小説誌の新人賞に投稿した作品が最終選考まで残ったことから、N君は当時の編集長に命じられ、私の担当者にさせられていた。国立大学をトップに近い成績で卒業したエリートだった。だからと言ってそれを鼻にかけるようなところはなく、小説好きで出版社に入社していた。出版社の文芸のエースという噂を私も聞いていた。名だたる作家を担当している中で、私のような疫病神《やくびょうがみ》をなぜだかふりあてられていた。

投稿した作品を収録した最初の短篇集は呆気《あっけ》なく出版されたが、N君からもう一冊小説を書いてみませんかと言われていた。

「どんな小説を読みたいんですか」

「これまで、あなたからいろんな話をうかがっていて、あなたはボクがこれまで生きてきて経験したものの何倍ものことを見てこられたと思うんです。こう言っては失礼に聞こえるかもわかりませんが、弟さんが亡くなったことや奥さまのことは、あなたの運命のように思えるんです」

その瞬間、私は顔色を変えたらしかった。

「すみません。怒らないで下さい。これはボクの正直な気持ちなんです」

「怒ってなんかいない。続けて下さい」

「ボクはあなたから弟さんの海難事故の様子やご両親の様子を聞いていますから知っていますが、話していただけなければ、ご両親の悲しみや弟さんの抱いていた夢も知らずにいたままです。あの話を聞いてボクはしっかり生きて行こうと思ったんです。生きてることはそれだけでスゴイことだと思いました。小説は生きている人間の営みを書くことだと思うんです。生きていた、でもかまわないんです」

「N君、私に家のことを書けって言っているの」

「いいえ、そうじゃなくてもいいんです。こういう生き方があったと、生きる喜びがあったというものを書いてもらえたらと思うんです」

その時のN君の顔からは汗が噴き出していた。

自分のような人間をそこまで思ってくれていたのかと頭が下がった。

そういうものが自分には書けそうになかった。それ以前に、そういうものが小説になるのかどうかもわからなかった。

「生意気なことを言ってすみません。もう一冊書いてもらえませんか」

思わぬことであった。その頃から編集者が私の所へ集まるようになった。

木暮聰一はその編集者たちを蠅《はえ》のような奴等だ、とあからさまに嫌悪を示していた。

文学賞には授賞式とパーティーがあり、その席に私は京都の芸妓とエイジを呼んだ。エイジへの招待状の送り先がわからなかったので古閑に委《ゆだ》ねた。古閑から連絡があり、方方《ほうぼう》探して何とかエイジに招待状が届いたはずだと言った。

私はエイジに逢えるのが嬉しかった。しかしエイジはあらわれなかった。

翌年、少し世間に知れた文学賞を受賞し、田舎の両親に招待状を出した。母だけが上京し、父は相変らず私が小説を書いていることに不満を抱いていた。

エイジを呼んだが、やはりあらわれなかった。

受賞してからの半年は予期した以上に忙しい日々が続いた。

竜土町《りゅうどちょう》にあるバーに、私を捜して電話が入ったのはすでに外が明るくなりかけた時刻だった。

その店は、カウンターとテーブル席が一つあるだけで、ギャンブルをやった日はその店に立ち寄る習慣になっていた。表には看板もなく、ママを知る客だけが通っていた。以前彼女は荒木町《あらきちょう》で酒場をしていたが、伴侶《はんりょ》に出逢い家におさまった。しかし、相手が冬山で遭難死し、しばらく北の故郷に戻っていたが、両親が亡くなって上京しこの店をはじめた。元々、寡黙な女だったが、連れ合いを亡くしたこともあってか、知らない客とはほとんど口をきかなくなった。その上、彼女はここ一年で視力がひどく衰え、店に流れるジャズのレコードをかけ替える以外はうつむいていた。

私は彼女が水商売をはじめる以前から知っていた。当時は明るくてまぶしいほどだった。かと言って彼女が不幸だとは思わなかった。彼女の静寂には品性のようなものが漂っていたし、半年前から彼女に寄り添っている若いバーテンダーは信用がおける青年だった。時折、カウンターの隅で青年の話に耳を傾けている姿には、やわらかな慈愛のようなものが感じられた。

「今夜はどうでした？」

彼女は私にギャンブルの成果を訊くことがあった。

「ぼろぼろだ」

私が応えると、彼女はかすかに口元に笑みを浮かべた。

その微笑を見る度に私は、男はいったい何のために、誰のために世間をうろついたり、アドレナリンをぶつけ合って何ものかを賭け合っているのだろうかと思うことがあった。


「ユウさん、サエキさんという女性から電話が入っているけど」

「知らないな、その名前の女は」

「じゃ訊いてみるけど、私の勘では出た方がいい気がする」

「妙なことを言うな。切ってくれ」

「わかったわ」

私は彼女のうしろ姿を見て気が変り、わかった、電話に出よう、と言った。

知らない女だった。

第一、この店に私が居ることを知っている者は誰もいなかった。

「何の用だ？」

「実は木暮さんのことで……」

木暮聰一の名前が女の口から出て、私は一瞬黙った。

「木暮にここの電話を教えてもらったのか」

「今、木暮は警察にいます」

――警察？

「あんたは木暮の家族か何かか？」

「いいえ、違います」

「厄介事なら、あいつの家族に連絡しろ」

「あの……」

女の声の調子が変わった。

「あの……」

「何だ？」

「木暮を助けてやって欲しいんです……」

「そんなことは木暮の家族に連絡しろ」

「…………」

相手が黙った。

「どうしてここがわかった?」

「木暮さんが……、木暮さんがあなたに連絡してくれと」

――木暮が?

「木暮がそう言ったのか」

「はい、木暮さんがあなたに連絡して欲しいと……」

「どこの警察署だ?」

「麻布署です」

「どうして捕まってるんだ」

「わかりません。警察から連絡があって、署員の方があなたの名前を出して……」

「わかった」

電話を切ろうとすると、

「行って下さるんですね」

「ああ」

「あの、私も行ってよろしいでしょうか」

「好きにしろ」

私が電話を切ると、ママが言った。

「繋がない方がよかったのかしら。相手の声を聞いて何となしに繋いだ方がいいように思ったから」

「いや繋いでくれてよかった。勘定してくれ」

「警察へ行くの。ごめんなさい、電話の声が聞こえていたものだから。麻布署なら主人の知り合いがいるけど、学生時代の友人で……」

「いや必要ないだろう。水を一杯くれるか。ちょっと顔を洗ってくる」

店を出ると、白みはじめた住宅街を抜け、六本木通りに出て高速道路下の横断歩道を渡った。

警備の署員が立っている。その署員にむかって歩き、保護されてる者に逢いに来たんだが、と訊くと、酔っ払いか、と言い返した。

「いや詳しい事情はよくわからないが、お宅の署員から連絡があって来たんだが」

署員が保護されている者の名前を訊いた。

「木暮、木暮聰一」

署員がトランシーバーで連絡を取った。

入ってすぐ右に受付があるから、そこで話せと言った。

今、何のためにこの署員と話したのかと思うと腹が立った。

二階の奥の席に木暮はこちらに背をむけて座っていた。そのむこうに署員がいた。木暮は腕を組んで上半身を反りかえしていた。聴取を受けているというより、木暮が相手の話を聞いてやっているような恰好に映った。署員が私に気付いた。木暮が振りむいた。

私は舌打ちした。

ひどい顔だった。

――なんてこった……。

「やあ、こんな時間に悪かったですねえ」

木暮は平然と言った。

「すみません、そこに行きますから」

署員が立ち上がった。

私はかまわず二人にむかって歩いた。

「ちょ、ちょっとそこで待ってて下さい。君、そこで待つように」

署員が声を荒らげた。

私はこちらにむかってくる署員に言った。

「なぜすぐ治療をさせんのだ」

「今、説明をするから」

署員は興奮していた。

「なぜすぐ治療をさせんのだ。あとで厄介なことになるぞ」

「本人がかまわんと言ってるんだ」

「本人が決めることじゃないだろう。あの状態を見ればわかることだろう。これが被害者の扱い方か」

「あいつは加害者だ。相手はもう病院に行ってるんだ」

「いい加減なことを言うな。あいつはそんな人間じゃない」

「被害者は重傷だ。令状を出すかどうかって時なんだ」

——加害者？

私はこちらに背をむけている木暮を見直した。

署員が二人出て来て木暮のいる場所に座った。

「どうぞおかけ下さい」

その時、木暮の大声がした。

「だから俺はやっちゃいないと言ってるだろう」

大声を出すんじゃない、と机を叩く音が響いた。

「お名前をうかがっていいですか」

「その前に、あいつと話をさせてくれないか」

「それはできません。さっきも申しましたように、病院へ搬送された被害者の容態しだいでは傷害致死、つまり殺人罪になるかもしれないんです」

「けど、あいつはやってないと言ってるじゃないか。それにあいつも怪我をしている。何を決めつけて話をしてるんだ。あいつが人を殺《あや》めたんなら、あんたたちはとっくに令状を出してるだろう。誤認逮捕じゃないのか」

「お許しいですね。お仕事は弁護士さんか何かですか」

私は大声で言った。

「木暮、何も話すんじゃない」

「ふざけるな。ここをどこだと思ってるんだ」

署員が拳でデスクを叩いた。

私は相手の目を見て口をつぐんだ。

「ああ、すみません、大きな声を出して……」

「別に大声を出してもかまわんよ。こっちはあんたがどういう態度だったかをしかるべき場所で話すだけだ」

「いや、おっしゃるとおりです。被疑者の態度が極めて悪かったもんですから」

「刑事さんと呼んでいいのかな」

「はい、どうぞ」

「今しがた刑事さんは私に、ふざけるなと言ったよな」

「ああ、それはすみませんでした」

「いいんだよ。謝ってもらおうなんて思っちゃいないから」

「ですから申し訳ないと」

「申し訳ない？　何がだ。こんな時間にふざけて警察にのこのこ来る男がいるのか」

相手は手にしていた鉛筆を放るように置いて、私を見返した。

私も相手を見た。

「まず名前を聞かせてもらえませんか、被疑者の。たしかキクレとか何とかとおっしゃいましたよね」

――キクレ？

そうか木暮は自分の名前も話してないのか。

「キクレさんですかね。お友達の名前は？」

「さあ、何と言ったかな、あいつは……」

私は相手の目を睨んだまま言った。

「いろいろお詳しいようですから話しておきますが、被疑者が殺人容疑になれば、あなた、殺人幇助《ほうじょ》でぶちこまれますよ」

「そうしてくれ」

相手の視線が冷たくなった。あきらかにこちらへの憎悪が湧いていた。

その時、階段を駆け上がる靴音がして、一人の初老の男があらわれた。署員は立ち上がって、その男に何事かを小声で話しはじめた。

木暮の方を見てから、私を見て話をしている。

男が私を見て目を細め、じっと私の顔を確認するような素振りをした。男に何かを命じられたのか、署員が階下に急いで降りて行き、ほどなくもう一人の男があらわれた。

その男が私をじっと見ていた。

初老の男が目の前に座った。

「こんな時間にお呼び立てして、いろいろお手数をおかけしますね。もし私の見間違いなら失礼を申し上げますが、あなた作家の方ですよね」

「そうだが、それがどうかしたかね」

「やはりそうでしたか。私、あなたのお書きになった野球小説を読んだことがありまして。いい作品でしたね」

「それはどうも」

「いや昨夜、六本木で酔っ払い同士の喧嘩がありましてね。通報で麻布署《うち》の署員が駆けつけたところ、そこに怪我をしている者とあの方がいらしたんですよ。先生のお友達ですよね」

「顔は知っているが、あなたの簡単な説明だけでは友人のことをぺらぺら話すわけにはいかんよ。何しろ最初は加害者と言ってきたんだから。それに私の友人も怪我をしている。まずは治療が先じゃないのかと言っても、相手にしてくれない。そういうやり方でいいのかね」

「あの方には、治療を受けに病院へ行きましょうかと署員が訊いたそうです。あちらが大丈夫だとおっしゃったそうです」

「大丈夫かどうかは、あなたが一度、彼の怪我の具合を見てくれればいいんじゃないですか。私は彼が被害者と思っていますからね」

ない」


「現場にいらしたんですか」

「いや、いない。私は彼がどんな人間かはよく知っている。他人に危害を加える男じゃない」

私は木暮が手を上げる癖があるのは知っていたが、そう断言した。

「じゃ、ちょっと失礼してご友人の具合を見てみましょう。それとご協力いただけないのなら、もう引き揚げられても結構ですよ」

「いや、私は友人の身柄を引き取りに来たんだ。待たせてもらう」

「そうですか。それと署員の対応に失礼があったのでしたら、このとおりお詫びしておきます」

男は深々と頭を下げて、神妙な顔で、水に流して下されば幸いです、と言った。

私は黙ってうなずいた。

「階下にお待ちいただく場所がありますから、君、ご案内して」

男は先刻の署員に命じた。

「その前に怪我の具合を見てやってくれないか」

「それは私たちがやります。どうぞ」

男は毅然として言った。

――たいした狸《たぬき》だ……。

階下に下りると、女が一人でベンチに座っていた。

女が私に会釈した。

「君が連絡をくれたのか」

「は、はい。佐伯《さえき》と申します。木暮さん、大丈夫なんでしょうか」

「たぶん、大丈夫だろう。酔っ払い同士の喧嘩に巻き込まれたんだろう。しかしどうしてあんな時間に一人でぶらぶらしてたんだ」

「私がいけなかったんです。私が……」

女が急に顔を手で覆って泣きはじめた。

「そういうのは木暮と二人の時にしてくれ。俺は約束していた所があるんで行かなきゃならない。朝の九時になったら、この紙に書いてある事務所に電話をしなさい。三宅《みやけ》という弁護士がいるから、私から言われたと話せばすぐに誰かがここに来る。それから木暮は少し怪我をしているから、無理矢理にでも病院へ連れて行きなさい」

女は渡されたメモをじっと見ていた。

つぶらな眸をしていた。純朴なのだろう。それが痛々しくもあったし、木暮への一途《いちず》さにも思えた。

木暮はその日の午後に警察を出ることができた。病院に搬送された若者は命に別状はなく、当夜一緒に遊んでいた若者の弟が喧嘩の状況を警察に話した。若者の弟は木暮のことを覚えていなかった。ただ二人の居た場所は六本木の坂下にある墓所の中だった。

木暮が深夜にどうしてそんな場所にいたのかはわからなかった。

池　袋

木暮が逢いに来たのは、それから一ヶ月後のことだった。

「いや、あの折は迷惑をかけました」

木暮の左の眉の端からこめかみにかけて疵痕が残っていた。

「危ないとこでしたよ」

木暮のその言葉に私は、やはり、と思った。

私は木暮が何もしていないのなら、あそこで堂々と自分の名前を名乗ってもかまわないはずだと思っていた。すぐにはそのことに気付かなかったが、麻布署から歌舞伎町の雀荘《ジャンそう》へ出かけ、そこで遊んでいる時にそのことに気付いた。

——あいつ、何かをやってたんだ。

墓所で木暮が何をしていたのかは想像もつかないが、他人に知られては困ることを木暮はしていたのかもしれない。

私は何となしに、その病院に運ばれた若者を痛めつけたのが木暮のような気がした。

木暮にはそんな凶暴な一面があってもおかしくないように思えた。

「そろそろ連載をはじめて欲しいんですが、どうでしょうか」

「そうだな。ただ断わっておくが君の望む小説は商売にはならないと思うぞ」

「商売とは何ですか」

「だから本の売れ行きは保証できないってことだ。いやむしろ売れる方がおかしいテーマだからな」

「商売とは何ですか。私はあなたとの仕事で金儲《かねもう》けをしようなんて、これっぽっちも考えてませんよ。自分が望む小説を世に出すことができればそれでいいんです。ハッハハ」

木暮は例の調子で高笑いをしてウィスキーの入ったグラスを一気に呷った。

木暮はフリーの編集者だから、私の書いた小説が出版され、その本の印税の一部を出版社から受け取る契約をする。本が売れなければ木暮の懐には金は入らないことになる。

木暮が私に書けという小説は、私が横浜に暮らしていた時代の話で、どうしようもない男たちが滅んでいくだけの暗いテーマだった。

「じゃ乾杯しましょう」

木暮がウィスキーのボトルを片手で取り、二人のグラスに酒を注ぎはじめた。ドクドクと特有の音がしてふたつのグラスはなみなみと満たされた。

木暮はグラスを一気に飲み干し、フウゥーと息を吐いて口を拭った。

私はこの数年、アルコールによる幻覚も見なくなっていたが、それでもそのウィスキーを一気には飲めなかった。

木暮の飲みっぷりを見ていて、一ヶ月前に麻布署で逢った女のことを思い出した。

「そう言えば、麻布署で逢ったあの人は元気にしてるのか」

「あの泣き虫か。まあ変らずにやってるでしょう」

木暮の突き放した言い方に、女に対する思いのようなものが伝わってきた。

「あの人は北の方の人かね」

何となくそんな気がして口にすると、木暮は軽く私の二の腕を叩いた。

「ほう、たいしたもんですね。そんなことがわかるんだ。そうだ。あいつは秋田《あきた》の角館《かくのだて》の生まれですよ」

「当てずっぽだ」

「そうでもないでしょう。あなたは時々、怖いほど勘が冴《さ》えることがあるから。どうです？　今夜、少し遊びませんか」

木暮が右手の人さし指で鼻先を掻いた。

「何をやろうというんだ」

「ほら以前行った地下のカジノです」

私は木暮と出かけた霞町にあるカジノを思い出した。

「あのカジノ、まだ捕まらずにやってるのか」

「いや一度摘発されましたが、またはじめたらしいんです」

「らしいじゃなくて、もう顔を出したんだろう」

「いやマイッタ、マイッタ」

「いい加減そんな場所に顔を出すのはやめろ。捕まって新聞に名前でも出たらみっともないだろう」

「そう言えばそうですね。今のあなたが捕まれば、ちょっとした騒ぎになる。やめときましょうか」

「でも今夜は大丈夫だろう」

「どうして？　それも勘ですか」

「連休明けの週初めはガサ入れはしない」

「そこまでは知りませんでした」

「そういうものらしい」

車で霞町にむかった。

「さっき話したミツコのことですが」

「誰だ、それは」

「ほら、麻布署にいた女ですよ」

「ああ、あの人か」

「そう、ミツコと言うんです。ミツコの両親も、祖父母も皆自殺した。だから自分もいつかそうなるんじゃないかと心配ばかりしてやがるんです」

秋田が自殺者が多いのは聞いていた。

「それは切ないことだな」

「祖父さん祖母さんも、オヤジも母親も自殺した理由がわからないらしい。皆遺書ひとつ残さなかったらしい。だからミツコは怖がってるんです」

「死は唐突に来るからな」

「ほう、あなたも死のうと思ったことがあるんですか」

「誰でも若い頃にはそういう感情が起こるだろう」

「やはりそういうものですか……」

木暮がその時だけ、か細い声で言った。

「私も以前、そのミツコさんという人と同じような不安をかかえている女と仕事をしたことがある」

「その女《ひと》はどうしたんですか。今も生きてるんですか」

「さあ知らないが、生きていて欲しいと思っている」

「まったくそうだ。生きてりゃ何とかなるのが世間ってもんですから」

その夜、また私は血まなこで打ち続ける木暮の様子をずっと見物していた。

私は木暮を見ながら、木暮のこの或る種独特のバランスはどこから来ているのだろうかと考えた。

普通の人間から見ると、木暮には破天荒なだけでバランスというものが欠落しているふうに映るのだろうが、こうして何年かを過ごしていると彼なりのバランスがあることがわかる。

木暮は自分の枠外にあるものを何かにつけて否定し、嫌悪しているような言い方をする。それを虚勢と片付けてしまえばそれだけのことなのだろうが、私にはそう見えない。

感情をあらわにするように映るが、木暮は人一倍感情をコントロールしているように思えるし、実際、耐えているなと思う場面も何度となく目にしてきた。木暮は木暮なりに己の身のあやうさを自覚していて、用心深い面をかなり持っている。

一言で言ってしまえば純朴なのであろう。そこが私などとはまるで違う。一度信頼すればその相手に対して絶対服従をする。中世の騎士などは、おそらく木暮のようなタイプが多かったのではと思う。

そんな木暮と過ごす時間には、思惑、憶測、推察といった類いのものが不要であるから楽なのである。

私は木暮の隣りで奇妙な風景を見つめていた。

そこは池袋《いけぶくろ》の繁華街から少し離れた線路沿いにある屋台の鮨屋だった。

ミツコという女が木暮の隣りに座り、木暮の酒がなくなると注文し、黙って酒を注いでいた。

数日前、木暮から連絡があり、

「面白い鮨屋があります。ぜひ案内したい」

と嬉しそうな声で言われた。

私たち三人の目の前で鮨を握っているのは女の職人だった。七分袖《しちぶそで》の仕事着から出た腕は艶があって、握った鮨を板台の上に差し出す度に白い肌が赤く染まってまぶしいほどだった。

女は左利きであった。女の職人であることも珍しかったが、その上左手で握るのだから何か勝手の違うものを食べている気がした。

ミツコはほとんど話さなかった。たまに声を出しても木暮の耳元に何事かを告げるだけだった。

「じゃ俺もそれを食おう。エビをもう一つずつこっちに握ってくれ」

と木暮が指で女と自分をさす。

「おい、そんなところに財布を置くな」

木暮が言って、女の前にあった赤い財布を引き寄せた。

見ると財布のファスナーに根付《ねつけ》のようなものが光っていた。

——何だろう？

目を凝らすと、それが三本足の蝦蟇《がま》であるのがわかった。

「珍しいものを付けてるな」

私が言うと、木暮は私の目線に気付いて、

「おう、やはりご存知ですか」

「昔、香港でもらったことがある」

「ほう香港ですか。むこうが本場ですものね。どんなもんでした」

「何やら奇石でこしらえたもので、この根付のように可愛い顔はしていない蝦蟇だったな。ひどく醜い面をした蝦蟇で、咥えた銭を嚙み切りそうにしてたな。それが愛嬌があって良かった」

「今でも持ってるんですか」

「いやどこかへ行ったな。東京を離れた時に荷物のほとんどを放り出したからな」

「じゃ探して来ます」

女が初めて私にむかって声を出した。

「ああそうしてあげなさい。この間のお礼もしてないからな」

「必ず探して来ます」

女が自分に言い聞かせるようにうなずいた。

「ちょっと見せてもらうよ」

女が蝦蟇を外そうとした。

「そのままでいい。縁起物だから」

私がじっと蝦蟇を覗き込んでいるとカウンターの向こうで声がした。

「お客さん、それ何ですか」

女職人が切れ長の目を見開いて私の手元を覗き込んでいた。

「これかい。これはね、三本足の蝦蟇って言ってね。博奕を打つ者がこれを持っていれば賭博で身を崩すことがないっていう、中国《ちゅうごく》のお守りだよ」

「三本足なんですか」

「ああ、そうだ」

「どうして三本足なんでしょうね」

「さあ、それは知らないな」

「ネエさん、こういうもんは理屈がない方がいいんだよ」

木暮が笑って言った。

「そうですね。理屈がない方が粋ですものね」

女職人が笑った。

その笑みを見て、やはり女なのだと思った。

「ほら、口に銭を咥えてるだろう。銭をはなさないってまじないらしい」

「それはわかり易いですね」

ミツコに財布を返すと、彼女はそれを大事そうに手でくるむようにした。つぶらな眸にあどけなさが伝わった。そのミツコを見る木暮の顔もいつになくやわらかだった。

二人とは屋台の店の前で別れた。

振りむくと二人が手を握っていた。背後に白い屋台の暖簾が揺れていた。

倉敷

地方新聞の片隅に載っていたちいさな記事が目にとまったのは、小説の取材で日本海の境港《さかいみなと》に出かけての帰路だった。

伯備線《はくびせん》に乗り中国山地を越えて倉敷にむかっていた。編集者は米子《よなご》から飛行機で帰京したが、私はローカル線に乗って岡山へ出て新幹線で帰京するつもりだった。

江尾《えび》、武庫《むこ》、根雨《ねう》……と、山中の妙な駅名と駅舎を見つつ半分うたた寝をしながら電車に揺られていた。

岡山に入り、電車がちいさな駅で停車した。五分ばかりの停車というからプラットホームに降りた。

弁当の売り子が訛《なまり》のある言葉で近寄って来た。元気そうな老婆であった。

老婆を見て、私は一人の女性を思い出した。私の産婆である。彼女は生家のある町の駅で売り子をしていた。彼女は私を好いてくれていて、私の姿を見つけるとどんな時でも大声でユウ坊、ユウ坊と名前を呼んで駆け寄って来て、私に弁当をくれた。色気づきはじめていた私が、幼少の時の名前を大声で呼ばれるのが恥かしくて、いいよ、ご飯はもう食べたから、と断わっても、今は食べ盛りじゃものすぐにお腹が空きますって、と無理矢理弁当を持たせせた。

──今はどうしているのだろうか……。

自分が小説家の端くれなのを知っているのだろうかと思った。

「弁当をひとつおくれ」

「はいよ」

老婆は彼女とはどこも似ていなかった。

「新聞はあるかね」

「こんな山の中の駅じゃから、新聞はないね。けどうちが読んどったんでよければあるけぇー」

「ああ、それでいいよ。じゃこれは新聞代だ。とっておいてくれ」

「私《うち》が読んだもんじゃからタダでええよ」

老婆は白い歯を見せた。

礼を言って電車に乗り込み、弁当を食べた。山菜が美味かった。

新聞の一面には長野《ながの》の松本《まつもと》で有毒ガスによる事件が起こり七人が死亡とあった。

──何があったんだ……。

嫌な予感がした。

その記事の詳細を読もうと社会面を開いた。読み終えて片隅を見ると、〝競輪選手自殺〟とちいさな見出しが目にとまった。

──誰だ？

私は記事を凝視した。

思わぬ名前がそこにあった。

児島××郎。かつて特別競輪の常連であった選手だった。

私は児島のいかつい顔を思い返した。

途端に耳の奥で虚勢を張るような声が聞こえて来た。

『なあ、わしは死ぬんとちゃうんかい。どうなんや、はっきり言うてくれや。何や、これは。香典がわりのつもりかい。わりゃ、わしをなめとんのか』

それは岡山の病院の廊下で聞いたもので、病室から外にまで聞こえる大声だった。

病室で児島の愚痴を聞いていたのはエイジだった。

私は死亡した日付を見た。

六月二十六日。一昨日である。

——エイジは必ず葬儀にやって来るはずだ。

電車が倉敷の駅に着くと、私はすぐに下車してプラットホームから大阪のNスポーツに電話を入れて、古閑を呼び出した。

「児島が自殺をしたらしいな」

「そうですねん。びっくりしましたわ。自宅で首を吊ったそうですわ。病気が再発して悩んどったいう話です」

「葬儀はいつだ?」

「通夜が今夜で、葬儀が明日ですわ。家族の方は事情が事情なんで密葬にしたいということですが、我社《うち》からも広島営業所から一人手伝いを出さなあかんと思うて手配しましたわ」

「エイジは知ってるのか」

「今朝の我社の紙面扱いは結構な大きさだったんで、ご存知ちゃいますか」

「君はエイジと児島の関係は知っているのか？」

「そりゃ皆よう知ってますわ。ボクも一度大阪でエイジさんと児島さんの三人で飲んだこともありますから。ほんまのポン友でしたから」

「葬儀の時間と場所を教えてくれ」

「行かはりますの？」

「今、丁度仕事で岡山にいる」

「ほう、そうですか。じゃ言いますよ」

私は通夜と葬儀の行なわれる寺の名前と住所を書きとめた。


倉敷に宿を取り、今夜、帰京できないことを締切り原稿のある編集者に連絡を入れた。

「あとがないので原稿の方はどうかよろしくお願いします」

「わかっています」

原稿の催促をされると不機嫌になると親しい編集者から言われていた。

私はどこかで自分が小説家であることに戸惑っていた。自分の知らないところで何かが勝手に動き出し、平然と作家面を演じていることへの言いようのない嫌らしさを感じていた。

――おまえはパチモンや。

エイジの声がいつも耳の奥に響いた。

あれはまだエイジと逢ったばかりの頃、奈良競輪場の帰り道だった。競輪場から駅へむかう通称〝オケラ街道〟には何軒かの露天商が道の両脇に並んでいた。ほとんどが〝バッタモン〟と呼ばれる正規の流通ルートからはずれた品を売る店だった。リンゴ箱の上に板一枚を載せ、黄ばんだ布を敷いて、その上でズボンのベルト、吊バンドを叩き売りする店もあれば、隣りでは老眼鏡、カフスボタン、金メッキのカマボコ形の指輪、むかい側では背広の上下、派手な色のジャケットを市価の半額より安い値段で売りつけている。スーツのバッタ売りが乗ってきた車のむこうで、隠れるようにして毛布一枚地べたに敷いて丁半博奕を開帳していた。

〝オケラ街道〟と呼ばれるくらいだから、そこを通る者の懐にはほとんど金はないはずなのに、男たちは身体の隅々からなけなしの金を掻き集め、バッタモンをじっと見つめていた。

敗れた者は皆が同じ表情をしていた。空虚な目が宙を舞うようにせわしなく動き、身体から芯のようなものが失せている。

それでも一夜明ければ、どこから集めてきたのか金を握りしめて賭博場《とばくじょう》に集まる。

私はそんな彼等が好きだった。

「ああ、あいつや」

エイジが声を上げた。指さした方向に、白い作務衣《さむえ》のようなものを着た男と女がカセットデッキから流れる音楽に合わせて踊っていた。

「何だ？　あれは」

「競輪の施行者から言われてたんや。この頃、〝オケラ街道〟で宗教の勧誘をして金を巻き上げるんがおると」

エイジは早足で彼等にむかって行った。

見るとその集団は皆若い男女であった。一見すると皆おとなしそうな若者で、人を騙すようには見えなかった。

二十人近い人が彼等を囲んで、音楽に合わせて手拍子を打っていた。

宗教の勧誘とは思えない。皆どこか楽しげであった。

踊りの輪の中心に髭面《ひげづら》の男が一人ニコニコと笑って踊る者を見ていた。

やがて音楽が止んで、輪の中心にいた男が台座のような上に座って話をはじめた。手で印《いん》を結び、瞑想《めいそう》するかのように目を閉じ、大袈裟にその指先で周囲の空気を払うようにした。

「××××、×××××××」

男の話している内容は、時折、奇妙な言葉が入り、何を言っているのか私にはまったくわからなかった。しかし男の話を聞いている若い男と女の中には涙ぐんでいる者もいた。

その時、大声がした。

「じゃかあしい。何がハルマゲドンじゃ。このあほんだらが……」

エイジだった。

男が目を開けて、きょとんとした表情で目の前に立つエイジを見ていた。

「おまえはパチモンや。俺にはわかるんや、このぼんくらが。こんな所で人を誑《たぶら》かしとったら承知せんど」

導師様に何を言うんです、と若い女が男とエイジの間に立ちはだかり、声を上げた。

「おネエちゃん、あんた騙されとんのがわからへんのか。こいつはパチモンやで。おいこのパチモン、ええ加減にさらせへんと、いてもうたるど」

若い女に続いて男たちがエイジを囲んだ。

エイジの腕を摑んだ若者を、エイジが突き返した。

私はあわてて彼等に駆け寄った。

「コラッ、何をしてる」

私が怒鳴り声を上げると、若者たちはいっせいにこちらを見た。

「いい加減にせんか。まとめて吊すぞ」

若者たちがエイジから手を離した。

「騙されてんのがわからへんのんか、おまえらは。あいつはパチモンや。俺にはわかっとる。おまえ、このパチモンが……」

エイジはまだいきり立っていた。

「エイジ、行こうや」


まだ陽は高かったので、夕食をどこかで摂ろうとホテルを出た。

観光に来た若者が、地図を手に川沿いの道を歩いていた。

飯屋を探そうと周囲を見回すと、いくつかの建物を案内する看板があった。その中のひとつの文字に目がとまった。

懐かしい文字だった。美術館の名前である。

――そうか、ここは倉敷だったな。

私はその美術館に行ってみようと思った。

一枚の絵の前に立った。

――こんなちいさな絵だったのか。

〝睡蓮《すいれん》〟と題されたフランス人画家の描いた作品を、私は三十数年前、母と二人で見たことがあった。

毎日忙しく立ち働いていた母が、六人の子供の中で私一人を電車で片道三時間もかかる街まで、絵画を見せるために連れて行ってくれた。小学校へ上がった時の私はひどい劣等生で、学業はクラスでどん尻の上に不登校をくり返していた。その私を学校へ通うようにしてくれたのがT先生で、私に絵を描くことの楽しさを教えてくれた。やがて私は絵を描くことに夢中になり過ぎて、精神状態がおかしくなり病院へ通うことになるのだが、母が私を倉敷の街まで絵画を見せに連れて行ってくれたのは、その半年前くらいのことだった。

私はあとにもさきにも母と二人で出かけたのはこの旅だけで、その時のことは今も鮮明に記憶していた。

「そこにはどんな絵があるの？」

「母さんもよくは知らないけど、このあたりでは一番の美術館と聞いたわ」

私が生まれ育った町には美術館はなかった。絵を描くことが好きになり学校にも通うようになった息子のために、母はおそらく誰かに尋ねて近郊の美術館の所在を知ったのだろう。少年の私には、その時母がわざわざそうしてくれたことを想像することはできなかった。父は仕事で忙しくほとんど家を空け、大勢の従業員たちと六人の子供の世話を母が中心になってやっていた。だから母と遊んだ記憶などひとつもなかった。その母が劣等生の息子のために一日家を空けて、電車で往復六時間かかる土地まで絵画を見せに出かけたのだから、今にして思えば、母の私への思いは尋常ではなかったのだろう。

「この絵が気に入ったの？」

「うん」

少年の私はうなずいた。

「母さんもこの絵が好きだわ。案内書にも写真入りで載っていたから、よほどいい絵なんだと思うわ。見ていて何だかやさしい気持ちになるわね」

私はその絵をずっと見ていたと、後年、母から聞かされた。

今、その絵画が目の前にあるが、あの日少年の私に与えたときめきは伝わって来なかった。そのときめきがどんなものだったかを探そうという気持ちもなかった。

母はこれまで二度、私に絵画の道へ進んではどうかと口にした。一度目は十七歳の時、東京の大学へ進む折、母は、大学で経済や経営の勉強をして卒業後帰省しても父のやり方でしか商いはできないはずだから、与えられた四年間に何か自分の好きなものを学んだ方がいいと言った。母は私に大学で絵を学んでみてはどうかと提案した。私は隣り町に住む絵画の先生の所へデッサンの勉強に通った。しかし夏休みに上京し、義兄に連れられてプロ野球のゲームを観戦したことで、母の希望は吹っ飛んでしまった。私はもう一度野球をすることにした。それを知った母は淋《さび》しそうだった。

二度目は妻が亡くなり、酒とギャンブルに溺《おぼ》れていた私を見兼ねて、その頃、私が親しくしていた先輩が、金を託すからヨーロッパへ絵画の勉強をしに行ってはと言ってきた。

私はその人に言った。

「今から何かをするという気持ちはありませんし、そんな能力が自分にないことは私が一番わかっています」

先輩からそれを知らされた母は、どんな気持ちになっただろうか……。

絵画の前に立つ私の視界に、まだ若くどこかに夢を抱いていたであろう母の姿が浮かんでいた。

『この絵が気に入ったの？』

母の声が耳の奥に響いた。

それは二度と返ってくるはずのない時間であるが、目の前の絵画の中に子供は子供なりに何かを見つけようとしていたのかもしれない。それが何であったのかとうに忘れてしまっているし、そんな年齢の子供に絵画の何たるかがわかるはずはないのだ。

『おまえはパチモンや。わしにはわかるんや』

エイジの声が再び聞こえた。

その声に応えるように私はつぶやいた。

「そうだ。俺はパチモンなんだろう。何ひとつまともなことをしてこなかった……」

私は美術館を出た。

川沿いの道を歩きながら、あそこに入るべきではなかったと思った。

エイジに無性に逢いたくなった。

そうしてエイジに訊きたかった。

「俺はパチモンだよな、そうだろう？　エイジ」

エイジに笑って言って欲しかった。

「そうや、ユウさん。わしもあんたもパチモンや。決っとるやないか」

あの人なつっこい笑顔でそう言われれば、私は自分の背中にエイジと別れてからずっと乗っかっている重くて不気味なものを、荷を下ろすように取り払える気がした。

「エイジ」

私は名前を呼んだ。


浅瀬に小石が流れているような音を聞いて目覚めた。

目を見開いても闇で、自分がどこに居るのかしばらくわからない。

小石が流れるような音は続いていた。ベッドを出て部屋のカーテンを開けた。ホテルの中庭に雨が降り注いでいた。むかいの建物のレンガ塀が照明灯に光っている。昔、紡績工場だった建物をホテルにしたしゃれた造りだった。

――倉敷に居るのだ。

ベッドサイドの時計が朝六時なのを見て、フロントに電話を入れた。メモを取り出し、昨日、古閑から聞いた児島の葬儀の場所までの時間を尋ねた。

玉野市の海岸までは車で一時間少しかかると言われた。十時に車を呼ぶように告げて、ベッドに横になった。

少しうたた寝をしたのか、目覚めると部屋が明るかった。雨は降り続いていた。

チェックアウトを済ませて、待機していたタクシーに乗り込んだ。

「お客さん、玉野までかね」

運転手は白髪まじりの男であった。

「そうだ。その前にデパートか文房具店に寄ってくれ。香典袋を買う」

私は言って、葬儀のある寺の名前と住所を書いた紙切れを運転手に渡した。

「ああ、そうかね。デパートはないが、香典袋ならスーパーに売っとるわ」

「じゃ、そうしてくれ」

スーパーに入ると衣料品のコーナーもあったので、ネクタイも買った。

「葬儀は何時からかね」

「十二時だ」

「それなら大丈夫だ。ひとつ峠を越えるからね」

雨に煙る田園を見ながら、エイジは葬儀に来ているだろうかと思った。

私はエイジと二人で入院していた児島を見舞いに行った日のことを思い浮かべた。

『わしは死ぬんとちゃうんかい。どうなんや、はっきり言うてくれや』

エイジに大声で訴えていた児島の声が、廊下にいた私にも聞こえて来た。エイジは相手の愚痴を黙って聞いていた。

病院を出たエイジが、吐き捨てるように言った。

『あいつはもうあかん。なんやあのざまは……。たかが死ぬくらいのことで、がたがた抜かしやがってからに』

それでもエイジはその後も児島の見舞いに行き、退院祝いにも駆けつけていた。

「エイジは必ず来る」

私が思わずつぶやくと、運転手がバックミラー越しに私を見た。

「お客さん、何か言うたかね？」

「いや何でもない」

「そうかね。遠方から来なさったかね？」

「暮らしてるのは東京だが、生まれは瀬戸内の山口だ」

「そうかね。わしも親の里は山口じゃがね」

「ほう、山口のどこだい」

「光《ひかり》じゃ」

「回天にでも乗ってたかね」

「そんな根性がありゃ、息子が運転手なんぞしとらんよ。ハッハハハ」

「親の根性は息子には関係がないだろうよ」

「そりゃそうじゃね。まったくお客さんの言うとおりじゃ、ハッハハハ」

「商売は忙しいのかね」

「いや、こんなふうに朝から降られちゃ、上がったりじゃねぇ」

「それなら、もしかして都合ですぐ引き揚げるかもしれないから……」

私は運転手に少し待ってくれるように告げた。

しばらく山径《やまみち》を走っていた車が下り坂に入った。フロントガラスに雨に煙る瀬戸内海といくつかの島影が映った。右手に造船所のドックが見えた。


予期していたより大勢の参列者だった。

現役の競輪選手、元競輪選手とその家族、施行者……などの業界関係者から、彼のファンとおぼしき人まで参列していた。

顔見知りの記者が私に会釈した。声をかけてエイジのことを訊こうと思ったが、背後で声がして名前を呼ばれた。

「わざわざ見えなさったんですか」

振りむくと、同郷出身の競輪選手会の役員がいた。

「いや、たまたま仕事で島根《しまね》の方に来ていたんです。新聞を見て知ったんだ」

「児島君とは生前、お親しかったんですか」

「えっ、ああ、まあ……」

「可哀相なことをしました」

役員と並んで本堂へ続く階段を上がり、靴を脱ぎ、ナイロン袋を貰ってその中に靴を仕舞って顔を上げた時、視界の中にエイジの姿があった。以前より少し太って見えるのは、肌が白いせいかもしれない。それでも元気そうだった。昔と同じである。声をかければすぐに、あの頃のエイジの声が返って来る確信があった。

――やはりそうだ。こっちから逢いに行かなかったからだ……。

私は思わず口元をゆるめた。

エイジが私を見た。

目と目が合った。私は笑った。

エイジは目を見開き、次の瞬間、顔を逸らした。

――わからなかったのか？　私が。いや気付かなかったのか……。

私はエイジから目を離さなかった。どうやらエイジは児島の親族の近くにいるようだった。

すみません、と声がして、葬儀の世話人らしき男に私は名前を呼ばれ、前の方の席に来てくれと言われた。

「いや、ここでいいんだ。悪いが、ここにしてくれ」

わかりました、と男は言って、エイジがいた席の方へ行き何事かを告げていた。

法衣《ほうえ》を身に着けた僧侶《そうりょ》が三人入って来て式がはじまった。本堂の中に読経《どきょう》が響いた。

唱和する声に雨音が重なった。

私は何度となくエイジのいた席を見つめ、彼の背中を捜した。皆が一様に黒いスーツを着ていたので、どの背中がエイジかわからなかった。

——まあいい。焼香になれば私に気付くだろう。

「いや、ご存知だと思いますが、この頃は競輪の売上げも落ちる一方でしてね。先生のような人にどんどん競輪場に来ていただいて宣伝をしてもらいませんと……。特別競輪の招待状は先生の所へ届いてますか。自転車振興会の連中は役人の顔色ばかりうかがって何もしませんからね。だから先生……」

同郷の選手会の役員が話しかけてきた。

「……悪いが、その先生という言い方はやめてくれないか。私は教職をとってるわけじゃないから」

「でも、もう立派な先生じゃありませんか」

「だからやめてくれと言ってるのがわからないのか」

相手が真顔になった。

読経が終り、親族から焼香がはじまった。

私は中腰になり、その中にいるはずのエイジを捜した。

いつまで経ってもエイジがあらわれなかった。私は不安になり、立ち上がった。

周囲を見回した。

どうしましたか、先生、という声を無視して、私は焼香の順番を待たずつかつかと焼香台の方へむかった。係の女性が私を制したが、その手をはねのけて私は焼香し、親族にむかって挨拶すると、児島の妻らしき女性にむかって悔みを述べてから、先刻ここにNスポーツ社の元記者の三井さんがいらしたと思いますが、と訊いた。すると女が言った。

「エイジさんなら、さっき急用ができたので帰られましたが」

「えっ、帰った？」

「先生、本日は遠い所からわざわざ……」

「エイジが出て行ったのは、いつのことですか」

「読経がはじまってすぐでしたわ」

私は外へ飛び出した。

降りしきる雨の中に人影はなかった。

待たせておいたタクシーを見つけ駆け寄った。

運転手は窓を開け、笑いながら言った。

「もうお帰りかね」

「違う。今しがた、小柄な男が一人出てこなかったか」

「小柄な人……。ああそう言えば、男の人が一人この車が空車と思って近づいて来ましたわ。迎車や言いました」

「それで」

「真っ直ぐあっちのバス停の方へ行かれましたわ」

「どのくらい前のことだ」

「二、三十分前でしたかね」

「その間にバスは来たのか」

「バスですか。さてどうやったかな……」

「思い出すんだ。バスは、駅へむかうバスは一台でも来たのか」

「来んかったんと違うかの」

「その男は、どっちにむかって歩いて行ったんだ」

私は運転手が指さした方にむかって駆け出した。背後で、お客さん、傘ありますよ、と声がした。

「エイジ、エイジ」

私は大声で名前を呼びながら雨の中を走った。

——エイジ、どうしたんだ。何があったんだ……。

バス停には誰一人いなかった。

むかいのバス停に制服を着た女生徒が二人立っていた。

「す、すみません。今、ここに男の人が一人来てませんでしたか」

女の子は首を大きく横に振った。

私はもしやと思い、バス停の背後にひろがる浜辺を覗いた。激しい雨に波打ち際までが白く煙っていた。テトラポッドが光るだけで誰もいなかった。

「エイジ、エイジ……」

私はまた名前を呼んだ。

赤坂

木暮聰一が仕事をしてくれた作品が或る文学賞の候補になっていることを報され、選考当夜、木暮から無理に誘われて赤坂にある鮨屋へ行った。

「なあに大丈夫ですよ。あなたは賞レースには強い人だから」

木暮が笑って言った。

「その話はよそうや。私はこういうふうに何かを待ったことはないんだ。それにそういうことで一喜一憂することが嫌なんだ」

私が言っても、木暮は妙にはしゃいでいた。

「遅いなあ……」

小一時間して木暮が時計を見ながら言った。

「それみろ、言わんこっちゃない」

ところがその後すぐに、木暮があらかじめ出版社に店の電話番号を教えていたのか、受賞の報せが入った。

私は電話に出た。

「ああそうですか。選考委員の皆さんにお礼を申し上げておいて下さい」

私の声を聞き、木暮が両手を挙げた。

木暮は店の者にその旨を告げていたらしく、ちいさな祝宴になった。木暮は自分のことのように喜んでいた。ほどなく女が花束を持ってあらわれた。

私は仕事があると言って、早々に店を引き揚げた。帰る間際に私は木暮に訊いた。

「授賞式はいつなんだ」

木暮は手帳を出し、日付を告げると、その夜は朝までやりましょう。約束ですよ、と手を握った。

一人で赤坂の通りを歩いていると立ちん坊の女が声をかけてきた。

「お客さん、少し遊んで行ってよ」

私は笑って首を振った。誰かに似ていると思った。十三で会ったエイジの女に似ていたのを思い出した。

私は一人でバーに立ち寄り、そこから大阪に電話を入れた。古関は運良くまだ会社にいた。

「ご無沙汰してます。岡山でエイジさんに逢わはりましたか」

「…………」

私はそれには返答せず、自分が或る文学賞を貰ったので、そちらに授賞式の招待状を送るからエイジに渡して欲しい、と言った。

そりゃお目出度うございます、と言う相手の言葉を制して言った。

「何としてもエイジに渡してくれ。交通、宿泊費も同封しておくから、直接渡してくれ」

「わかりました」

「最近のエイジの様子は知ってるのか」

「いや、競輪場にも見えてません。でもわかりました。何が何でも渡しまっさかい」

相手の頼もしい声に安堵した。


秋のなかばだというのに、その日は全国的に猛暑日だった。

仕事場の電話が鳴った。

受話器を取ると相手は古閑だった。

私は数日前に、エイジ宛ての招待状に手紙といくらかの金を入れて送っていた。

「エイジに逢えたのか。来ると言ったか」

「…………」

古閑は返答しなかった。

「どうした？　なぜ黙ってる」

「実は……、エイジさん、亡くなってました」

——えっ？

　私は古閑の言ったことの意味がすぐに理解できなかった。

「亡くなってました、とはどういうことだ」

「アパートで亡くなってるところを大家が見つけたらしいんですわ」

「大家が？」

「はい。もう亡くなってかなり日が経ってたらしいですわ」

「そ、そうなるまでおまえたちはエイジを放っておいたのか」

　私の怒鳴り声に、お手伝いの女が血相を変えて仕事場に入って来た。

「俺、俺は許さんぞ」

「す、すみません」

　私は電話を切って、葉色の変りはじめた窓の外の木々を見ていた。

　エイジが死んだ。

　エイジの死は、私の想像のまったく埒外《らちがい》の出来事だった。

　仕事場を出て、私はベランダにつながるドアを開けた。生暖かい空気が流れて来た。

　今しがた聞いた電話の声が耳の奥でよみがえった。

『実は……、エイジさん、亡くなってました。アパートで亡くなってるところを大家が見つけたらしいんですわ。もう亡くなってかなり日が経ってたらしいですわ』

古閑の言葉から、エイジの身体がこの夏日本を襲った酷暑で腐乱していたことがわかった。

腐乱したエイジの遺体を想像できなかった。

なぜエイジがそんな死に方をしなくてはならなかったのか。

私は混乱した。

私は、エイジは自死をする人間ではないとどこかで信じていた。そんなヤワな男ではなかったはずだ。

酔っ払って街の地回りやチンピラ相手に暴れた時も、翌日、腫れ上がった顔で傷ついた唇からようやく声を出し、

「せっかく親から貰《もろ》うた身体をこんなふうに使《つこ》うてしもうたらバチが当たってまうわ。大事にせなあかんな」

と笑っていた。

エイジはいつも親に貰い受けた身体を大事にするという考えを自分に言い聞かせていた。そのわりには酔うと正義感ばかりが前に出て、不正を見ると感情が昂ぶり相手が何者であれ突進して行った。そういうエイジが私は好きだった。

そう思った瞬間、私はエイジが自死したと決めつけていた自分に気付いた。

エイジが自死するはずがない。

だとすれば事故なのか、それとも何かあったのか。

私はエイジの周囲にいた裏稼業の連中や、地回り、チンピラの顔を思い浮かべた。エイジがその連中に殺られるとは思えなかった。一見厄介でややこしい連中に見えるが、彼等との距離とテリトリーさえ守っていれば、東京の街を独りで歩くよりよほど安全だった。薬物に関わるか目に余る虚勢を張らなければ、突発的な死に方はない。そのどちらにもエイジは無縁だった。エイジが身に付けていた世の中を渡る術と性根の据わり方は、ハンパなものではなかった。

夜風が吹いてくる方角に目をやると、東京タワーが淡く浮かんでいた。おぼろに浮かぶ塔の灯りのむこうに、亡くなった妻の姿があらわれた。

――何だ？　こんな時に……。

彼女のむこうにもうひとつの影があった。

――エイジか……。

私は思わず目を見開いた。

二十数年前に海難事故で死んだ弟だった。

――なぜ妻と弟が……。

と思ってから、

「ああ、あれか……」

と私は声を出した。

今朝方《けさがた》、私は妙な夢を見た。

目覚めてからしばらく私は見た夢に戸惑い、動揺していた。

奇妙な夢だった。

私は夢の中で、田舎の高校のそばを歩いていた。聞き覚えのある笑い声に私は立ち止まった。よく通るほがらかな笑い声は妻の声に似ていた。まさか、と思ったが声のする方に歩いた。そこは私が学生時代、野球部の部活の帰りに立ち寄るちいさな食堂だった。食堂といっても、鉄板が付いたテーブルがふたつあるだけのお好み焼屋であった。いつも空腹だった野球部員は、家に着くまで待ちきれなくてグラウンドのすぐそばにあるその店に寄り、たらふく食べていた。

店に近づいて行くと、その笑い声は彼女のものととてもよく似ていた。店の戸は開いていた。中を覗くと、やはり彼女だった。三人でテーブルを囲んでいた。愉し気に話をしていた。二人の相手はI先生と弟だった。

「何だ、ここに皆いたのか」

私が声をかけると、妻も先生も弟もちらりと私を見てうなずいた。私は当然のようにテーブルに着き、皆の話を聞こうとした。途中から加わったので何の話かよく理解できなかったが、私は笑って三人を見ていた。妻はよく話をしていた。時折、先生が何事かを話すと、妻は腹をかかえて笑った。弟も嬉しそうにしている。弟は元々おとなしい性格だったが、彼がとてもしあわせそうにしているのはその表情から伝わった。私がすぐそばに座っているのに三人が私の方を見ないのが少し気がかりだったが、それでも私は十分にしあわせだった。ようやく三人の居場所を見つけたと思ったからだった。

「さあ行きましょう」

妻がそう言って立ち上がった。

——ああ、皆して出かけるのだ。

と私も椅子を引いた。

どこへ行くんだ？　と訊きたかったが、三人の様子が、これから行く場所を私も当然知っているはずだという態度に思えたので、私もあわてて店を出た。三人は仲睦まじそうに話をしていた。妻と弟が何やら話をして、先生は少し先を歩いていた。

私は二人の様子を見て安堵していた。

彼女を初めて私の生家に連れて行き、弟の墓参に出かけた時、すでに弟が生きていた頃の話を生家の母から聞いたり、生前の写真を見せられていた妻は、墓の前でしみじみと言った。

「一度、マー君に逢いたかったな」

その言葉を聞いて、私もおとなしかった弟に逢わせてやりたかったと思った。

妻が亡くなり、彼女の骨を墓の中に入れる時、私は薄闇にひとつきり置かれた弟の骨《こつ》壺《つぼ》に寄り添うように、彼女の骨壺を置き、マー君、彼女を頼むよ、と小声で言った。そんなこともあって、私はめぐり逢ってくれた二人を見て、安堵したのかもしれない。

先生が一緒にいてくれたとは思わなかった。

三人は食堂のある通りを少し歩いて交差点を右に曲がった。そこには、あるはずの高校のグラウンドはなく、海があり、波止場に大きな客船が停泊していた。見たことのないような大きさで、この船が外国航路のそれも何万人もの乗客を収容できるものだとわかった。船に上がる階段が異様に長かった。階段の頂上はあまりに遠くて霞《かす》んでいた。その高さが少し不安だったが、ようやく三人に逢えたことで私は興奮していた。

階段の入口が近づいた時、私は三人に声をかけた。

「これからどこへ行くんだい？」

すると妻が笑って振りむき、言った。

「あなたはこの船には乗れないわ。ねえ」

と彼女は弟にむかって言った。

弟は私の顔を見ないで笑ってうなずいた。

「えっ？」

私が声を上げると、三人は笑って階段を昇りはじめた。

そこで目覚めた。

カーテンの隙間からわずかに洩れる夜明けの光を見つめながら、私は今しがた見た夢のシーンをひとつひとつ思い出しながら、なぜあんな夢を見たのかとうろたえていた。

二十数年前に死んだ弟も、九年前に死んだ妻も、五年前に亡くなった先生も、私の夢の中にあらわれることはめったになかった。私は、それは彼等が私の弱さを知っていて哀しませまいとそうしてくれているのだと勝手に思っていた。

初めてそんな夢を見た日の午後に、エイジの死を報せる電話が入った。

東京タワーに二人の姿があらわれたのは、今朝方の夢の余韻なのか、それともエイジの死の報せと偶然重なっただけのことなのか、私はベランダから仕事場に戻り、書きかけの原稿用紙を茫然《ぼうぜん》と見つめた。


しばらく仕事にむかったが、集中どころか雑念ばかりが浮かんで、どうしようもなかった。あと二日余り書き続ければ大阪に行ける。しかし大阪に行って何をするというのだ。エイジはすでに死んでしまっている。自死であろうが事故死であろうが、エイジには二度と逢えない。そんなところに足を踏み入れたなら、なんとかバランスを取りながら生きている今の生活が一気に崩れてしまうのではないか。

仕事が手につかない。酒でも飲みに行き、一度休んだ方が良い気がした。

電話が鳴った。時計を見ると、すでに夜中の三時を過ぎていた。ギャンブルの誘いか。何人かの男たちの顔が浮かんだが、敢えて打ちに行かねばならない者はいなかった。

電話は何度かコールしてやがて鳴り止《や》んだ。すぐにまた鳴りはじめた。

違う電話だなとわかった。

電話を取ると、静かな話し口調で竜土町のバーのママだとわかった。

「ごめんなさい。仕事中だとわかってたんだけど」

「どうした？」

「あなたを捜して女の子が来てるの」

「女が」

「女というより女の子ね」

「何という女だ」

「カナって名前」

「カナ？　知らないな」

「相手はよく知ってるみたい。三村さんの所のタレントだったたって」

――三村の……、カナ？

「ああ、思い出したが、こんな夜中に逢う女じゃない。帰してくれないか」

私はカナの顔と若く瑞々しい裸体を思い出した。個性的で美しい面立ちをした娘だったが、刹那的な性格で、平気で自分の身体を痛めつける癖があった。

「何か三村さんの件で話したいことがあるみたいよ」

ママの口調からはどこか真剣な雰囲気が伝わってきた。聡明な女性だったから何か感じるところがあったのかもしれない。私は相手を電話に出すように言った。

「ご無沙汰してます。こんな夜分にすみません」

「本当だな。俺は生憎仕事中で、そこに行くことはできない」

「五分でいいんです」

「ダメだ」

「…………」

相手は黙った。

「ママに替わってくれ」

酒代を払ってやるつもりだった。

「あの……実は、三村さんの生前のメモのようなものを持ってるんです。それをあなたにお見せすべきだと思って。たぶん遺書だと思うんです」

――遺書？　何の話だ……。

「カナと言ったな。三村はもうとっくの昔に死んだんだ。いまさらそんなものを見て何になる。いいからもう帰れ。その店はもう閉店時間だ」

「そのメモには、あなたのことが書いてあります」

――私のことが？

「三村さんは病気で死んだんじゃありません。あなたに誉められたくて、あなたと昔のように過ごしたくて、それがかなわないとわかって生きる気力を失くしたんです」

カナの声が耳に響いた。

「おい。こんな夜中に戯言を言うんじゃない」

「嘘じゃありません。今夜、このメモを店の人に渡しておきます。三村さんの供養をしてあげて下さい」

「おい。俺とあいつはおまえがピィピィ泣いていたガキの頃からやり合ってきたんだ。遺書だと？　あいつはそんなヤワな男じゃない。おかしなことを口にしているとぶっ倒すぞ」

「何と言われてもかまいません。ともかく読んで下されば、三村さんのあなたへの気持ちがわかるはずです。それだけをわかって欲しいからあなたを捜していたんです」

電話は勝手にむこうから切れた。

――なんて娘だ、あの野郎……。

私は憤慨した。

『三村さんは病気で死んだんじゃありません。あなたに誉められたくて、あなたと昔のように過ごしたくて、それがかなわないとわかって生きる気力を失くしたんです』

――与太話をしやがって、あの娘……。

私は仕事場の隅に置いておいたウィスキーをグラスに注いだ。

苦い味が口の奥にひろがった。

「俺に誉められたかっただと……」

私はむかいのビルのひとつだけ灯りが点いている部屋を見ながらつぶやいた。

その時、別の女の声が聞こえてきた。

『慎吉さんは一から十までこの人の真似をして生きたのよ。飲めもしない酒をあびるように飲んで、できもしない喧嘩をして、色男気取りに生きようとしたから、あんなふうになっちまったのよ』

それは三村の元女房だった。

三村の納骨の席で、酒に酔った元女房が三村の母や親戚がいる前で私に向かって突っかかって来た。

三村の人なつっこい笑顔がよみがえった。

「ユウさん、しけた店ですね。碌《ろく》な女がいねえや」

「そんなふうに言うな。俺の後輩の女房がやってる店だ」

「あっ、そうなんすか。ああ、よく見るとなかなか可愛い子もいますよ」

「調子のいいことを言いやがって」

私はテーブルの下で三村の脛《すね》を蹴った。

あっ痛い、痛たたた……。これ、本気で骨が折れちゃいましたよ。あっ痛い。

目に涙をためて顔を歪めている三村を見て、私は苦笑した。

「ど～れ、足を見せてみろ」

とテーブルの下に顔を入れると、すでに三村の足はそこにはなく、店の女の歓声と拍手が聞こえる。

顔を上げると、三村はスナックのカウンターの上に仁王立ちになり、やにわにエアーギターの動作でロックミュージシャンの形態模写をはじめていた。

笑い転げて三村を見つめる店の若い女たちの顔が、病室にやって来ていきなりロックンロールを演じて見せた三村を見つめる妻の笑顔と重なった。

——あいつはちゃんと準備して病室に来てくれていたのだ……。

「三村、ありがとうよ」

私はグラスを持ち上げてつぶやいた。

一気にウィスキーを飲み干すと、私は立ち上がって電話を取った。

「やっぱりかけてきたわね。これから来るんでしょう」

「大丈夫なのか。もう店を閉める時間だろう」

「ゆっくり片付けをはじめたばかり。それに月末で伝票の整理もあるから」

「どうして行くのがわかった」

「あの子、嘘をつくようには見えなかったから。もっとも、もう人の顔はよく見えないんだけど。フッフフ」

ママの笑顔が浮かんだ。

私は上着を着て外へ出た。

塚口

私は関西への旅に木暮を誘った。

「じゃ、その人の葬儀に出席するんですか」

「いや、葬儀はもう済んでるんだ。ちょっとたしかめたいことがある」

「そうですか。つき合いましょう。ひさしぶりに鱧《はも》でも食いますか」

私が木暮を誘ったのは、カナが竜土町のバーに置いて行った三村のメモを見たからだった。

カナが言ったような遺書には読めなかったが、急性膵臓炎《きゅうせいすいぞうえん》からやがて癌が発見された直後に記された日誌のようなものであった。

2月12日
先週の検査の結果を今朝、医師から告げられた。やはり癌だった。「ガンバって癌に打ち勝ちましょう」と医師は言ったが、医師の目には希望の光は見えなかった。俺の目は節穴じゃない。そこいらの奴等よりは修羅場をくぐり抜けて来た。俺は医師に、癌のことをオフクロには告げるなと釘を刺しておいた。これ以上、親不孝はしたくない。
ユウさん、俺、癌だってよ。こういう時はユウさんならどうするんだよ。教えてくれよ。ユウさんのことだから、きっと平気な顔で笑ってるんだろうな。けど俺にはそんなふうにはとてもじゃないが、できそうにないよ。ユウさん、俺に力をくれよ。癌に打ち勝てる力を与えに来てくれよ。ユウさんが、あの大きな手で俺の手を握ってくれたら、俺はできるような気がするんだ。いやきっとできる。ユウさんがいてくれたら俺はいつだってできるんだ。俺たちはいつだって最強だったっすよね。そう最強だった。誰が相手でもへっちゃらだったすよね。そう、最強だった。

だから俺は今回一人で乗り越えてみせる。ユウさん、来てくれなくていいから。俺は大丈夫だから。最後まで決して泣き言は言わない。だってユウさんがいつも言ってただろう。「物事は最後が肝心だ。それで仕事も男も価値がわかる」ってね。俺は今怖くはないし、泣く気もしない。本当の男の価値を見せるから、ユウさん、誰かから俺のことを聞いたら、慎吉、おまえは男だったなって言ってくれよな。

怖くなんかない。泣き言は言わない。そりゃ少し痛いが、こんなのはへっちゃらだよ。ユウさんが突然、訪ねて来ても、俺は笑って言うぜ。ユウさん、忙しい時にこんなところまで顔を出さなくてよかったのに、と。けどこんな恰好悪《かっこわる》い俺をユウさんにだけは見られたくない。


そのメモを読んだ時、私は三村の気持ちを少しも理解していなかった自分を恥じた。情けなかった。どうして三村の気持ちになってやれなかったのか。三村がそこまで自分のことを思ってくれていたとは想像もしなかった。

私はつくづく自分が嫌になった。

――俺という男はまったく……。

メモを読み終えた時、よほど顔色が変わっていたのか、バーのママが心配そうに言った。

「ユウさん、どうしたの、大丈夫？　水でも飲む」

「ああ大丈夫だ。ストレートを一杯くれるか」

グラスのウィスキーを一気に飲み干したが、まったく味がしなかった。

私の舌打ちが聞こえたのか、ママはそっと水の入ったグラスとおしぼりを目の前に置いた。

額に触れると大粒の汗を掻いていた。

大きなハンマーか何かで背後から身体の芯を打ち砕かれた気がしていた。

「そのエイジって人と、よほど仲が良かったんですね」

「…………」

私は返答しなかった。

車内にアナウンスが流れて、ほどなく新大阪に着くと告げた。

「仲が良かったかどうかはわからないが、そいつには何度も助けられた」

「あなたを何度も助けたのなら、それはたいした男です」

木暮が感心したように言った。

「ああ、たしかにたいした男だった」

「そりゃ一度逢ってみたかった」

「逢えばおまえも惚《ほ》れ惚《ぼ》れしただろう」

「しかし、若いのに病死ですか」

「………」

私はまた黙り込んだ。

駅の改札を出ると、古閑が待っていた。

「ご無沙汰しています」

「やあ、悪かったね。仕事が忙しい時に」

「いや、今日は競輪もボートも休みですわ」

「そうなのか。あっ、紹介しておくよ。こちらは東京で編集の仕事をしてくれている木暮さんだ。木暮さん、こっちはNスポーツの……」

「ほな行きましょか」

「ちょっと待ってくれ。木暮君、先にホテルに入っていてくれますか。私は彼と少しだけ用があるので」

「そうですか。じゃ食事の予約をしておきましょう。何を食べますか」

「食事の予約は私がしておいた」

私は胸のポケットから、予約してある店の名前と地図を書いておいた紙片を出し、木暮に渡した。

「ああ、この店は知ってますよ。鱧料理が美味いと評判ですから」

「私は直接、その店に行くから、それまでサウナにでも入って休んでいてくれ」

木暮と別れて、私たちは在来線の乗り場へ行った。

「そこは何という町だったんだ」

「塚口ですわ」

行ったことのない町の名前だった。

電車は空いていた。

「葬儀はどうだったかね？」

「結構、盛大でした。我社《うち》からも部長が出席しましたし、他社の記者もずいぶん見えてましたわ」

「そうか、そりゃよかった。骨は拾って上げたのかね」

「それがすぐに荼毘《だび》に付さなあかん状態でしたんで、葬儀は骨の状態でしましたんで」

「……そうか」

エイジが発見された時すでに遺体は腐乱していたことを、あらためて電話で聞かされていた。

「ほんま大丈夫ですか。たぶんもう業者が来て改装とかをやってると思いますがね」

「そうだろうな。いいんだ、エイジが最後に見ていた町の風景を見てみたいんだ」

「塚口はなかなかええとこでっせ。高級住宅地もありまっさかい」

「海か、川に近いのかね」

「尼崎《アマ》が近いよって神崎川《かんざきがわ》か何かが近くに流れてるはずですわ。どうしてですか？」

「海か川がそばにあれば、いい風が吹くからね」

「風ですか？」

「ああ風だ。エイジと二人で歩いていると彼がよく風のことを口にしていたんだ。『おう、ええ感じの風が吹きよんな、今日は』とね」

　私が笑って言うと、

「そう言えばエイジさん、そんなことよう口にしてはりましたね」

　と古閑も笑った。

「最初に報せてくれた時に君を叱りつけて悪かったね。つい感情的になってしまって」

「いや、当たり前やと思います。自分たちにも責任はあります。あんなふうにエイジさんがなるまで放っておいたのは情けないことですわ」

「いや、それは違うだろう。エイジの方から君たちを拒絶していたんだろうと思う」

「それは感じましたが、どうして自分たちは拒否されたんやろうと考えてたんですが、ようやくわかりました」

　私は古閑の顔を見た。

「どうわかったんだい？」

「先日、エイジさんが昔よう通うてはった飯屋に行ったんですね。そこのオヤジから話を聞きまして」

「どんな話だね」

「そのオヤジさんが言うには、生き恥を晒しとうなかったんや、と」

「生き恥？」

「はい、生き恥と聞きました」

「何という店かね、その店は」

「福島にある店で、△△△といううちいさい店ですわ」

屋号を聞いて、一度エイジと行ったことがあるのを思い出したが、主人の顔は憶《おぼ》えていなかった。

塚口の駅で降りて、古閑のあとから歩き出した。

途中、交番で住所をたしかめた。

商店街を抜け、住宅街に入った。

「風呂屋の煙突言うてたな、あのポリ公……」

前方に見える煙突を私が指さした。

「ああ、あれでんな」

私はそこで立ち止まり、その煙突を見上げた。

エイジも何度となくこの煙突を見上げていた気がした。

通りをふたつ折れてメッキ工場の脇を抜けると、その建物はあった。

モルタル造りのちいさなアパートだった。

「たしか一階の一番奥やと聞いたんですが……。ああここでっしゃろう。ここだけ表札があらしませんわ。何やさっさと始末をしよりますな。あっ、ドアは開いてまっせ。どないします？　改装の工事やってますわ」

古閑が部屋を覗き込み、首を引っ込めて私を見た。

「自分はちょっと、こういうのはあきませんので……。どないしはります？」

「……………」

私は躊躇った。まさか部屋にまで入るつもりはなかった。

「自分、大家の電話聞いてますんで、供養に来たとだけ伝えてきますわ」

そう言って、古閑は突っ立ったままの私のそばをすり抜けて行った。

私は中に入った。

古閑が言ったように改装工事の途中なのか、手前のキッチンの壁はビニールが貼り付けてあった。奥を覗くと窓が開いていた。職人は休憩に出たのかもしれない。誰もいなかった。私は奥に足を踏み入れた。開いた窓からメッキ工場の資材のようなものが見えた。風が入るような場所ではなかった。襖を外された押入れもガランとして、つい一ヶ月前まで住んでいた者の気配は失せていた。

――ここでエイジは一人で暮らしていたのか……。

私は唇を噛んだ。

足元の床板に目を落とした。蒲団の中で膝を抱くようにして目を閉じている、胎児のようなエイジの寝姿があらわれた。エイジが眠むっている姿など見たこともないのに、どうしてそんな幻影が浮かんだのかわからなかった。私は大きく首を横に振った。幻影はすぐに消えた。窓辺に寄った。鉄柵《てつさく》に鉢植えがひとつ、斜めになったまま置かれていた。それがエイジのものか前の住人のものかはわからなかった。窓の真下に家財道具が打ち捨てられていた。

メッキ工場からの機械音が断続的に届いた。風はなく夏の名残りの光だけが辺りに拡散していた。

――こんな所でおまえは死んだのか。

『ええ感じの風が吹きよんな』

耳の底でエイジの声がした。

鼻の奥が熱くなった。

――これがおまえの望んだことなのか。

その時、表から女の声がした。

「居てはりますか。すんません。どなたか居てはりますか……」

私は女の声に応えた。大家だった。

私が表に出ると、大家はいきなりまくしたてた。

「……すぐに連絡くれはる言わはったのに、待てど暮らせど何も言うてこんのはおかしいでしょうが。業者はん呼んでもえらい金かかるんでっせ……」

「おばはん、この人は親戚とちゃうから」

背後から古閑が言った。

「何のことだ？」

「エイジさんの荷物がまだ少し残ってるらしいんです。その処分のことを」

「ほれ、あれですがな。あんなとこにいつまでも置けんでしょう。それでのうても……」

見るとアパートの前の敷地の隅に蒲団や水屋が積んであった。

「連絡がないいうことなら、処分してええのんと違うか」

「あんた、引き取ってもらうのにもお金かかるんどっせ」

「わかった。いくらかかるんだ」

大家の顔色が変り、私にむかって金額を告げた。

「私が払うから、悪いが上手くやってくれますか」

「そうでっか……」

帰り間際にそのガラクタの前を通った。水屋の上に小物の入った箱が斜めになっていた。そこに茶色に光るものが見えた。それは覚えのあるエイジの靴べらだった。

立ち止まって見つめていると、古閑が振りむいて言った。

「何かそこにありますか」

「いや何でもない。早くガラクタを処分するように大家に言っておいてくれ」

私は駅にむかって歩き出した。

何かを見たくて訪ねたわけではなかったが、エイジの終焉の場所を目にしたことは私を動揺させた。

ホテルに戻って部屋のカーテンを開けると、秋の深まりを告げるかのように鱗雲《うろこぐも》が奈良へ続く山稜《さんりょう》に被さるようにひろがっていた。傾く陽差しに生駒山《いこまやま》が青くかがやいていた。

「ユウさん、生駒の方の連中はなめたらあかんで」

エイジに出逢って間もない頃に、奈良競輪にむかう電車の中で言われた言葉を思い出した。

あの頃、エイジは関西に土地勘のない私に、さまざまなことを教えてくれた。それは兄を持たない私にとって、少しむず痒《がゆ》い会話であった。

「生駒、八尾《やお》、和泉《いずみ》の男たちには、気い付けるんや」

だが私はその時、笑って、生駒も八尾も和泉もあるかい、と強がった。

するとエイジはむきになって、それはちゃううて、ユウさん。ほんまはええ奴等なんやが、いったん牙を剝くと手強い連中なんや、と私に気風を教えようとした。

どうしてあの時、そうか、なら気を付けるよ、覚えとこう、と応えてやれなかったのかと思った。

——どうしてエイジは私にあんなに親切にしてくれたのだろうか……。

私は部屋のカーテンを閉じて机にむかい、残っていた仕事を片付けはじめた。時計を見ると木暮と古閑と待ち合わせた時刻までに一時間しかなかった。

塚口のアパートの脇に打ち捨てられたエイジの家財道具が原稿用紙の上に浮かんだ。私はそれを打ち消して文字を連ねた。

気が付くと、待ち合わせの時刻を少し過ぎていた。私は予約をしておいた料理屋に連絡を入れた。木暮はまだ来ておらず、古閑が電話に出た。すぐにむかうことを告げて原稿を東京へ送ることにした。ロビーに降りるとフロントはひどく混んでおり、原稿を送るのに手間取った。

ひどく待たせてしまっているのであわてて店へ行くと、二人は真剣な顔で話し込んでいた。私を見ると二人は話を止《や》め、木暮が原稿があったんでしょう、と時計を見て笑った。

テーブルに鱧が出ると、木暮が、こりゃ美味そうだ、関西の秋はこうじゃなくちゃな、と嬉しそうに言い、君も好物かね？　と古閑に訊き、酒を注いでやっていた。馬が合ったのか、二人は気軽に話していた。

二人の話を聞いていて木暮が関西の事情に詳しいのが意外だった。共通の酒場まであり、古閑も珍しく多弁になっていた。二人がどこかへ連れ立って行きそうな雰囲気だったので、私は木暮に、片付けなくてはならない仕事があると言った。木暮は、勿論かまいませんよ、と赤い顔でうなずいた。古閑がトイレに立ったので私は追いかけて、エイジが死ぬ直前まで顔を出していた飯屋の名前と住所を訊いた。

「行かれますのん？　ごちゃごちゃした所でっせ」

「行くかどうかはわからないが……」

店の前で二人を見送るかたちになり、私は宗右衛門町のネオンの中にまぎれていく木暮のうしろ姿を見ていた。

木暮の人の好さを有難いと思った。

食事の最中、木暮に、昼間は何の用で出かけたんですか、と訊かれた時、私は、

「なんてことはない用事だ」

と誤魔化した。木暮は、なんてことはないですか、と笑って、古閑に、君ね、作家の、なんてことはないってのが一番怪しいんだよ、と愉しげに言った。

木暮の、こういう相手との距離の置き方が好きだった。木暮は、人間というものがさまざまな事情をかかえて生きていかざるを得ないことを知っているのだろう。

木暮はミナミの雑居ビルの中にあるジャズの店のマスターの話をしていた。その店へ行くのだろうか。若い時、どんな生き方をしていたのだろうかと思った。

その時、私はすでに七年以上はつき合っているのに木暮のことを何も知らない自分に気付いた。

木暮は大声で文学の話をした。周囲に誰が居ようが、現存する作家の、それも大家《たいか》と

呼ばれる作家の作品を、人柄を、容赦なく罵倒した。木暮はいわゆるエンターテインメントと呼ばれる小説を認めていなかった。私は文学の話が元々苦手であり、文学などという正体の知れぬ話は幽霊譚《ゆうれいたん》と同じと考えていた。

　木暮は私に対して必要以上の期待を抱いていた。それには閉口したが、木暮の性格が変るものではないのは初対面の折にわかっていた。それでも私の胸の隅に、いつか木暮が喜ぶ作品を書いて読ませたい……という思いが生まれていた。

——そんなものが書けるのだろうか。

　とつぶやいて私は大きく頭を横に振った。

　まっとうに生きようとすればするほど、社会の枠から外される人々がいる。なぜかわからないが、私は幼い頃からそういう人たちにおそれを抱きながらも目を離すことができなかった。その人たちに執着する自分に気付いた時、私は彼等が好きなのだとわかった。いや好きという表現では足らない。いとおしい、とずっとこころの底で思っているのだ。

　社会から疎外された時に彼等が一瞬見せる、社会が世間が何なのだと全世界を一人で受けて立つような強靱さと、その後にやってくる沈黙に似た哀切に、私はまっとうな人間の姿を見てしまう。

福島

福島にあるその飯屋は夫婦二人でやっている店で、一度エイジと連れ立ってきた時に、いかにもエイジ好みの店だと思った記憶がある。

私は小一時間カウンターの隅で飲んだ。

十一時を回った頃、客が引けた。

「もう仕舞いかね」

「いや一時までやってますわ。間違《まちご》うてたら堪忍しとくれやす。あんたさん、もしかして……」

私はうなずき、一度エイジと来たことがあると告げた。

「今回はお仕事で大阪へ来はったんですか」

「いや、エイジの最後の様子を知りたくてね」

私は正直に話した。

私の言葉を聞いて主人は、オイ、暖簾を入れて先に上がってくれるか、と女房らしき女に告げた。

女が暖簾を入れ、やがて階段を上がる足音がすると、主人は烏賊《いか》の煮物を私の前に出し、これエイジはんの大好物どしたんですわ、と言ってから、エイジはんのボトルがあるんで一緒に飲みませんか、と言った。

「いや、私は酒のままでいい。そっちがそうしたいなら飲んでくれ」

主人は最初のうちは黙って飲んでいた。酒が回りはじめたのか、少しずつ話をはじめた。

「古閑はんでしたか、あの後輩の記者はんにも話したんですが……」

主人の話は、エイジの暮らし振りが少しずつおかしくなりはじめてからのものだった。

「他人に望まれると無理をしてでもそれをしてやる性格があかんかったんですわ。結局エイジはんは淋しがり屋やったんやと思いますわ」

「…………」

私は黙って主人の話を聞いていた。

――淋しいと思わない人間がいるのか。

そう言いたかったが、この男もまたエイジの死を悔んでいる一人なら、そのまま酔わせておけばいいと思った。

こちらの態度を察したのか、主人も無口になった。

小鉢の烏賊を口に入れてみた。嚙んでいるうちに二人して京都、向日町の居酒屋で同じように烏賊を口にしたことが思い出された。

――あの夜は最後にチンピラたちに捕まって二人ともボコボコにされたな……。

記憶がよみがえると、懐かしさがあふれてきた。

『どないしはったんどす、その顔。お岩はんみたいどすえ』

一緒に住んでいた芸妓の驚き呆れた表情が浮かんできた。

私は思わず苦笑した。

主人は私の表情にきょとんとした顔付きで、

「何ですのん？」

と訊いた。

「いや、昔エイジと遊んでいて二人ともチンピラにボコボコにされたことを思い出してね」

「そんなことがお二人でありましたん？」

「ああ初中後だった。正義感の強い男だったからな……」

「ほんまや……。こう話すと気を悪くされはるかもしれへんけど……」

主人が言いにくそうな顔で私を見た。

「話したくない話はしなくていいよ。今夜、ここに来られただけで十分だ。会計をしてくれ」

「いや、ひとつだけ聞いてもらいたい話があるんです」

主人は真顔になっていた。

「いや、もういい」

私はなぜ自分が感情的になっているのかよくわからなかった。

「ほんまはエイジはん、あんたに逢いとうて逢いとうてしょうがなかったんですわ」

「もういい。会計してくれ」

主人がいきなり私の右手を摑んだ。

私はその手を払って思わず怒鳴った。

「おまえ誰の手をぬけぬけと握ってるんだ」

「あっ、すんません。会計はええですから」

「いいから会計をしてくれ」

「ちょっと待って下さい。あんたが偉《えろ》うならはったことを、エイジはんは誰より喜んでましたんや。けど、あんたが偉うならはればならはるほど、エイジはんはあんたに合わす顔がないんやと言うてましたんや」

私は上着のポケットから金を出した。

そんな話をこれ以上聞きたくなかった。

主人が大声で言った。

「あんたにだけは生き恥を晒しとうないとエイジはんは言うてましたんや」

上の方から足音がした。

奥から女があらわれた。

「お父ちゃん、こんな夜中に何を大声出しててんねん。子供が起きてしまうがな」

「じゃかあしい」

主人が女房を怒鳴った。

私は立ち上がって、女に詫びて店を出た。背中に諍う二人の声が聞こえた。

いつの間にか雨になっていた。

火照《ほて》った身体に雫《しずく》がかかった。

『あんたにだけは生き恥を晒しとうないとエイジはんは言うてましたんや』

主人の言葉が耳の奥に響いた。


翌朝、目覚めるとベッドサイドのメッセージランプが点っていて、電話を取ると、部屋のドア下に木暮からのメッセージがあると録音テープが告げた。

ベッドから起き出しメッセージを取りに行くと、野暮用ができて昼食につき合えない旨が記されていた。

私もひどい頭痛がしていた。

見ると、窓辺のテーブルの上に半分空いたウィスキーのボトルが一本残っていた。

——やはり飲んだのだ……。

手の甲に痛みを感じた。

見ると指の第二関節から付け根にかけて赤く腫れ上がっていた。その赤味をおびた部分を見ているうちに、昨夜、自分がどんなふうにこの部屋で酒を飲んだかがよみがえった。

「何が、あんたが偉うならはればならはるほど、や。俺のどこが偉いんだ。あの野郎……」

あの主人に腹が立ってウィスキーを呷っていた自分の姿が浮かんだ。持って行き場のない感情を、どこか部屋の壁を殴りつけることで解消しようとしたのかもしれない。よほど感情をコントロールできなかったのだろう。

――まだ私の身体の中にこんな力が残っているのか……。

赤く腫れた拳を見つめていると、また声が聞こえた。

『生き恥を晒しとうないんや』

その声はエイジの声だった。

「俺の前でもか」

私は声に出して壁を見た。

かすかに人影が浮かび上がっていた。

『生き恥を晒しとうないんや』

「俺の前でもか……」

『ユウさん、あんたの前だからや』

「そんな水臭いつき合いだったのか？　俺たちは……。俺が、俺がどんなにおまえを捜していたと思うんだ。何度も連絡をしただろう。玉野まで行って。あれがおまえの私に対する仕打ちなのか」

私は立ち上がって正面の影に歩み寄り、拳を振り上げた。

「あ、あれが、おまえの俺へのやり方なのか。その程度のつき合いだったのかよ」

影を殴り続けると拳に冷たいものが落ちた。それが自分の涙なのかどうかもわからなかった。


木暮への伝言を置いて私はホテルをチェックアウトし、二ブロック先にある新聞社のビルにむかった。

受付で古閑の名前を告げた。

古閑は昼食に出かけていて、三十分後には戻ると言われた。待つことにした。

ロビーの隅の長椅子の端に座っていると、ガラス越しに十月の陽差しが先刻までの雨に濡れた街をかがやかせていた。舗道を男や女たちが笑いながら通り過ぎて行く。なんの変哲もない、どこにでもある都会の午後の光景である。

「す、すんません。待たしてもうて」

古閑があわてて近寄ってきた。

「どうしはりましたん？　その手」

相手が包帯を巻いた右手を見て言った。

「何でもない。転んだだけだ。もう引き揚げるんで、頼まれて欲しいことがあって来た」

「そうでっか。何でしょう」

私は塚口のアパートの前に残ったガラクタを整理する金と古関への礼の入った封筒を差し出した。

「な、何ですのん、これ？　自分はそんなんもらえません。こんなん受け取ったらエイジさんに化けて出られまんがな」

古関が白い歯を見せて封筒のひとつを押し返した。

私も笑い返した。

「幽霊でも、逢ってみるのもいいんじゃないか」

「何をめっそうな。あんだけ怖い人が化けて出はったら、自分は辛抱できしません」

私が笑い声を上げると古関も笑った。

「いいから取っておけ。君は本当によくやってくれた。私の気が済まない。あいつの月命日にでも後輩と一緒に飲んでくれ」

古関のポケットにそれを押し込み、私は玄関にむかった。

「そ、それと……」

古関が呼び止めた。

振りむくと言いにくそうな表情で、木暮さんはご一緒でっか、と訊いた。

「あいつは用があって、ホテルを早くに出た。駅で待ち合わせることになってる」

「そ、そうでっか……」

「木暮がどうした？　何か伝言でもあるなら伝えよう」

「そ、そうじゃなくて、実は……言うといた方がええと思うんで」

「何だ？」

「昨夜《ゆんべ》二人でえらい飲んでしもうて、その時にエイジさんの話を木暮さんにしてしもうたんですわ。すんません」

「そりゃ別にかまわないだろう」

「それが、何や木暮さん、あなたとエイジさんのことが気になるみたいで、いろいろ訊かれたんですわ。話をしているうちに、つい昨日の塚口に出かけた話をしてしもうたんですわ」

私は古閑の目を見返した。

「そうか、わかった。たいした話じゃない。気にすることはない」

歩き出すと古閑が言った。

「木暮さん、あのアパートを見てみたいと言わはったんで、教えてもうたんですわ」

私は足を止めた。

「それで、あいつとアパートに行ったのか」

「いや、自分は午前中に外せない内勤の仕事がありましたんで、たぶん一人で行かはったと思います。住所の確認の電話がデスクにかかってきましたから……すんません」

古閑が頭を下げた。

「そうか、気にすることじゃないよ」

「木暮さん、ええ人ですね。あなたに惚れてはりますねぇ。ごっつ誉めてはりましたわ」

「…………」

私は笑ってうなずき、右手を差し出そうとして大袈裟に巻かれた包帯に気付き、左手で古閑の手を握った。

「いろいろありがとうな」

「とんでもないことです。えらいもんまで頂いて。皆で飲ませてもらって、エイジさんの供養させてもらいますわ」

新大阪の駅の地下にある居酒屋で木暮を待った。

昼からの酒は禁じていたのだが、何やら身体の奥が揺れている気がしてウィスキーを注文していた。

木暮を連れてきたのは間違いのような気がした。

麻　布

木暮と二人で書き上げ、出版した仕事が或る文学賞を受賞した。

「この賞を取ったんだから、もう押しも押されもせぬ作家でしょう。俺の目に狂いはなかった」

銀座のバーのカウンターで、私が居るのもかまわず木暮は自慢気に声を上げていた。

その贈賞式に、私は初めて田舎から親、姉妹たちを招いた。

招待者のリストを見ながら、手伝いの女性が普段挨拶の手紙をくれる人たちの名前を挙げていた。

深夜、仕事場でそのリストを眺めていた時、何人かの芸能関係者の名前が並んでいた。

――そうだな。あいつはいないんだった……。

去年の三村の命日に墓所のある寺へ花を送っただけだった。葬儀の席でのこともあり足をむけにくかった。

リストには競馬の騎手の名前や顔見知りの在京の新聞記者の名前が続いた。

エイジの名前があるはずはなかった。

私はリストを机の上に放り出した。

部屋の灯りを消し、テラスに出た。このところの不況のせいで東京タワーの灯りは消えていた。わずかに頂上で点滅する光が見えた。

――自分一人が華やかな場所に立って、それで平気なのか。これがおまえが望んだことなのか……。

喉の奥から苦いものが沁み出し、私はそれを足元に吐き出した。

着換えて外に出た。馴染みのバーに入り、カウンターの隅に座った。客はテーブル席にカップルが一組いるだけだった。

ウィスキーの入ったグラスを男が私の前に置いた。

静かな男だった。ママが死んでから、男は一人でこの店をやりはじめた。店は以前のままで、彼女がいつも座っていた椅子までが場所も変えずに置いてある。

店でも、おそらく私生活でもともに過ごした女の匂い、肌ざわり、囁き、もしかすると泣き呻く声までがそこかしこに残る場所に一人でいて、男は平然としていた。

次のウィスキーを運んで来た時、私は男に訊いた。

「店は続けるのか」

男は首をかしげた。

仕草の意味がわからなかった。年齢がわからない。ママに紹介された時からそうだった。まだ若く見える。

何もかも放り出してどこか別の場所を歩くのも、ひとつのやり方だぞ、と言いかけて口をつぐんだ。

この男の方が自分よりよほど情愛があるのだろうと思った。

私はいたたまれなくなって店を出た。

六本木の街を歩き出すと、立ちん坊の女が声をかけてきた。中国人のようだった。

お兄さん、遊んで行かない？　五千円で遊べるよ。女が艶っぽく笑った。

店でか、ホテルでか、と私が笑うと、女は上目遣いに私の顔を覗き込んだ。

飯倉片町《いいぐらかたまち》の方へ歩いて行くと、黒人の男たちが歩道を塞ぐように立っていた。どけ、と私が言うと男たちは道を開けた。擦れ違いざまに一人が何事かを口にした。私は立ち止まり彼等を振り返った。ニヤニヤと男たちは笑っていた。私は顔を背け、歩き出した。すると向日町でエイジと二人でチンピラとやり合った夜が思い出された。

——妙なことを思い出すものだ……。

私は足元に唾を吐き、歩調を速めた。

木暮のよからぬ噂が耳に入ったのは、秋の終りだった。

「もうご存知かと思いますが……」

その編集者は出版の打ち合わせがひととおり終った時にその話を切り出した。

木暮がTという物故作家の印税を着服し、作家のただ一人の遺族である夫人から訴えられそうになっているという話だった。

鎌倉《かまくら》に住んでいたその作家は、その名前を聞けば誰でもわかる有名作家で、生前、作家とつき合いのあった木暮が夫人と話し合い作品集を出版した。その話は私も木暮から聞いていた。

「どの出版社も先生が生きているうちはいい顔をしていたのに、亡くなって六年もしたら挨拶ひとつしに来ないと言うんですから、大手の出版社の編集者は冷淡ですよ。面倒な仕事ですが、夫人のためと思いましてね」

木暮の話をそのまま鵜呑《うの》みにしたわけではないが、私もその作家を敬愛していたので、作品集の一冊に推薦文と解説を書いていた。

「印税だけじゃないんです」

私は相手の顔を見た。

「鎌倉の家にあった絵画や骨董品《こっとうひん》まで勝手に持ち出して、売り捌いたそうです」

「君、誰から聞いたんだ？　その話を」

「皆知ってますよ。ご存知なかったんですか」

売り捌いたかどうかは知らないが、今、相手と話しているリビングの私の背後の壁にかかっている鎌倉在住の女性画家の小品は、作品集の推薦文のお礼として受け取ったものだった。

「ともかく、あの男に深入りするのはご注意なさった方がよろしいですよ。それでなくても、いろいろ問題がある男ですから……」

編集者が言った。いろいろ問題が、という言葉が何を意味するのかわからなかった。

編集者が引き揚げると、私は木暮に電話を入れた。

彼の連絡先であるマネージメント会社の女性が電話に出て、今は地方へ出張に行っていて戻って来るのはしばらく先だと言われた。

私は名前を告げ、連絡したいことがあるのですぐに電話をくれるよう伝えて欲しいと言った。急用ですか、と訊かれたので、急いではいないと告げて電話を切った。

電話を切ると私は壁にかかった絵画を外した。石榴《ざくろ》が描かれたその小品は数年前、文化勲章を受けた女性画家の作品だった。

「木暮、こりゃ値が張るもんじゃないのか」

「大作じゃありませんから、値などありませんよ。夫人がぜひあなたにとおっしゃったのですから、受け取られるのが礼儀でしょう」

「では、礼状と何か水菓子でも送っておこう」

「その必要はありません。どうぞお礼などなさらないように、というのが夫人の言葉でしたから……」

この絵を木暮が持ち込んで来た時の会話を思い出してみると、先刻の編集者の説明と妙に符丁が合わなくもない。

嫌な気持ちになった。

私は電話を取り、先刻のマネージメント会社に電話を入れ、急用になったと告げた。やはり礼状をきちんと出しておくべきだと思った。自分の迂闊さに呆れた。

夜になって木暮から電話が入った。

私が編集者から聞いた話を木暮に話すと、電話口から高笑いが聞こえてきた。

「ハッハハハ、そんなことを気にしていらしたんですか。余計なご心配をおかけしてすみません。取次からの入金が遅れているだけで何の問題もありません。それに鎌倉の夫人とは今日も電話で話をしたところですから」

木暮が嘘をついているのはすぐにわかった。半年も前に出版された本の印税が取次店云々で入金が遅れるはずはなかった。

こんな嘘を平然とつく木暮に、私は不安を抱いた。

絵画の話はしなかった。

帰京したら逢う約束をして電話を切った。


N君が麻布の仕事場にやって来たのは、その年の暮れも押し迫った午後だった。

「やあ、ひさしぶりだね」

「ご無沙汰して。今年はいろいろお目出度うございました」

N君は今年、私が受賞した文学賞のことを祝ってくれた。

「ああ有難う。運が良かっただけだよ。こういう仕事もやり続けているとそんなこともあるんだろうね。そのうち底が見えるさ」

「いや、そんな……」

N君は、新人編集者の頃から、小説を書くことを生業《なりわい》とするように辛抱強く勧めてくれた人だった。

「どうしたの、浮かない顔をして？」

「………」

N君は黙り込んだ。

「結婚話でもあるのかい？」

私は笑いながら訊いた。

「いいえ、実は木暮さんのことで……」

N君の口から木暮聰一の名前が出るとは思わなかったので、私は驚いた。

木暮から、鎌倉のT先生の夫人から私にと言われて貰った絵画が実は夫人が大切にしていたものだとわかり、私はその絵画を、最初にT先生へ世話した銀座《ぎんざ》の画廊に頼み、丁重に返却していた。T夫人から届いた手紙には、あきらかに木暮に対する憎悪が感じられた。

私はその経緯を木暮には伝えなかった。人にはそれぞれ事情があるし、私は木暮には新しい小説への示唆を受けたという感謝の念があった。他人が彼のことをどう評価しようとも、私は木暮の望み描《あ》く世界が好きだった。

木暮を悪しき編集者の象徴のように言う他の編集者の言葉を黙って聞きながら、私は彼等に、

——そんなに私たちの仕事が清いものなら、おまえたちは聖職者にでもなればよかったんじゃないのか。

と言いたかった。

何が正しくて、何が正しくないか。いやもっと嫌な言葉で言えば、何が正義なのか？と青臭い、欺瞞《ぎまん》だらけの話など口にしたくもなかった。

T先生の絵の話は棚上げにして、私は木暮と次の小説の打ち合わせをした。木暮の目は感心するほど、今の小説が見失っているものを見ていた。だが、私は木暮が望むものを安易に肯定できなかった。

「そんなものを書いて、いったい何人の読者が読むんだね？」

「部数の話をなさってるんですか。いやまいったな。あなたがそんなことを口にするとは……」

「君はそう言うが、私と君の自己満足で仕事をしていたのでは、やがて袋小路に入るのと違うか」

「袋小路？　ハッハハハ、そこから壁を破るのがあなたの仕事でしょう。ともかくこの題材を検討してみて下さい」

そう言って、木暮は集めてきた資料を机の上に置いて立ち去った。

以来、三ヶ月余り、私は木暮に逢っていなかった。

「N君、どうして君が木暮のことを？」

「はい。編集者になってほどなくして知り合って、とてもお世話になってきました。木暮さんのお宅にも何度かお伺いしていますし」

「そうなの……」

私は木暮の家族については何ひとつ知らなかった。

「それで木暮がどうしたの？」

「実は……」

N君が口ごもった。

「どうしたの？　何か迷惑でもかけられたの」

「いや、そんなことをする人じゃありません。木暮さん、体調がひどくお悪くて……」

——木暮の体調？

「どんなふうに？」

「医師から余命を宣告されていまして」

「えっ？　いつのことだね」

「二年前からです」

私はN君の顔を見直した。

——二年前からだと。

この二年の間、何度となく木暮と過ごしていたのに、彼からはそんな話は出なかったし、見ていてそんなふうに感じたこともなかった。

「何の病気なの？」

「リンパ性の癌です」

「そんなに悪いのか？」

「はい。今はもうほとんど治療も拒絶されているようです」

「…………」

私たちはしばらく黙ったままでいた。

「それで……」

と私が言いかけたと同時に、N君も、それで、と同じ言葉を発した。

「それで何？」

「木暮さんの行方がわからないんです」

——行方不明？

「それで、もしかして木暮さんの居処《いどころ》をご存知ではないかと……。家族の方も心配なさっていて」

私には木暮の居場所は想像もつかなかった。

「私は知らない」

N君が私の顔を覗き見るようにした。そんなN君の表情を見るのは初めてだった。

どういうことだ？　と思ったが、若く純朴なN君の顔からは私を詮索している以外のものは見当たらない。

「次の小説の打ち合わせをして資料を置いて行ってくれた。それっきり連絡がない。私の方も、知っているように忙しくて、彼との仕事に手をつけられない状態だった。君にこころあたりはないのかね」

「はあ……」

N君の曖昧な反応を見て、私は訊いた。

「象じゃないんだから、独りで死に場所を探して洞窟《どうくつ》なんかに入ってやしないだろう。女の所じゃないのかね」

「そうかもしれません」

「ならそっちを当たってみなさい」

「はあ……」

N君の態度には、なんともこころもとないところがあった。

Nくんが引き揚げた後、私は木暮と最後に逢った時のことを思い返した。

体調が悪いという素振りは見えなかった。それ以上に二年前から病であったのなら、どうしてそれを私に打ち明けなかったのかがわからなかった。

その時、エイジの顔が浮かんだ。顔だけではなく、リビングの向かいのソファーにエイジはうつむいたまま座って、両手をこすり合わせるようにして、その手をじっと見ていた。エイジの癖だった。昔話やら、今の暮らしと別のことを話し出す時、エイジは両手をしごくようにこすり合わせ、ちいさく細い指先を眺めながら切り出した。

『こないになってしまうんやな。人いうもんはつくづく阿呆《あほ》な生きもんや……』

「ほう、反省をしているのか」

『ちゃうて。反省なんぞ誰がするかいな。大丈夫やと思うて一生懸命杭《くい》につかまっとったら、いつの間にか潮が満ちてきてもうて水が首のこのへんまで来とんのや。ぺちゃぺちゃ波の音がしてアゴを上げてもうとる自分が居てんのや』

エイジはアゴを上げ、両手で自分の首を絞めるようにした。

「別の杭につかまればいいじゃないか」

『それができるんならとうの昔にしてまんがな』

「ハッハハ、そうか……」

エイジとの数年のつき合いの中でそんな会話があったのはほんの数度だが、私はその言葉がエイジと自分がつながっているたしかな理由に思えた。

『生き恥を晒しとうないんや』

エイジが私に逢うのを拒絶してから、何人かの知人に言った言葉がよみがえった。

耳の奥からエイジの声が消えると、別の懐かしい声がした。

『俺はよ、ユウさんにだけはきちんとした俺を見せて、自分の始末をつけたいんだよ。わかるだろう？　男としてのけじめをよ』

三村の声だった。

エイジが座っていた場所にいつの間にか三村が、あの独特の、叱責《しっせき》を受ける少年のような仕種で身を固くしてうつむいていた。

――三村、俺はおまえが思っているような男じゃないんだ。おまえよりはるかに弱くて女女しい奴なんだ。

私は一度でいいから、どうして三村が生きているうちにそれを言い出せなかったのだろうかと悔んだ。

木暮のことを思った時、どうして二人の姿がよみがえったのかわからなかった。ふと、ずいぶん前に、冬の夜、池袋の鮨屋で逢った女のことが思い浮かんだ。その時、初めて木暮は女を連れてきた。木暮の様子から、たまたま連れてきたようではなかった。木暮はあきらかに私にその女の存在を見せようとしているかに思えた。どんな意図があったのかは知らないが、女の名前を一言告げ私に紹介した。身体の丈夫そうな、感じの良い女だった。口数の少ないおとなしい女で、いつものごとく木暮が誰に話すともなく語る文学の話を黙って聞いていた。

時折、女は木暮の耳元に顔を近づけ、木暮が注文してくれた鮨のネタが美味しいと告げるかのように何事かをささやいた。いつも無愛想な男が、おだやかな表情で女に応えていた。

私はその時、妙な安堵を覚えた。その感情をどう説明していいのかわからないが、相手の気持ちなどはおかまいなしに誰彼となく突っかかり、時には手まで出してしまう木暮を見ていて、昔の自分を見ているようで切なくなることがあった。殴られて涙さえ浮かべている相手をなおクズのごとく罵倒することもあったが、本当のクズが誰なのか当人が一番わかっているのだ。

愚者なのである。それもどうしようもない愚者なのだ。私はその愚者をいとおしく思う。見ていて羨ましく思うこともある。だからほんのつかの間でも、木暮が垣間見《かいまみ》せたおだやかな表情と時間が嬉しかったのかもしれない。

冬の闇に消える二人のうしろ姿を見送った時、私は口元に笑みを浮かべていた気がする。口から発せられた言葉は、あの野郎……だけだったが、私は喜んでいた。

私は仕事場の机の隅に置いてあるちいさな箱をリビングに持ってきてひっくり返した。その中には人の電話番号やら住所、酒場の店の名前や地図、電話番号を記した紙片が入っていた。

たしか木暮が麻布署で取調べを受けた時に、あの女の電話番号を記した紙切れを受け取っていた気がした。

女の名前が思い出せなかった。

それらしきメモも見つからなかった。

もう一度、すべてのメモを見返した。やはりない。

――何をしてるんだ？　私は……。

女を捜してどうしようというのだ。木暮はどうしてるんだ、と訊くのか。それで木暮は元気にしている、と言われればそれでいいのか。

テーブルに散らばったメモがゆっくりと動き出した。見ると一匹の蝦蟇がメモの中央に座っていた。蝦蟇が口から泡を噴き出す度にその息でメモが揺れ動いていた。よく見ればそのうしろ足は一本しかない。三本足の蝦蟇である。

チェッ、私が舌打ちすると蝦蟇は消えた。

向島

N君から電話があったのは、年が明け、春の気配が漂いはじめた三月も中旬の晴れた朝だった。

電話があったのが日曜日の午前中だったので、私はN君の声を聞いて、嫌な予感がした。編集者が休日の午前中に連絡してくるのは、よほどの急ぎの用であることが多かった。

「すみません。お休みの日の朝早く……」

「何かありましたか」

私は大きく息を吸ってから訊いた。

「木暮さんがお亡くなりになりました」

「……そうか。何日のことだ。今日や昨日ではあるまい」

「…………」

私の言葉にN君は少し沈黙していた。

「ご存知だったんですか」

「いや、何となしにそんな気がしただけだよ」

「本当にそうなんですか」

「本当って何がですか」

「もう葬式も身内の方だけで終っていました。亡くなったのは一月の終りです。いずれ生前親しかった人たちで偲《しの》ぶ会でもしようという話が出ていまして、その時はよろしくお願いします」

すでに死亡から二ヶ月近くが過ぎていた。

「わかりました。木暮の自宅を教えてくれませんか。線香でも送りたいので……」

「今すぐにはわかりませんので、調べてすぐにご連絡します」

「いろいろすまないね。N君……」

私は電話を切ろうとして、気になることがあって訊いた。編集者の死を作家に報せるのは、普通、葬儀の日程や場所を伝えるためだ。この場合はすでに葬儀が終っているから仕方ないが、それでも家族の住所くらいは調べておくのが通例だった。N君がそれを知らないはずがない。

「N君、君は木暮の死をいつ知ったのかね」

「えっ」

電話のむこうでN君の声が裏返った。

「君は彼が死んだことを、誰に聞いたんだね」

「そ、それは……」

「今、どこにいるのかね」

「新宿です」

「逢えないかね」

「…………」

N君はしばらく黙っていたが、わかりました。仕事場に伺いましょうか、と言った。

「いい天気だから花でも見に行こうか」

「はあ……」


向島にある陶器店の前でN君と待ち合わせた。

約束の時間より早く着いたので、墨堤通りを歩いた。

桜はまだ蕾《つぼみ》であった。

子供の頃から桜木の下を歩くのが苦手だった。桜の木の下に死体が埋まっていると誰かに聞いたこともあった。だから普段は桜木の下を通るのは避けるのだが、平然と歩いているのは木暮の死を知って動揺しているからかもしれなかった。

橋の欄干に寄って川面を見下ろした。川底から響いてくるような不気味な音を立てて隅田川は流れていた。たっぷり過ぎる水量である。

――こんな大きな川だったのか……。

これまで何度か眺めた川だが、これほど圧倒的な水量を持っているとは思わなかった。

この数日、関東に降り続いた春の長雨で水量も多いのだろうが、濃灰色の水は水辺で川景色を愉しむ人々の感情など無関係に、川底を浚うように音を立てて流れていた。水の中に死体のひとつやふたつ押し込められていてもかまわぬふうに流れて行く。

目を閉じたまままあおむけに横たわって水の中を進んで行く木暮の姿が浮かんだ。その姿がやけに清清《すがすが》しく映った。

——どうだ？　満足か、木暮……。

私は胸の中でつぶやいた。


「こんな所に店があるんですね」

N君は珍しそうに陳列された陶器を見ていた。

「萩焼《はぎやき》ですよね」

「そうだ」

「ご実家の近くですものね、萩は」

「そうだね」

私はふたつの陶器を買って店を出た。

「この先にちいさな洋食屋がある。美味いかどうかはわからないが」

「それは愉しみです」

洋食屋へむかう途中に公園の奥に花をわずかにつけた桜木が見えた。

私は立ち止まってその木を見た。

「もう咲いてるんですね」

「偏屈な木なんだろう」

N君が笑った。

「やはり桜はおかしな木だな」

「どうおかしいんですか」

「ほら散るのが惜しいと咲いてる時から言うじゃないか」

「ハッハハ、そうですね」

私たちはしばらく桜を見上げていた。

「実は木暮さんなんですが」

N君が、少し話し辛そうに切り出した。

「いや、もういいんだ。あいつがどんなふうに死んだかなんて、どうでもいいんだ」

「でも、あとで他の人から耳に入ってきて、それがいい加減な話だと……」

N君の表情は固かった。

私は桜木から目を離さなかった。

木暮はあの女の故郷へ二人で旅して、或る夜、一人で女の生家から近い海岸の崖から投身自殺をしていた。

「遺体は上がったのかね」

「そのようです」

「女は生きているのか」

「はい」

「話をしたのですか」

「はい。逢って話をしました」

「……そうか、気丈にしてるんだ。このことは木暮の家族も知ってるのかね」

「おそらく……」

「あいつらしい死に方かもしれないな」

　口の奥から苦いものがひろがった。

　──私に何の断わりもなしにか……。

　そう思った時、N君が言った。

「その人からの伝言があります」

「ややこしいことなら話さなくていいよ、N君」

「木暮さんはあなたのことを本当に好きでした、と伝えて欲しいと」

　私は大きく吐息をついた。

　そうして桜木の花を指さした。

「何です？」

「死ぬには、恰好の、恰好の日だな」

　半分は声にならなかった。

「何とおっしゃったんですか？」

「木暮とやった仕事で、ほら四人の男が次から次に死んで行くのがあったでしょう。あの中に、男四人が夜中に車で三浦《みうら》半島の山中に入って花見をやるんだ。その時、最初に死んだ男が口にした科白だよ。あいつはその言葉が好きでね。やはり無理な生き方だったんだろうよ。こんな世の中では……」

私たちは公園を出て洋食屋で飯を食べ、浅草で別れた。

私はいつもより少し酒を飲み、足元が怪しくなっていた。


その年の春、演出家の柊が業界の功労賞のような賞を受賞し、その授賞式の招待状が届いた。

断わりの連絡を、柊のオフィスに入れた。すぐに番頭の神山から電話が来た。

「そう言わずに、顔を見せてやって下さいよ。大勢の中からあなたを選んだんですよ。柊の顔を立ててやって下さいよ。柊はこの受賞を喜んでるんですから」

相変らずの言いように、早目に引き揚げることを了承してもらい、出席することにした。

その日の夕刻、会場になっている赤坂見附《あかさかみつけ》のホテルに着くと、テレビ局や新聞社の取材陣が入口に群がり、受賞者や出席者を取材していた。場違いな所にやって来たと思った。その上、案内されたテーブルは中央にあり、隣りにはタキシード姿の柊が神妙な顔をして座っていた。悪かったな、と柊が言い、いやお目出度うございます、と返答したきりでセレモニーがはじまった。

アナウンサーが、栄《はえ》ある大賞の受賞はと声を上げると、スポットが柊に当たり、壇上にむかった。

各賞の受賞者が紹介された。助演女優賞のノミネート者のスライドが会場に映し出されていた。ぼんやりとそのスライドを見ていると、そこに見覚えのある女の顔が写っていた。

——誰だったか……。

伽奈《かな》と名前が出ているのを見て、その新人タレントがあのカナとわかった。出演した映画のひとコマだった。目に涙をためたカナのアップは、いかにも時流に合った演技に見えた。会場から拍手が起こった。やはり上手いわね、と近くから賞讃《しょうさん》する声がした。

——この女、生きのびたのだ……。

カナは賞を受賞しなかった。

私は席を立ち、外へ煙草を吸いに出た。

「やあ、すみませんね。忙しい時に」

外に控えていた神山が煙草をくゆらせながら、私の顔を見た。

「助演賞に落ちたあの女優、三村の所にいましたよね。一生懸命売ろうとしてましたから。ほら口をきいて下さったでしょう。今、評判の子ですよ。三村もこれで浮かばれるでしょう」

「浮かばれるってのはどういう意味だね」

「ですから、あの子を売りたいと思っていた、あいつの思いですよ」

「三村はそんなことのために生きてたんじゃない。神山、私の前で二度と三村に対してそういう言い方をしないでくれるか」

「……わかりました。それなら話しておきますが、柊は次の主役にあの子を使いますから……」

席に戻ると、柊が声をかけてきた。

「訊きたいことがあったんだ。この春先に出版した君の小説だが、たしかタイトルは」

「×××ですか」

「ああ、そうだ。あれは良かったな。どこかに題材があったんだろうな。取材したのか」

「いや、あれは少し前に亡くなった編集者が置いて行ったものを、まとめただけです」

「ほう、そんなことがあるのか。私もそういう編集者に巡り逢いたいものだ」

柊は数年前から小説を書きはじめ、去年、文学賞を受賞していた。

「売れ行きもよかったらしいな」

「言われるほどじゃありません。いまどきあんな暗い小説は、誰も読みませんよ」

「そうか、俺は好きだけどな」

「それはどうも……」

退席することを告げてホテルを出た。

少し歩こうと坂道を下りはじめると、ビルの狭間から東京タワーが見えた。塔の灯りを眺めていると、どこかで少し遊びたい気分になった。こんな夜は、ギャンブルか何かにのめり込みたくなる。タクシーを拾った。

「どちらへ」

運転手の言葉に、私は反射的に応えた。

「西麻布だ。西麻布の少し裏手だ」

木暮が案内してくれた地下カジノがあった場所だ。だが、そこでカジノが開かれているはずはなかった。

私は木暮の、あの自慢気にチップを張る顔を思い出していた。運転手が何事か言ったが、よく聞き取れなかった。

「お客さん、まだ春は遠いですね」

「えっ、何が遠いんだって」

「春ですよ。今夜はまだ冬の風ですよ」

私は黙ったまま、車窓に映る墓地沿いの闇を見つめていた。

安　来

梅雨《つゆ》が明けようとする頃、私は古閑と二人で島根へ出かけた。

島根にある地方競馬場が今年限りで失くなるというので、その取材を兼ねて古閑が私を誘った。折りよくスケジュールの都合がつき、古閑と二人で益田《ますだ》の町へ入った。

七月というのに寒い日でコートを着た古閑が競馬場のスタンドに立っている姿を見て、私はエイジの後姿と似ているのに気付いた。

古閑は出世をしてNスポーツ紙のレース部長になっていた。エイジが引き立てた若者が一人前になったことが私には嬉しかった。

スタンドで煙草をくゆらせながら、消えて失くなる競馬場を見つめる男の姿は悪いものではなかった。

「古閑」

私が呼びかけると、彼はゆっくり振りむき、何でしょうか、と言った。

「おまえ……、エイジに似てきたな」

古閑は私の言葉に、一瞬躊躇うような表情を浮かべ、すぐに白い歯を見せて、

「光栄です」

とはにかむように応えた。

古閑の言葉に私は笑った。

「誉め言葉にはならないな。エイジのような生き方じゃ大変だものな」

「自分はあんなふうに生きる根性はありませんよって」

古閑は平然と言った。

競馬場の取材を終え、古閑が案内する宿まで電車でむかった。私は車窓に映る濃灰色の日本海を眺めていた。冬を思わせるような海景だった。同じ海で死んだ木暮のことが思い出された。

「海がお好きなんですか」

「ああ、生まれ育った土地が海のそばでね。日本海というのは何だか淋しいな」

「ほんまですな。自分の親戚が舞鶴《まいづる》にありまして、冬に行くと暗い雲と海の間を風ばっかり吹いてますわ。ユウジさん、お忙しいのにこんな企画につき合《お》うてもらえて感謝してます」

「そんなことはない。一度君と仕事をしたかったたし。エイジのことで厄介ばかりをかけたしな」

「エイジさんにはなにもできませんでした」

「そんなことはない」

私が否定してもエイジの話題になると古閑の顔には憂いのようなものが漂った。

「我社《うち》の先輩から教えてもらった旅館があるんですわ。今夜はそこでゆっくりしてもらえたら有難いですわ」

「いろいろ気を遣わせて悪いな」

「何をおっしゃいますの。そんな言い方せんといて下さい」

安来《やすぎ》の駅で下車し、タクシーで旅館に着くと玄関に私の名前を書いた看板があった。それを見た古閑が迎えに出た旅館の男に、こんなしょうもないもん誰が掛けたんや、すぐに外さんかい、と血相を変えて言った。その仕草がエイジに似ていたので、私は苦笑した。

温泉の湯舟につかっている時も、〝光栄です〟と応えた古閑の言葉が妙に胸に残り、エイジの死の報せを受けた直後に感情的になって古閑を叱りつけたことが悔やまれた。

オフシーズンなのか、食事は広い宴会場で二人だけでした。仲居が何度か古閑に耳打ちしていた。

「古閑、何か用があるのなら私のことはかまわんでいい。おまえも部長なんだから仕事を優先しなさい」

「いや、そんなんとちゃうんですわ。ユウジさん、すんません。しょうもないもんなんですが、ここを紹介してくれた先輩がぜひ先生にお見せしろと言うもんで、この土地の芸というか余興みたいなんを用意しとるんですが……」

――余興？

先刻から正面の舞台の緞帳《どんちょう》のむこうから物音がしていた。

いきなり、ドンと太鼓の音がして三味線の音色が聞こえてくると舞台の緞帳が上がった。

舞台を見ると、そこにどじょう掬いの恰好をした男が二人と着物姿の女が三人立っていた。

「エ〜、お待たせしまして、出雲《いずも》名物〝安来節《やすぎぶし》〟の御披露をさせていただきます」

と男が甲高い声で言った。

「すんませんな。しょうもないことを」

古閑が申し訳なさそうに頭を下げた。

「いや、そんなことはない」

野良着《のらぎ》姿で頬被《ほおかむ》りをした男が二人、紐で鼻を釣り上げてこしらえた間抜け顔で腰を曲げ、手にした笊《ざる》で足元を掬い出した。女がよく通る声で歌っている。

〜安来千軒《せんげん》　名の出た所　社日《しやにち》桜《ざくら》に十神山《とかみやま》　汽車の旅路で〜

笊の男はどじょうを手で取ろうと必死のしぐさを面白おかしく、愛嬌を込めて踊っている。

私は笑い、拍手した。

古閑は申し訳なさそうにうつむき手酌で飲んでいた。その所作がエイジを思い出させた。

——この男もエイジが好きだったのだ……。

踊りが終ると舞台の上から一人降りて来て、私たちのそばに歩み寄り、

「どうかね、ひとり一緒に踊られんと？　名人が伝授しますから」

と笑いかけた。

古閑が立ち上がり、何を言うてんのや、この人がそないなことするわけないやろ、もうええから早《はよ》う帰れ、と女の肩を持って引き返させようとした。女はそれでも、踊ると楽しいけぇ～、と古閑に言った。古閑の浴衣が開けている。どこかでこんな光景を見た気がした。

「もうええて」

古閑が声を荒らげた。その声にも聞き覚えがあった。

「古閑、二人で踊ってみるか」

古閑が目を丸くして振りむいた。

「そんなんで用意したとちがいますから」

「わかっているよ。昔、若い時分に、或る男から言われたことがあるんだ。〝他人《ひと》に笑われてなんぼのもんと違うんかい！　人前で馬鹿をして男になるんやろう〟とな。それを思い出したんだ」

私は言って、舞台にむかって歩き出した。

背中で、ユウジさん、ほんまにかんべんして下さい、と古閑の声がした。

私は舞台の上に立つと、先刻の笊の男に頭を下げた。

「ひとつご教授をお願いいたします」

「そうかね。そりゃええ。踊りゃ楽しいもんじゃよ」

ひととおり教わり、浴衣の裾《すそ》をたくし上げられ、頬被りをされ、頭のうしろから紐を通して痛いほど鼻の穴を上向きにされた。

ほれ、と男が私に笊を渡した。

私は笊を脇にかかえ、広間にむかって一礼した。古閑が呆れ顔で見ていた。仲居もこちらを笑って眺めていた。

～安来千軒　名の出た所　社日桜に～

女の歌声に合わせ、腰をかがめ足を右に左にくねらせて進む。笊で足元を掬った。どこかで拍手が聞こえた。掛け声も届く。習ったまでの所が過ぎても私は踊り続けた。

広間を見ると、古閑も仲居の姿もない。天井から霧のような細かな雨のようなものが降り注いでいた。

見ると広間の中央に座蒲団《ざぶとん》がひとつあり、そこにちいさな男が一人胡坐をかき、私の方を指さし、手を叩き、腹をかかえて笑っていた。

「そうや、その調子やでユウさん」

私はその声に何度もうなずきながら踊り続けた。

広間を濡らす霧雨はやがてたしかな雨垂れにかわり、私の身体も、足元も濡らした。

頬を伝う雨垂れを何度も拭った。
遠ざかる囃子《はやし》の音色を聞きながら、私は踊り続けた。

解説

西上心太

《他人《ひと》に笑われてなんぼのもんと違うんかい！》

「人間」（ニンゲン・ジンカン）という熟語のいちばん古い語義は六道の一つである人間界の意味だという。人間界とは人の住む界域のことだ。それに続く語義が人界に住むもの、すなわち「ひと」であると、ある大きな辞書には記されている。そう、人の間に存在するから人間なのだ。いまさら何をと言われそうだがよくできた熟語ではないか。

人は否応なく他者と関わらざるを得ない。親の子として生まれ立ち上がり歩き出し、言葉を覚え、与えられたものを自分の手で口に運べるようになる。やがて保育園や幼稚園を経て学校に行くようになり、親以外の大人と一定の時間を過ごし、兄弟姉妹以外の子どもたちとの交流が本格化する。育つということは「人」が「人間」になっていく過程である。その過程で他者に対するさまざまな感情を抱くようになっていく。馬が合う気が合わない好きだ嫌いだ。そして愛と憎しみも。

本書は『いねむり先生』に続く、伊集院静の自伝的長編小説である。『いねむり先生』の連載終了のちょうど一年後から、同じ「小説すばる」誌に連載された。一年というある程度の間を置いての連載開始は、『いねむり先生』と補完する関係の作品を続けて書こうという決意があったのではないか。描かれる時代がほぼ重なっていることもそれを裏付けているように思える。

二年前に妻を癌で失った「私」（ユウジ）は、妻の死の衝撃をうけとめられないまま酒とギャンブルに明け暮れ、「幻覚の中を彷徨《ほうこう》しているような日々」を送る。その結果、重度のアルコール依存症と心臓疾患を抱え込む。『いねむり先生』はそんな最悪の時期を脱した「ボク」が「漫画家のKさん」からある作家（本書ではI先生）を紹介され、先生と過ごす日々を通して再生していく物語だった。

一方本書は「私」が出会った三人の「愚者」たちとの交流が中心となり、再生へ至る自身の苦しみが描かれるのは当然ながら、彼らとの別離の悲しみも同様の重さで描かれる。

『いねむり先生』の冒頭にある先生との初めての出会いからおよそ三ヶ月後、一九八七年の初夏からこの物語は始まる。

まず始《はじ》めに登場するのが関西中心のスポーツ新聞の競輪担当記者エイジである。いまだにほとんど仕事をせず酒とギャンブルと放浪を続ける「私」が、旧知の記者から頼まれた競輪コラムを執筆したことが契機となり知り合った。年齢こそ同じだが小柄で喧嘩っ早い。「私」とは対照的な男だが、すぐに気を許しあう仲になっていった。奈良、函館、小倉など競輪場のある街に二人は足を運ぶ。エイジは仕事がらみであるし、「私」はもちろんレースに賭けるためだ。

とある日、エイジに頼まれた「私」は彼と懇意の競輪選手の結婚披露宴に嫌々ながら出席する。余興で新郎の同期選手たちに続き、エイジは後輩の記者たちと裸踊りを始めてしまう。エイジから参加を強要された「私」は、自分を笑いものにするつもりなのかと激怒し会場を立ち去るが、追いすがったエイジの口から飛び出したのが冒頭に挙げた言葉だ。

《何をいつまで恰好《かっこ》つけてんねん／人間はな、人の前で馬鹿ができへんかったら……、できへんかったら、しょうもないいんと違うんかい》

《他人に笑われてなんぼのもんと違うんかい》

「他人に笑われることを何より許せないと思って生きてきた。それが自分の生き方を窮屈にし、束縛していることも知っていた。しかし、それ以外に自分は生きようがなかった」のが「私」である。言いかえれば他人に弱みを見せないという生き方である。妻の死をいつまでも忘れることができないのも、この生き方に因るところが大きいのだろう。妻が回復しなかったのも自分の責任であると、あえて重荷を背負い込んでいるのだ。それが理屈に合わないことを承知の上で。なんという辛い性格だろう。それだからこそ

「腫れものにでも触れるように私に接する周囲の気遣いを逆手にとって、ギャンブルと酒にのめり込んで」いってしまった。その厄介な生き方のもととなった性格を、エイジは短いつき合いの中で感じとっていたのだろう。

二人目の「愚者」が、芸能プロダクション社長の三村である。以前の仕事で「私」の弟分だった男だ。彼が抱える新人女性タレントを、「私」が持つコネクションで、芸能界の有力者に繋ぎをつけてもらおうと久しぶりに近づいてくる、「いつでも陽気で、見《み》栄《え》っ張りで、弱虫の男」だ。「私」はその目的を知って鼻白む。だが妻の闘病中に見舞いに現れ、病室でお得意の歌手の物真似をして妻を笑わせてくれたことがあった。「二百九日間の闘病生活で彼女が心底笑ったのは、あのほんのわずかの時間だけだった」のだ。その記憶もあり「私」は三村の願いを叶えてやる。しかし三村の目的はそれだけではなかったのだ。

明るい性格に助けられたこともあり、三村を便利な奴だとは思っていたが、決して重きを置いていなかった。だが三村との突然の別れがあって後、「私」は三村の心情を遅まきながら知ることになる。たいしたつき合いのない者に自らの病気を語り、心酔していたはずの自分には何も語ろうとしなかったのはなぜなのか。「私」は、ことあるごとに三村が自分とのことを周囲の者に語り、「私が敢えて忘れようとしていた過去を、三村は彼自身の過去であるかのようにかかえて生きていた」ことにようやく気づくのである。

三人目の「愚者」がおりおりに「私」と出会い、その度に小説を書かせようとするフリー編集者の木暮聰一だ。「組織の中に組み込まれるのを拒絶しながら、組織に入った自分を最後の一線で見極めているような、それでいて厭世《えんせい》を良しとしない大人の男としての性根のようなものが見え隠れする」男だ。業界の中で武勇伝めいた話が流れているが「坊ちゃん連中の集まりの中でガキがわめいたって程度」であることを自覚している。そのことに無頼である「私」は妙な安堵を抱き、小説執筆は拒絶しながらときおり酒を飲む仲である。

Ｉ先生の死後。「私」は二十代を過ごした横浜で木暮と会う約束をする。横浜は親に勘当され生家を捨てた「私」が少年期と訣別《けつべつ》した街であり「初めて経験した肉体と精神の学校」のような街だった。木暮はその時代の物語を「私」に書かせようとしていたのだ。ほかに小説誌の編集長クラスの人間も「私」に会いに来るようになっていた。先生がさまざまな編集者に、彼の小説は見所があると語っていたからだ。

だが十五年ぶりに見た街にかつての面影は一つもなくなっていた。川も埋められ異臭もどこかにいってしまった風景に「私」は恐れを抱く。逃げるようにホテルのバーに入り、木暮と会い、先ほどのことを語った「私」に木暮の言葉が追い打ちをかける。あなたの話は怖いから逃げてきたように聞こえる。過去から逃げてきたように、「もっと正確に言えば、自分から逃げてる」のではないかと。

競輪記者エイジ、弟分の三村、編集者木暮、そしてＩ先生の死。その他、さまざまな人々との関わりによって、再三再四くり返してきた小説を書くつもりはないという決心を翻し、「私」は小説を書き始め、文学賞を受賞するなど高い評価を受けていく。しかしエイジは新聞社を辞め「私」を避けるようになり、三村はすでに亡くなり、木暮の編集者にあるまじき悪評が聞こえてくる。

エイジはかつて「他人に笑われてなんぼのもんと違うんかい」と言った口で「人間、みっともない姿を他人《ひと》に晒《さら》すぐらいやったら、死んだ方がまし」と「私」に語っていた。一見矛盾する言葉のようだが、他人に笑われてもいいのは身体の中の「軸」――矜持あるいはプライドと言いかえてもいいだろう――があっての話である。競輪記者という「軸」があった時代のエイジは、どんな愚行をして他人に笑われても平気だった。だが好きな職を失い新たな「軸」を見つけられないエイジは「私」を避け続ける。「私」が身体の中に新たな「軸」を据え小説家として歩み始めたのと対照的に、エイジと木暮はそれぞれショッキングな死を遂げて、「私」の前から去っていく。

妻の死によって孤独な「人」になっていた「私」は、「愚者」たちとの交流で「人間」に戻っていった。だがその身代わりのように生き急いだ「愚者」たちは「私」の前から去っていってしまう。

《まっとうに生きようとすればするほど、社会の枠から外れる人々がいる。（中略）その人たちに執着する自分に気付いた時、私は彼等が好きなのだとわかった。いや好きだという表現では足らない。いとおしい、とずっとこころの底で思っているのだ》《社会から疎外された時に彼等が一瞬見せる、社会が世間が何なのだと全世界を一人で受けて立つような強靱さと、その後にやってくる沈黙に似た哀切に、私はまっとうな人間の姿を見てしまう》

三人が次々と世を去った後、初めて「私」は彼らと自分の間に流れていたものの本当の価値に気付く。本書の最終章。エイジを思い出しながら取った「私」らしからぬ行動には涙を禁じ得ない。まさに「愚者」たちと交わった年月の賜物《たまもの》であるだろう。「愚者」たちの肉体は滅びたが、「私」の記憶の中に存在し、これからも形を変えて「私」が描く作品に姿を見せるかもしれない。だがときおり「私」は呟《つぶや》くのだ。「愚者よ、お前がいなくなって淋しくてたまらない」と。

（にしがみ・しんた　文芸評論家）

本書は、二〇一四年四月、集英社より刊行されました。

初出
「小説すばる」二〇一二年一月号～二〇一三年一二月号

JASRAC　出　一六一二一五四―六〇一

伊集院　静

機関車先生

瀬戸内の小島。全校生徒わずか7人の小学校に北海道から臨時の先生がやって来た。体が大きくて目がやさしいが口がきけない先生から子供たちは大切なものを学んでいく。第7回柴田錬三郎賞受賞作。

集英社文庫

宙ぶらん

伊集院 静

逗子の古いホテルに宿賃滞納のまま居続け、無為な日々を過ごしていた私。20年後、大学野球部で同期だったYが自殺したと聞き、当時抱いた宙ぶらんな感情が甦る——表題作など10編。珠玉の短編集。

集英社文庫

伊集院 静

いねむり先生

妻の死後、無為な日々を過ごしていたボクが出会ったのは、小説家にしてギャンブルの神様。色川武大との交流がボクを絶望から救ってくれた——。ドラマ化もされた自伝的長編の傑作。

集英社文庫

集英社文庫

愚者《ぐしゃ》よ、お前《まえ》がいなくなって淋《さび》しくてたまらない

2017年7月25日　第1刷　　　定価はカバーに表示してあります。

著　者　伊集院《いじゅういん》　静《しずか》
発行者　村田登志江
発行所　株式会社　集英社
東京都千代田区一ツ橋2-5-10　〒101-8050
電話　【編集部】03-3230-6095
【読者係】03-3230-6080
【販売部】03-3230-6393（書店専用）
印　刷　凸版印刷株式会社
製　本　凸版印刷株式会社

フォーマットデザイン　アリヤマデザインストア　　　マークデザイン　居山浩二

ISBN978-4-08-745606-6 C0193